史蒂芬金選

Stephen King

黑塔

I 最後的槍客

The Dark Tower
The Gunslinger

在玫瑰的歌聲中

【黑塔系列導讀】

【中國時報副總編輯兼主筆】張慧英

恐怖大師史蒂芬．金的名號，在全世界都喊得響叮噹，他的作品不只多，而且本本登上排行金榜，許多還改拍成電影，得了不少獎，堪稱是最成功、閱讀範圍最廣、也最具影響力的現代暢銷作家。在這麼多作品中，最特殊、也最為核心的一部，就是《黑塔》（The Dark Tower）七部曲了。

金大師非常擅長說故事，他想像力豐沛，敘事細膩，情節扣人心弦，作品主題從外星人、吸血鬼、殭屍、鬼店到幽靈，每本都能讓你冒著冷汗欲罷不能。當然，還有不少非靈異、但深刻描繪人性的小說（例如改拍成電影『熱淚傷痕』的《Dolores Claiborne》）。然而，《黑塔》七部曲的風格卻完全獨樹一格，和其他的作品很不相同，雖然也有妖魔鬼怪，但它真正迷人之處，在於有一種史詩般的壯闊、迷離與蒼涼；美麗，但也憂傷。

《黑塔》這套系列，金大師足足寫了七大冊。而且，照著他的老習慣，幾乎每一本都厚得可以砸死人，被譽為史上最長的小說之一。不只總篇幅長，書寫時間也長到不可置信。史蒂芬．金在七〇年代開始發想，要寫一本像《魔戒》一樣的史詩型長篇小說，接著構想出故事輪廓。《魔女嘉莉》（Carrie）讓他一夕成名，加上『鬼店』（The Shining）轟動全球，奠定了他恐怖大師的地位，也讓似乎不具票房吸引力的這套超級長篇小說得以陸續出版。

金大師追趕黑塔的進度時快時慢，有時隔好幾年才孵出一本，中間經常不務正業跑去玩別的事寫別的書，還經歷了一次九死一生的大車禍，直到二〇〇三年才終於完成最後一集《業之門》。從最初到最終，總共花了三十三年光陰。三十三年！這是古今中外罕見的一項紀錄，金大師其實是在用他的人生書寫《黑塔》。

而讀者如果從第一集出版後就緊緊跟隨，一集一集等待，以無比的耐心（或無限的焦躁），隨著槍客羅蘭和他的共業夥伴們出生入死，經歷艱難險阻走過千山萬水，到終於親睹那座夢寐以求的黑塔、看到羅蘭的畢生追尋終於揭露謎底的時刻，竟也是悠悠過了二十載光陰。《黑塔》的無數追隨者，同樣地，也在金大師的召喚下，用自己的人生追尋那遠方的未知高塔。

無論三十三年，還是二十年，這漫長的年歲，正是『黑塔』系列的一項重要核心元素，是它意義與內涵的一部分。不過，這段話的意思，我不會先告訴你的，即使你只需要短短二年，就能在中文版取得通往黑塔的捷徑，而不是如我花了二十年苦候，但我也不想讓你更快得到答案。相信我，這是為了你好。

當然，如此漫長的等待，對讀者是很難熬的。如果故事不好看，直接丟掉也就是了，偏偏金大師寫得太好，讓人從此嗑上了癮，非等到下本新書不能稍解。問題是他拖拖拉拉，害得全球讀者望穿秋水，生怕沒撐到結局就先嗝屁了。

也因為如此，在他放下《黑塔》去寫別的書的那幾年，收到了來自世界各地萬千讀者催促抱怨的信，包括癌末病患和死刑犯的懇求。還有人寄來一張照片，是一隻被蒙上眼睛綁起來的泰迪熊玩偶，信上威脅說：『馬上出版《黑塔》續集，否則就殺了它！』（倒滿有幽默感的）。可是那時上天還沒把故事完全下載到他的腦袋裡，所以他自己也不知道會怎麼發展。

對《黑塔》迷來說，最大的驚嚇莫過於金大師在一九九九年的車禍了。那次他被撞得性命垂危，消息傳來，想到再也看不到《黑塔》的結局，讀者莫不感覺世界末日將臨。我簡直想飛到美國他的病榻前，學八點檔連續劇般呼天搶地：『大師！你不能死啊！起碼寫完了《黑塔》再死啊！』幸好，大難不死，經上天這一提醒，他火速趕完了最後三集，終於完成人生一大功課。

《黑塔》的發想，最早源自於長篇敘事詩〈公子羅蘭來尋黑塔〉，再加上《魔戒》與『黃昏三鏢客』的影響。黑塔佇立在遙遠的世界中心，被一大片玫瑰花田所包圍，六道光束就像巨大的樑柱，以黑塔為中心交會，支撐起萬千時空裡的萬千世界，這就是一切存在的存在基礎。但瘋狂的血腥之王佔據了黑塔，意圖毀滅一切，光束六道已經垮了四道，害得世界分崩離析，一步步走向衰亡滅絕。

故事的主角是羅蘭·德斯欽生存的中世界，是在我們時空之外的另一個世界，但又似乎位於離我們很遠很遠的未來。他是貴族，通過了測試成為『槍客』——接受過嚴格戰鬥訓練的武士，類似日本傳統武士或歐洲中世紀的騎士，地位特殊而尊崇，負有捍衛正義剷奸除惡的使命。支撐世界的光束受創，加上魔法師作祟，中世界傾頹瓦解，他也失去了家園與愛人，在所有人都死了之後，他成了碩果僅存的最後一個槍客。為了阻止黑塔崩解，為了拯救世界，羅蘭毅然往遙遠的黑塔前進，在『業』（ka，命運）的安排下，他找到了同伴。

這群共業夥伴包括毒癮患者的艾迪、雙腿截肢的蘇珊娜、與羅蘭情同父子的少年傑克。在羅蘭的訓練下，他們成了身手優異的槍客，以相同的信念與決心，一路朝黑塔前進。途中經歷了許多難關，包括愛猜謎語的火車、陰狠的巫師、恐怖的吸血鬼、兇殘的半獸人、無所不在的血腥之王等等，他們遭到魔法迷惑戲弄、面對可怕的獠牙利爪、被深淵峻嶺所阻擋、在驚險搏鬥中出生入死，所幸也始終有正義力量的護持。

雖然邪惡力量猖狂肆虐，但正義未死，光明的力量始終默默保護著他們。一朵位於紐約某廢棄空地的神奇玫瑰，悠然唱著最純淨美麗的歌聲，帶給他們撫慰和希望，那是善與美的光，何其脆弱，卻又何其堅強。

這群夥伴除了在異時空中行俠仗義，不時還會經由『任意門』到我們的世界裡辦點事——包括拜訪作者金大師本尊，並且揭露出他們身世的最大謎底。這是《黑塔》系列裡的一大高潮，不過，當然，我只會說到這裡為止。

《黑塔》七部曲分別是《最後的槍客》（The Gunslinger）、《三張預言牌》（The Drawing of the Three）、《荒原的試煉》（The Waste Lands）、《巫師與水晶球》（Wizard and Glass）、《卡拉之狼》（Wolves of the Calla）、《蘇珊娜之歌》（Song of Susannah）及《業之門》（The Dark Tower）。征途雖長，但從不枯燥，讀者無法預測接下來羅蘭一行人會遇上什

麼麻煩，更不知道他們到底能不能抵達黑塔，或者黑塔到底會給他們什麼解答，只能屏氣凝神緊緊跟隨。

在金大師的作品裡，《黑塔》像是一個主軸，輻射衍生出許多作品來，並且相互呼應。它的基本架構和《末日逼近》（The Stand）很接近，講的差不多是同一個故事，只是擷取的時空片段不同。這也是金大師的習慣，筆下的人物情節經常彼此勾連，有時還會跑到別本書裡串門子，彷彿一個大故事裡的不同小故事。

比起其他作品裡的恐怖驚悚，《黑塔》談得更多的是追尋，對人生、對理想、也對使命。無論其間經過了多少生死危機，不管情勢多麼險惡，勝算多麼低，看來似乎死路一條，這群共業夥伴也不曾停下追尋的腳步，沒有誰提議放棄或自行落跑，即使明知很可能為此付出生命。

於是乎，金大師帶著羅蘭，羅蘭帶著他的夥伴，他們再帶著所有的讀者，共窮悠長歲月，追尋那不可預知的黑暗之塔。除了作者，我們都沒有答案，但依舊步步向前，永不放棄。人生的滋味，盡在其中。我們最後總會領悟，過程，就是人生。

《黑塔》談追尋、談人生，也談忠誠與勇氣。羅蘭是這群夥伴的領袖，嚴肅正直，身手矯健，但也疏離而疲憊。黑塔是他的天命，他願意為追尋黑塔付出一切代價，在某種程度上，這讓他變得冷酷無情，儘管他也並不欺瞞。他和夥伴建立起生死與共的情誼，他們接納羅蘭的使命為自己的共同天命，彼此信任，也彼此依賴，必要時更隨時準備為彼此犧牲。無論外在的試煉如何嚴苛，他們始終坦誠相對，全心付出，以最真摯的忠誠友情，緊緊團結起這群小小的生命共同體。

同時，《黑塔》還談勇氣；不是片刻之勇，而是能夠長期在險惡壓力下堅持向理想前進的勇氣。在漫長的人生追尋裡，沒有執著，沒有勇氣，是到不了終點的。黑暗之塔佇立於迢迢天涯路的彼端，是福是禍，不知。而在追尋黑塔的道路上，每一步的堅持不悔，都需要以無比的勇氣才能跨出；面對每天日出後無法預測但必定艱難的挑戰，也需要強大的勇氣才能戰鬥到日落，然後再迎接另一個日出。

而日出日落，每一天，都是我們人生之戰的軌跡，也是黑塔真正的追尋。無論多麼艱辛，只要心裡仍有一朵玫瑰在輕輕歌唱，我們就還有繼續前進的勇氣。

奇幻王子深陷黑塔

【《魔域大冒險》作者**向達倫**特別為中文版專文強力推薦】

我在一九八九年二月讀完《黑塔》的第一集，當時我十六歲。十八年後，也就是在我三十四歲的時候，我讀完了《黑塔》的最後一集。我從來沒有對任何一套系列作品投入這麼長的時間！最令人驚奇的是，在這些年歲裡，即使碰上了最長的出版間隔，這個故事仍然鮮明的印在我的腦海中，我總能輕而易舉的就回到羅蘭和他『共業夥伴』的故事裡。這個故事很長、很複雜、層次很多，穿梭了過去與未來，穿越了不同的世界，而且還有一大群角色參與，但是我從來不覺得迷失或是搞不清楚劇情。這個故事從一開始就深深吸引我，讓我到目前為止的大半生都深陷其中，無法自拔。

《黑塔》系列結合了最精采、也是我最喜歡的文類：恐怖小說、科幻小說、奇幻小說、西部小說。書裡的情節讓我忍不住想到塞吉歐·李昂尼導演的電影（《荒野大鏢客》、《黃昏三鏢客》等）、想到托爾金、想到電影《豪勇七蛟龍》、想到理查·亞當斯的小說《殺敵克》，甚至還想到了《哈利波特》！書裡偶爾會出現虛實交錯的情節，我們會發現我們居然在故事裡遇到了現實生活中的史蒂芬·金。書裡有槍戰、有激烈的打鬥、有善惡對立，還有怪獸、英雄與壞人。有些角色獲得了無上的名聲與榮譽，有些角色則是背叛了朋友與自己。書裡還有魔法和科技，有時候這些魔法和科技能幫這些遠征的角色一把，有時候又成了他們的絆腳石。

不過，這套書裡最精采的，就是這趟遠征的過程。這是一趟波瀾壯闊、描寫精細、令人屏息的旅程，帶領讀者穿越許多遼闊又陌生的國度。黑塔和它無數的謎團永遠在召喚著你。你可以感覺到它就佇立在旅程的盡頭，高聳入雲、充滿邪氣，既迷人而又駭人。除非你跟著書中人物走到旅程的盡頭，否則你永遠也不曉得抵達終點的會是哪一個角色，但是如果你堅持到底，做一個忠實的讀者，你一定能得到回報：你將能仰望黑塔，探索其中無窮的秘密……不論是好是壞……

向達倫

各界名家的推薦

深受《魔戒》托爾金啓發的史蒂芬・金，繼初試啼聲的奇幻作品《龍之眼》後，耗費數十年構思完成的史詩大作《黑塔》，讓男女老少都能藉由主角羅蘭的冒險，體驗穿越時空，波瀾壯闊的驚奇旅程。強烈建議缺乏自制力的讀者，千萬別在睡前閱讀這本小說，以免欲罷不能，徹夜未眠！

——【史蒂芬・金網站站長】**林尚威**

史蒂芬・金無論寫恐怖、溫情、緊張、科幻、奇幻，都能隨心所欲的牽動讀者的心。原因無他，只因他瞭解人心，直接去描寫人心最深處最單純的恐懼，令人讀了會與故事中的角色感同身受。

——【名作家】**張草**

史蒂芬・金過人之處，便是他完全控制了文字的氛圍，從閱讀第一行字到結局，即便你能冷靜地判斷、猜測故事的走向，卻永遠離不開他所設下那有如迷霧無所不在的重重包圍，即便最後闔上書本，仍覺得故事還在書中蠢蠢欲動，準備脫困而出，進到現實的生活中。

——【名作家】**黃願**

史蒂芬．金的豐富想像力、對文字運用的掌控能力、還有非常優秀的小說寫作技巧，以及對人物塑造和氣氛營造都相當用心，所以在那種既曲折又懸疑的情節中，總是能夠讓讀者隨時感到不寒而慄的恐怖感覺。

——【資深譯者．影評人】景翔

如同電影『駭客任務』般的老莊哲學世界觀，加上反英雄式的主角與卓越的想像力，搭構出這部唯有史蒂芬．金方能寫出的特異奇幻史詩。而我們藉由閱讀緊緊跟隨著槍客一同追尋黑塔，在不知不覺中，讓雙眼成為了虛幻與現實世界的互通之門；至於成為門所得到的報酬，自然便是那手不釋卷的閱讀樂趣了。

——【城堡岩小鎮家族創立人】劉韋廷

史蒂芬．金的文句在簡鍊無比的文字裡卻蘊藏著深邃無比的意象，他運用動詞的巧奪天工更堪稱一絕，卻非刻意矯飾，而是渾然天成，難怪史蒂芬．金有此盛名，也難怪《黑塔》被喻為他最成功、最偉大的一部作品。

——【奇幻文學評論者】譚光磊

contents

【自序】

那一年我十九歲……

1

我十九歲（在各位要開始看的這本書裡，十九可是個重要的數字）的時候，哈比人正當紅。

在伍茲托克音樂節（Great Woodstock Music Festival）❶上，大概有半打的梅里和皮聘跋涉過雅斯各（Max Yasgur）牧場的爛泥，此外還有成打的佛羅多，多得數不清的嬉皮甘道夫。在那段日子裡，托爾金的《魔戒》極為風行，雖然我沒去伍茲托克（真遺憾），但我想我至少算是個嬉皮半身人（halfling），自然一看到《魔戒》就愛上它。就像大部分我那個年代的長篇奇幻故事一樣（例如史蒂芬·唐那森〔Stephen Donaldson〕的《湯瑪士·寇文能傳奇》〔Chronicles of Thomas Covenant〕、泰瑞·布魯克斯〔Terry Brooks〕的《沙那拉之劍》〔Sword of Shannara〕），《黑塔》系列也是托爾金啟發下的產物。

不過，雖然我在一九六六年跟一九六七年看了《魔戒》，但我並沒有執筆寫作。我非常景仰托爾金驚人的想像力，還有他完成史詩鉅作的雄心壯志，但是我想要寫一個屬於我的故事。要是我當時就開始寫作，我一定會寫出『托爾金式』的故事。要真是如此，那就會像故總統滑頭迪克❷常說的：大錯特錯。多虧了托爾金先生，二十世紀已經不缺精靈和巫師了。

一九六七年，我還不曉得『屬於我的故事』會是個什麼樣的故事，但那並不重要，因為我覺得總有一天靈感會從天而降。我年方十九，心高氣傲，傲到覺得我可以再等等，等我的繆思女神和經典大作（我確定那絕對會是經典大作）問世。我想，人在十九歲的時候是有權利驕傲，因為時間還沒有開始鬼鬼祟祟的偷走你的東西。一首流行的鄉村歌曲唱道：『時間會奪去你的頭髮，讓你沒力氣投籃。』但事實上，時間奪去的遠不只這些。一九六六年跟一九六七年，我還不知道這件事，就算我知道，我也不會在乎。我勉強可以想像自己活到四十歲會是什麼德行，但是五十歲？不可能。六十歲？門都沒有。我怎麼可能會變成六十歲的老頭子！十九歲就是這樣。十九歲的時候你會說：喂，大家注意，我抽的是火藥，喝的是炸藥，腦袋清楚就別擋路——史蒂芬來也！

十九歲是個自私的年齡，而且也沒有什麼煩惱。我有很多朋友，那是我關心的；我有遠大的抱負，那也是我關心的。我有台打字機跟著我從一間爛公寓搬到另一間爛公寓，口袋裡永遠放著一包煙，臉上永遠掛著微笑。中年危機很遙遠，老年的屈辱更遠在天邊。就像鮑伯．塞格（Bob Seger）❸那首歌的主角（現在成了卡車的廣告歌），我覺得自己充滿潛力，前途光明。我的口袋空空，但是腦袋裡充滿了想說的話，心裡充滿了想講的故事。這些話現在

❶譯註：一九六九年，美國西北部的雅斯各牧場舉辦搖滾音樂會，湧入五十萬名搖滾樂迷，成為搖滾樂史上劃時代的大事。
❷譯註：Tricky Dick Nixon。尼克森總統在大選時對手為他取的小名。
❸譯註：美國鄉村搖滾歌手。

聽起來有些陳腔濫調，但那時可覺得棒透了，簡直是酷斃了。我最大的夢想，就是用我的故事直通讀者的心房，從此改變他們的一生。我覺得我辦得到，我覺得我天生就是這塊料。

這些話聽起來有多自負？非常自負，還是只有一點點？不管怎樣，我不會後悔。當時我十九歲，一根白鬍子也沒有。我有三件牛仔褲，一雙靴子，我覺得全世界都是我的囊中物，而接下來二十年也沒有發生什麼事情證明我錯了。然後大概在三十九歲的時候，我的麻煩來了：酗酒、嗑藥、一次車禍讓我行動不便（還有一大堆）。我已經在別的地方詳述過，這裡就不再贅述。此外，你不也是一樣的嗎？世界最後都會派個糾察隊員叫你減速慢行，告訴你誰才是老大。你一定已經遇到你的糾察隊員（要是你還沒遇見，遲早都會遇見）；我已經遇到我的糾察隊員了，而且我確定他一定會再回來。他知道我住哪兒。他是個壞心的男孩，壞心的軍官，誓死要與悠閒、性交、驕傲、抱負、震破耳膜的音樂，還有所有屬於十九歲的事情為敵。

但我還是覺得那是個不錯的年齡，也許是最好的年齡。你可以聽一整夜的搖滾樂，但是等到音樂消逝，啤酒見底，你還能思考，還能做遠大的夢想。壞心的糾察隊員最後一定會讓你漏氣，所以如果你不一開始就把牛皮吹大點，等他大功告成，你大概就漏氣漏到只剩兩隻褲腳了。『又抓到一個！』他吼著，然後手裡抓著糾察簿往前大步走去。所以，一點點自負（甚至是非常自負）不是件太壞的事，不過你媽一定不是這麼說。我媽就不是這麼說。她說：史蒂芬，驕者必亡……後來我發現（在我的年齡剛好是十九乘以二的時候），不管怎樣最後你一定會死，或是被撞進水溝裡。十九歲的時候，要是你進酒吧，會有人開你罰單，叫你滾出去，但是如果你坐下來畫畫、寫詩，或是說故事，絕對不會有人來煩你。如果你非常年輕，千萬別理長輩或是自以為高你一等的人說什麼。當然，你從來沒去過巴黎，也沒有在西班牙的潘普隆那（Pamplona）跟牛賽跑，你只是個無名小卒，腋毛三年前才長出來——但是那又怎樣？如果一開始褲子不做得大一些，長大了怎麼穿得下？告訴你，不要管別人怎麼說，坐下來抽你的煙吧！

2

我覺得小說家有兩種（包括一九七〇年以前的我，那個乳臭未乾的小說家）。第一種小說家是比較『文學』的，或者說是比較『嚴肅』的，這種小說家在選擇主題時會問：寫這種故事對我有什麼意義？另一種小說家的天命（你也可以把它叫做『業』〔Ka〕）則是通俗小說，這種小說家比較會問另一個問題：寫這種故事對別人會有什麼意義？『嚴肅』的小說家在尋找自我的解答，而『通俗』小說家則在尋找觀眾。兩種作家都一樣自私。我認識不少作家，保證絕無半句虛言。

總之，我相信我在十九歲的時候，就把佛羅多還有他想盡辦法甩掉至尊戒的故事歸為第二種小說。這些冒險故事的主角是一支略帶大不列顛血統的遠征隊，背景則有幾分挪威神話的味道。我喜歡這個追尋的主題，事實上是愛死了這個主意，但是我對托爾金拿粗壯的鄉村鄙夫當主角不以為然（這並不表示我不喜歡他們，因為我真的很喜歡他們），也對矮林叢生的北歐背景沒什麼興趣。如果我朝那個方向走，我一定會把事情搞砸。

所以我等。一九七〇年，我二十二歲，長出了第一根白鬍子（我想這應該跟一天抽兩包半潑墨牌〔Pall Mall〕香煙脫不了關係），但即使是到了二十二歲，你還是可以等。二十二歲，時間還是站在你這邊，不過那個壞心的糾察隊員已經開始跟鄰居打聽消息了。

然後，在一間幾乎空無一人的電影院裡（如果你想知道，那是緬因州班格市的寶珠戲院），我看了一部由塞吉歐・李昂尼（Sergio Leone）執導的電影。那部電影叫『黃昏三鏢客』（The Good, the Bad, and the Ugly），電影還沒放到一半，我就發現我要寫的小說是什麼了：我希望能延續托爾金那種追尋與魔幻的感覺，但背景要設在李昂尼古怪、壯闊的西部荒野。如果你只在電視上看過這部奇特的西部電影，你不會懂我在說什麼——恕我冒昧，但事實如此。在大銀幕上，透過最對味的 Panavision 鏡片投射，『黃昏三鏢客』成了可比美『賓漢』（Ben-Hur）的史詩。克林伊斯威特看起來大概有十八呎高，臉頰上鋼絲般的鬍碴看起來八成有紅木小樹那麼粗。李凡克里夫（Lee Van Cleef）臉上那兩道法令紋深如峽谷，搞不好每道法令紋下都有一個薄域（見《黑塔第四部：巫師與水晶球》〔Wizard and Glass，暫譯〕）。荒漠場景似乎大到可以碰到海王星的軌道，每枝槍的槍管看起來都有荷蘭隧道（Holland Tunnel）❹那麼大。

然而，除了背景之外，我更希望能捕捉那種史詩般巨大的尺寸。李昂尼對美國地理一竅不通（根據其中一個角色所言，芝加哥位在亞利桑那州鳳凰城附近），讓這部電影更具有一種壯麗的錯置感。我滿懷熱情——我想這種熱情大概只有年輕人才有——不只想寫一本很長的書，而是史上最長的通俗小說。我沒能寫出最長的，但也很接近了：《黑塔》一到七集講的是同一個故事，前四部的平裝版加起來超過兩千頁，後三部的手稿則有兩千五百頁。我的意思不是長度愈長，品質就愈好，我的意思是我想寫一篇史詩，而就某方面來說，我成功了。如果你問我為什麼想寫史詩？我也說不上來，也許是因為我在美國長大，什麼都要拿第一：要蓋最高的大樓，挖最深的溝，寫最長的小說。你問我動機何在呀？我想那應該也是因為我在美國長大，我的動機就像咱們美國人最愛說的，因為一開始看起來是個好主意。

3

另一個關於十九歲的事情是：我想很多人都有一種『十九歲情結』，拒絕長大（我是指心理跟情感方面，當然生理方面也有可能）。一年一年過去，有一天你發現自己看著鏡子，嚇了一大跳。你心想：我的臉上怎麼會有皺紋？那個愚蠢的大肚子怎麼來的？天呀，我不是才十九歲嗎！這也是個陳腔濫調，但想起來仍然讓人十分驚奇。

時間讓你長出白鬍子，時間奪去你的精力，而你這個傻瓜卻還以為時間站在你這邊。你的理智知道事實是怎麼一回事，但你的情感卻拒絕相信。如果你夠幸運，那個檢舉你開快車、玩過頭的糾察隊員也會給你一劑醒腦的嗅鹽。這就是二十世紀末發生在我身上的事情：一輛普利矛斯（Plymouth）廂型車把我撞進家鄉路邊的水溝裡。

意外發生三年後，我在密西根第爾本市的博得書店（Borders）為《緣起別克八》（From

❹譯註：連接紐約與紐澤西的河底隧道。

a Buick 8）舉辦簽書會。輪到一個年輕人的時候，他說他真的、真的很高興我還活著。（常有人這樣對我說，不過我老覺得他們真正的意思是：『你怎麼還沒死？』）

『我聽到你被撞的時候，剛好跟我的好朋友在一起，』他說：『老兄，那時我們一邊搖頭一邊說：「黑塔完了，它歪了，它要倒了，啊，該死，現在他永遠也寫不完了。」』

我也曾經有過同樣的想法——我常常不安的想到，我在百萬名讀者的共同想像中建立了黑塔，也許只要有人還願意看它，我就有責任保護它。或許只有五年。然而就我所知，也許會有五百年。奇幻故事不管寫得好，寫得壞（就連現在也許都有人在看《吸血鬼瓦涅爵士》〔Varney the Vampire〕或是《僧人》〔the Monk〕），似乎都能長命百歲。羅蘭保護黑塔的方法，是讓支撐黑塔的光束不受威脅，而在車禍之後，我發現我保護黑塔的方法，是把槍客的故事寫完。

《黑塔》一到四部花了很長的時間，在這段時間裡，我收到了上百封想讓我良心不安的信件。一九九八年（也就是我還以為自己只有十九歲的時候），我收到一封八十二歲老奶奶的臨終遺願。老奶奶告訴我，她大概只剩一年好活（癌細胞擴散全身，最多只能活十四個月），她不指望我為了她一個人把故事趕出來，但是她想知道能不能拜託（拜託！）我告訴她結局是什麼。真正讓我心痛（但還沒痛到能讓我開始寫作）的那句話，是她保證『不會告訴任何人』。一年以後（大概在那個送我進醫院的車禍之後），我的一個助理，瑪莎·迪菲莉波（Marsha DiFilippo）收到一封來自德州還是佛州死刑犯的信，他的心願跟老奶奶差不多，也就是：結局到底是什麼？（他保證帶著這個祕密進墳墓，真讓我寒毛直豎。）

如果可以，我一定會讓這兩位朋友得償所願，跟他們簡述一下羅蘭接下來的冒險故事，但是，哎，我辦不到。我完全不知道槍客跟他的朋友最後到底怎麼了。如果我要知道，我就必須寫作。我曾經擬了一份故事大綱，但不知丟到哪兒去了。（不過大概也沒什麼用。）我只有幾張便條紙（現在我桌上就有一張，上頭寫著：『裘西、奇西與哲西，××××裝滿籃』）。終於，在二〇〇一年七月，我又開始動筆了。那時我知道我已經不是十九歲，也知道我對人生的病痛老死並沒有免疫力。我知道我會變成六十歲，甚至七十歲，而且我希望能在糾察隊員最後一次上門前把故事寫完。我可不希望我的書成了另一本《坎特伯里故事》（Canterbury Tales）或是《艾德溫・杜魯德之謎》（The Mystery of Edwin Drood）❺。

忠實的讀者（不論你是正打算開始看第一部，還是已經準備進入第五部），現在成果（不管是好是壞）就在各位眼前。不管你喜不喜歡，羅蘭的故事都已經完成了，我希望它能為你帶來一些樂趣。

至於我，我非常盡興。

史蒂芬・金

二〇〇三年一月二十五日

❺譯註：《坎特伯里故事》為中世紀喬叟（Chaucer）所作，《艾德溫・杜魯德之謎》為狄更斯（Charles Dickens）所作。兩書都未能在作者生前完成。

修訂版前言

大部分的作家在談論寫作時都是廢話連篇❻，所以你從來沒看過有什麼書叫做《西方文明百篇序言傑作選》或是《美國人最愛前言選》。當然，這是我個人的主觀意見，不過我曾經寫過至少五十篇序言與前言（更別提寫了一整本談寫作技巧的書），我想我是有權利這麼說的，而且我想，如果我告訴你這篇前言會是少見的例外，真的值得一看，你也可以把我的話當真。

幾年前，我推出了《末日逼近》（the Stand）的增修版，在我的讀者群裡引起一陣軒然大波。我會特別在意那本書，也是情有可原，因為在我的作品裡，《末日逼近》一直都是讀者的最愛。（根據某些最死忠的『末日逼近迷』，如果我完成《末日逼近》後，在一九八〇年死掉，這個世界並不會有什麼太大的損失。）

如果在我的作品裡，有什麼故事能跟《末日逼近》比美，也許就是羅蘭‧德斯欽跟他追尋黑塔的故事。而現在——可惡！——我又對它幹了一樣的事情。

不過事實上，我並沒有那麼做，我希望你知道這一點，我也希望你知道我做了什麼，理由何在。也許這對你來說並不重要，但是對我來說非常重要，因此（我希望）這篇前言並不符合金氏的『廢話原則』。

首先，請注意《末日逼近》的手稿會遭到大幅刪減，不是因為編輯上的原因，而是因為財務上的原因。（此外還有裝訂上的限制，但在此我不想多談。）❼我在一九八〇年代末期推出的修訂版，其實是修改原先就存在的手稿。我也重新修改了整個作品，大部分是為了順應時事，加入一些跟愛滋病有關的情節，最後修訂版比首次推出的版本多了十萬字左右。

至於《最後的槍客》這本書，原先的版本很短，而新增的頁數也只有三十五頁，也就是大概九千字。如果你曾經看過原本的《最後的槍客》，在這本書裡，你只會發現兩、三個完全不同的場景。當然，《黑塔》純粹主義者（為數還真不少，看看網路就知道）會想把這本書再看一次，而且看這本書的時候，大概都會是既好奇，又生氣。我同情他們，但是我必須說，比起他們，我更關心從來沒見過羅蘭和他共業夥伴（Ka-tet）❽的讀者。

雖然有一票死忠的書迷，但《黑塔》的故事卻沒有《末日逼近》來得有名。我舉行讀書會的時候，有時候會問在場的人有誰看過我的小說。既然他們都不辭辛勞的出席了（有時候還得大費周章，請保姆帶小孩，或是花錢替老爺車加油），大部分的人自然也都會舉手。然後我會請沒看過《黑塔》的人把手放下，這時候至少會有一半的人會把手放下。結論十分清

❻作者註：關於『廢話因子』，詳見《史蒂芬金論寫作》（On Writing），二〇〇〇年Scribner出版（中譯本由商周出版）。
❼譯註：此書出版時長達八百多頁，修訂版更長達千頁。
❽作者註：指命運與共者。

楚：雖然在一九七〇年到二〇〇三年這三十三年中，我花了非常多的時間寫這些書，但是相較之下，並沒有很多人看過。然而，看過的人都非常熱愛這些書，我自己也非常熱愛——所以我捨不得讓羅蘭跟那些未完成的角色一樣，漸漸淡出江湖（想想喬叟那個去坎特伯里朝聖的故事，或是狄更斯未完成小說《艾德溫．杜魯德之謎》裡的角色）。

我想我從前總以為我會有時間寫完《黑塔》（應該是在我的潛意識裡這麼想，因為我不記得我曾經有意識的這麼想過），以為時間到了，上帝就會寄一份會唱歌的電報給我：『啦啦啦，啦啦啦／回去工作史蒂芬／快去寫完黑塔傳』。從某方面來說，我的想法成真了，只不過提醒我繼續寫作的，不是會唱歌的電報，而是與一台普利矛斯小貨車的近距離接觸。如果那天撞我的車子再大一點，或是撞得再準一點，恐怕最後就是來賓獻花，家屬答禮，而羅蘭的遠征就再也無法完成，至少不會是由我完成。

總之，在二〇〇一年（那時我的身體狀況已經漸漸好轉），我決定時機已到，該完成羅蘭的故事了。我排開一切雜事，全心全意寫作最後三本書。一如往常，我這麼做不是因為讀者的要求，而是為了我自己。

現在我寫這篇前言時，是二〇〇三年的冬天，《黑塔》的最後兩部還在修改階段，但是事實上，我在去年夏天就完成了初稿。在編輯第五部（《卡拉之狼》〔Wolves of the Calla〕，暫譯）及第六部（《蘇珊娜之歌》〔Song of Susannah〕，暫譯）時，我有一些空檔，於是我決定回頭把整個故事重新修改一次。為什麼？因為這七部書不是獨立的故事，而是《黑塔》這個長篇小說裡的七個小節，但是故事的開頭卻跟結尾不太一致。

這些年來，我修改作品的方法並沒有太多改變。我知道有的作家是邊寫邊改，但是我的策略一直都是一頭栽進去，能寫多快就寫多快，讓我的寫作之刃愈磨愈利，然後努力超越小說家最陰險的敵人：懷疑。停下筆回頭看稿會激起太多問題：我的角色可信嗎？我的故事有趣嗎？我寫得到底好不好？有人會喜歡嗎？我會喜歡嗎？

寫完小說的初稿後，我會把它統統丟到一邊，讓它『醒一醒』。過了一段時間（六個月、一年、兩年都可以），我就能用一種比較冷靜（但是仍然充滿疼愛）的眼神回頭看它，然後開始修改。雖然我把黑塔系列的每一本書分開修改，但是要等到完成第七部《黑塔》之後，我才真正把它們當作一個完整的作品來看。

在我回頭看第一部的時候（也就是各位手上這本書），我發現了三件事。第一，《最後的槍客》是個年輕的作家寫的，所以所有年輕作家的問題，全都能在這本書裡找到。第二，書裡有不少錯誤及跟後文不一致的地方，尤其是在看完後面的幾部後，錯誤更是明顯。❾第三，《最後的槍客》的語調跟後面幾部書完全不同，老實說，還滿難讀的。我老是聽到自己為了這件事道歉，告訴大家如果他們堅持下去，就會發現這個故事在第二部《三張預言牌》（Drawing of the Three，暫譯）裡漸漸步上軌道。

在《最後的槍客》裡，我把羅蘭描述成會在陌生的旅館裡，動手把歪掉的畫像擺正。

❾作者註：我想我舉一個例子應該就夠了。在初版的《最後的槍客》中，『法爾森』是一個城鎮的名字，但在後面幾冊裡，它居然變成了一個男人的名字：叛徒約翰．法爾森，毀滅羅蘭故鄉基列地的幕後黑手。

我想我自己也是這種人，而就某種程度而言，修改作品也是這麼一回事：把畫像擺正、吸地板、刷馬桶。在修改作品時，我做了很多家事，而且做了所有作家寫完初稿以後想做的事：把歪的地方擺正。一旦你曉得故事的結局，你就必須對潛在的讀者——還有你自己——負責，回頭把事情整理好。那就是我想在這本書裡做的事，而且我也很小心，希望增修之處不會把最後三本書裡的祕密洩露出來，有些祕密我可是耐心珍藏了三十年。

在我停筆之前，我想談談那個大膽寫了這本書的年輕人。那個年輕人上了太多寫作課，也被那些寫作課裡宣傳的東西洗了腦：寫作是為了別人，不是為了自己；詞藻比故事重要；模糊比清楚簡單好。所以，在羅蘭初次登場的作品裡發現很多矯揉造作的地方（更別提書裡大概有一千個不必要的副詞），我並不驚訝。我儘可能刪掉了這些空洞的廢話，而且一點也不心痛。在書裡其他的地方（也就是我想到什麼讓人入迷的故事，一時忘了寫作課上教的東西），我則可以幾乎完全不改動，只微微修正必要的地方。就像我在另一本書裡提到的，只有上帝才會第一次就把事情做對。

總而言之，我不會完全改掉這個故事的敘事風格，甚至也不會做太大的變動。對我來說，雖然它有很多缺點，但是也有它獨特的魅力。將它改頭換面，等於是完全否定了那個在一九七〇年春末夏初創造槍客的年輕人，而我並不想那麼做。

我想做的（如果可能的話，希望是在《黑塔》系列最後幾本書出版之前），是讓《黑塔》故事的新讀者（還有想重溫記憶的舊讀者）能更容易抓到故事的脈絡，更輕鬆的進入羅蘭的世界。我也希望這本書裡的伏筆能埋得更有技巧。我希望我達成這些目標了。如果你從來沒有來過這個奇異的世界探訪羅蘭跟他的朋友，我希望你能享受你在書裡找到的驚奇。最重要的是，我希望能說一個精采的故事。如果你發現自己讓《黑塔》給迷住了，即使只有一點點，我也覺得我達成任務了。這個任務從一九七〇年前開始，在二〇〇三年粗略完成。但是羅蘭會第一個告訴你，這三十多年的時間並沒有什麼意義，事實上，在你追尋黑塔的時候，時間是一點也不重要的。

二〇〇三年，二月六日

獻給艾德·佛曼（Ed Ferman），他給了這些故事機會，一個接著一個。

……一塊石，一片葉，一扇未發現的門扉；一片葉，一塊石，一扇門，以及所有遺忘了的面孔。

我們赤裸孤獨的流亡至此。在母親黑暗的子宮內，我們不知道她的長相；我們從她身體裡的牢籠，來到人世間這無法訴說、不可言傳的牢籠。

在我們之中，有誰瞭解自己的兄弟？有誰細看過父親的心？有誰不是永遠被禁錮在牢籠中？有誰不是永遠當個陌生人、獨行俠？

……噢，失落的、因風愁苦的幽靈，再次歸來吧！

湯瑪士・伍爾夫

《天使望鄉（Look Homeward, Angel）》

19

終而復始

chapter one

槍客

The Gunslinger

1

黑衣人橫越荒漠而逃，槍客緊追在後。

那片荒漠堪稱荒漠之雄，一望無際，往四面八方延伸而去，與天際抗衡。放眼望去，盡是一片刺目的白亮，滴水不見，景色單調，只在遠方地平線的盡頭隱約繪著朦朧的山影，此外就是鬼草，帶來美夢、惡夢、死亡的鬼草。曾有條公路穿過這片鹽鹼大地，上頭駛過無數車馬，如今空餘墓碑一般的路標，標誌著往日的繁華。然而，物換星移，世界前進了，世界空了。

一陣暈眩向槍客襲來，他感到一種扭曲的錯覺，彷彿整個世界如蜉蝣朝生暮死，一眼即可看破。但是這種錯覺已經退去，地球轉著，踩著地殼的他也不停走著。他麻木的走過幾哩路，不疾不徐，盛水的皮囊掛在腰間，像條燻製的臘腸。水還是滿的。他修練『刻符』多年，大略已練到第五層，要是他能練成聖人『曼寧』，也許根本不會覺得渴。他可以冷靜的看著自己的身體脫水，就像在觀察科學實驗一般，只憑理智在必要時潤一潤乾裂的皮膚，以及內心黝黑的空洞。只可惜他不是曼寧，也不是耶穌的追隨者，更不覺得自己有何神聖之處。換言之，他只是個普普通通的浪人，口渴的感覺再真切不過，但即使如此，他並不特別想喝水。不知為何，這一切讓他感到喜悅。入境隨俗，這是個乾渴的國度，而在他漫長的一生中，別的不會，適應環境可是最擅長的。

水袋底下是一對手槍，加過鐵片的，重量正好稱他的手。這對槍是父親傳下來的，父親沒他那麼高大。兩條皮帶在胯上交叉。槍套上了大量的油，即使烈日如斯，依然不乾不裂。槍柄是檀木做的，顏色泛黃，木紋細緻。生皮索把皮套鬆鬆的繫在大腿兩側，步行時微微晃動，磨白（也磨薄）了藍色的牛仔褲，磨出的兩個弧形乍看彷彿是兩朵微笑。黃銅彈匣掛在槍帶上，在烈日下閃閃發光。彈藥數愈來愈少，皮帶發出若有似無的窸窣聲。

他的衣衫經過雨打風吹，早已看不出顏色；他敞著領口，一條生皮索穿過手鑽的鈕釦孔，鬆鬆的垂著。他的帽子早已不見，帶在身邊的號角也失了蹤影。那支號角已不見了好些年，一個友人臨死前手一鬆，他就接了過來。他失去了朋友，也失去了號角。

他登上一座平緩的沙丘（名為沙丘，實則無沙；這座荒漠是堅硬的鹽鹼大地，即使是入夜後的狂風，也只能吹起去污粉般的惱人粉塵），望見一小堆踢散的營火餘燼，餘燼位在背風處，太陽最早下山的一側。這種小跡象再次證明黑衣人也不過是個普通人，槍客總因此感到愉快不已。他的雙唇在飽經日曬而龜裂的臉上扯出一抹微笑，那笑容可怖又痛苦。他蹲了下來。

當然，他的獵物燒過鬼草，這個地方只有鬼草能當柴火。鬼草燒起來時帶著油亮的火焰，火光微弱，可以燒很久。住在邊境的棄民告訴他，鬼草燃燒的火焰裡住著魔鬼，他們從不敢盯著那火瞧。他們說，要是你盯著火焰瞧，魔鬼就會催眠你，召喚你投身烈焰，而下一個盯著火焰瞧的笨蛋就會看到你的臉。

燒過的鬼草呈十字型，好像代表著什麼意義，這一幕槍客已十分熟悉。他伸手撥弄，餘燼立刻碎散成灰。餘燼裡只有一小片燒焦的培根肉，槍客若有所思的把它吃下肚。向來都是如此。兩個月來，槍客跟著黑衣人穿越荒漠，穿越這片無窮無盡、單調有如煉獄的荒原，但除了整潔得像消過毒的營火外，並沒有發現任何黑衣人的足跡。他從沒發現任何瓶罐、水袋（槍客就曾丟棄過四個水袋，像蛇蛻下的死皮），甚至連糞便也沒發現，他猜想黑衣人一定是把糞便埋了起來。

也許每個營火都代表了一個字，要是一個一個拼起來，就能拼出一段留言，比如說『夥伴，保持距離』，或是『終點就快到了』，甚至可能是『來抓我』。不管營火是不是留言，他都不在乎；就算營火真的是留言，他對留言也不感興趣。重要的是，這堆餘燼跟其他的餘燼一樣冰冷。但是他已有所進展。他知道自己更靠近了一些，但是他不知道自己為什麼知道，也許是一種氣味，不過這也不重要。他會一直前進，直到情勢改變，就算情勢不改變，他還是會一直前進。老一輩的人常說：上帝要水就有水。上帝要水就有水，即使在荒漠也一樣。

槍客站起身，拍拍雙手。

沒有其他的線索；即使這片鹽鹼大地上曾留下什麼微小的足跡，也早在剃刀般鋒利的疾風吹拂下灰飛煙滅。沒有糞便，沒有垃圾，也從來沒有掩埋糞便、垃圾的痕跡，什麼都沒有，只有一堆堆冰冷的營火，沿著往東南延伸的古老公路排列，此外就是槍客腦中永不休息的測距儀。不過事實上當然不只如此；往東南方前進不只是一種方向感，而是一種引力。

他坐下來，允許自己啜了一小口水袋裡的水。他想起之前那股短暫的暈眩，那股幾乎與世界分離的感覺，心想那到底意味著什麼？為什麼那股暈眩會讓他想起他的號角、想起故友？他的號角與故友早已在耶利哥山丘離他遠去，但那對槍仍然與他同在，也就是父親傳下來的那對槍；那對槍當然比號角更重要……甚至比朋友更重要。

不是嗎？

這個問題莫名的讓人心煩，但是既然除了最明顯的答案以外，再也找不到其他的解答，他只能姑且作罷。他掃視荒漠，然後抬頭看看太陽；太陽已滑落到天空的一角，但落日的方向卻不是真正的西方，頗令人不安。他站起身，從腰帶上摘下破舊的手套，開始拔鬼草生火；鬼草就放在黑衣人留下的餘燼之上。他覺得這諷刺的一幕就像口渴的感覺一樣，充滿了誘惑。

等到白日將盡，地面僅餘微溫，黑白色的天際只留下一抹刺眼的橘紅，他才從包袱裡拿出火石與火刀來生火。他把火藥放在大腿上，坐了下來，耐心的望著東南方，望著群山；他不指望瞧見新營火升起的冉冉輕煙，也不指望瞧見橘紅色的火光，但他還是這麼看著，因為觀察是例行公事。『不專心找就永遠也找不到，豬頭！』寇特一定會這麼說。『張大老天給你的那雙眼睛，拜託！』

但是他什麼也看不到。他很接近了，但也只是相對來說更接近而已，他還沒有近到能看見黃昏時升起的輕煙，或是閃爍的橘紅色營火。

他拿起鋼條用力搥著打火石，一邊把火星打進乾燥的碎草中，一邊喃喃唸著那首古老又充滿力量的歌謠：『點亮黑暗，我主何方？許我沉睡，允我歇息。燃起營火，賜我光亮。』說來奇怪，有些兒時的歌謠與習慣長大了就漸漸忘懷，但有些歌謠與習慣卻一輩子死賴著不肯走，時間過得愈久，就愈是沉重。

他在那堆小小營火的迎風面躺下，讓夢幻般的輕煙往荒野飄散。風不停吹著，偶爾還颳起小小的沙塵暴。

在天上，繁星也不停閃爍著。無數的恆星與宇宙匯聚成燦爛的星空，就像冰冷的火焰發出五顏六色的光芒。他看著天空，天空從紫羅蘭色轉成了檀木般的漆黑，一顆流星在老婦星下劃出一條短暫而壯觀的弧線，然後消失在天邊。營火投下怪異的陰影，鬼草也慢慢燒成了新的形狀：這個形狀不具任何意義，只是一個簡簡單單的十字，也正因為它毫無意義，所以隱隱令人害怕。他堆放柴火時，注意的是實用，而不是花稍的藝術。營火看來一板一眼，就像這個男人到了陌生的旅館房間，看見圖畫掛歪了，會動手擺正一樣。營火慢慢燒著，幽靈在白熾的火中央起舞；黑衣人花稍的藝術火堆與槍客精簡的營火合而為一，但槍客已沉沉睡去，沒有看見。風嗚咽著，就像一個肚子裡長了腫瘤的女巫。偶爾會有一陣邪惡的風向下吹拂，捲起煙霧向槍客吹去，而槍客也不知不覺吸了些煙霧進去。煙霧帶來了夢境，就像沙石在牡蠣中變成珍珠一般。有時，槍客會與風一起發出幾聲嗚咽，但繁星對此毫不關心，即使地上發生了慘烈的戰爭、殉教、復活，繁星也無動於衷，而這一切，也總讓槍客感到愉快不已。

2

他牽著騾子走過最後一個沙丘。天氣熾熱，烤得騾子的雙眼凸出，早已瞎了。三週前他經過了一個城鎮，此後就只有廢棄的馬車道，以及不時出現的棄民村落。後來就連村落也不常出現，只有一座座獨立的房舍，裡頭住的大多是痲瘋病人或是瘋子。他發現瘋子比較好相處。有個瘋子給了他一個不銹鋼的指南針，囑付他交給耶穌基督，槍客慎重其事的接下了指南針，如果他真見到了耶穌基督，自會轉交。他並不覺得自己會遇見耶穌，但是什麼都有可能，他就曾經遇過一個人身烏鴉臉的獸面人；這個怪物一聽見他的呼喚就嚇得倉皇逃走，嘎嘎叫著，好像在說話，或許說的是些粗話也不一定。

離他經過上一個小屋已過了五天，他開始懷疑此後再無人居；但等他爬上最後一個近乎蝕平的沙丘，他看到了熟悉的低背草屋頂。

屋裡住的棄民是個非常年輕的男子，一頭草莓色的亂髮幾乎長至腰際，正使勁的為一塊貧瘠的玉米田除草。騾子發出一聲喘息，引得他抬起頭來，炯炯有神的藍眼盯著槍客瞧了好一會兒。棄民身上沒有武器，槍客也沒看見他帶著弓弩。他舉起手來對槍客行了個禮，然後彎下腰來，繼續在小屋旁的玉米田裡幹活，不時往背後扔出幾把鬼草或是發育不良的玉米。在這裡，風直接從荒漠吹來，毫無阻礙，他的頭髮迎風飛舞。

槍客牽著騾子，慢慢走下山丘，水袋在騾背上搖晃。他在毫無生氣的玉米田畔停下腳步，喝了一口水袋裡的水潤潤喉，然後往這塊不毛之地吐了口口水。

『願你莊稼豐收。』

『願你人生豐收。』棄民站起身來答道，背部發出一聲脆響。他毫無畏懼的打量著槍客。長鬚與亂髮遮住了他大半個臉孔，但那僅露出的一小片臉似乎十分健康，而他的雙眼雖然有點狂野，但卻十分清醒。『陌生人，願你日日長春，好夢連連。』

『願你日長春更長，好夢更連連。』

『這倒是不太可能，』棄民回答，接著發出一聲乾笑。『我只有玉米跟豆子，』他說，『玉米是免費的，但是豆子可得付出些代價。每隔一段時間，就會有人帶豆子來，但是他從不久留。』棄民又乾笑了一聲。『他怕鬼，也怕鳥人。』

『我看過他，我是說鳥人。他看見我就逃跑了。』

『是呀，他迷路了。他說他在找一個叫奧古西恩多的地方，只是有時候他管那地方叫「藍港」，還是什麼「藍天堂」來著的，我搞不清楚。俠客可曾聽聞？』

槍客搖搖頭。

『呃……反正事不關己，己不操心。俠客是人是鬼？』

『我是人，』槍客說，『你講起話來怎麼跟聖人曼寧一樣。』

『我曾經跟他們待過一陣子，可真把我整慘了；他們逢人就裝熟，而且老在找洞。』

槍客心想，這可沒說錯。曼寧那群人最愛雲遊四海。

兩人靜靜對望了一會兒，然後棄民伸出手來。『我叫布朗。』

槍客握了握他的手，跟他說了自己的名字。就在此時，一隻骨瘦如柴的烏鴉從低矮的草屋頂上嘎嘎叫了幾聲。棄民用手指了指烏鴉：『牠叫佐爾頓。』

烏鴉聽到自己的名字，又嘎嘎叫了一聲，飛向布朗，停在他的頭上，雙爪緊緊纏著那頭亂髮。

『去死吧！』佐爾頓放開嗓門大叫，『你和你騎來的那匹馬一起去死吧！』

槍客和善的點點頭。

『豆子豆子懂音律，』烏鴉得了便宜還賣乖，開始唱起歌來，『吃下肚去全是屁。』

『你教牠的？』

『我曾經想教牠主禱文，』布朗說。『不過我想牠只肯學這個。』他的眼神越過草屋，瞧了瞧砂礫遍佈，一望無垠的鹽鹼地。『我想在這兒就算學了主禱文也沒用。你是個槍客，對吧？』

『正是。』槍客整理一下衣裝，蹲了下來。佐爾頓從布朗的頭上飛起，拍拍翅膀落到槍客的肩膀上。

『我還以為槍客都死光了。』

『這下你可猜錯了。』

『俠客從內世界來？』

『那是很久以前了。』槍客答道。

『那裡可還有遺下什麼？』

槍客沒有回答，但是從他的表情看來，這個問題最好別再追問下去。

『我猜你是在追另一個人吧？』

『沒錯。』接著槍客照例問了那個老問題：『他經過多久了？』

布朗聳聳肩。『我不知道。這裡不問年月，也不問遠近、方向。兩週有餘，未滿二月。自從他走後，賣豆子的人來了兩次。我猜大概六週，但也沒個準。』

『吃下肚去全是屁。』佐爾頓嚷著。

『他可有留步？』

布朗點點頭。『他留下來吃了頓晚餐，我想你應該也一樣。我還跟他聊了一會兒。』

槍客倏然起身，烏鴉嚇得嘎嘎叫著，飛回屋頂。槍客感到一陣奇特又令人顫抖的急切。

『他說了些什麼？』

布朗對他揚起一邊的眉毛。『沒說什麼。他問我是否下過雨、我什麼時候來的、老婆什麼時候死的？他問我老婆是不是個曼寧？我說沒錯，可他好像早知道了。大多都是我在說話，這倒奇了。』他頓了一下，頓時四周一片寂靜，只有疾風吹拂的聲音。『他是個法師，對吧？』

『沒錯。』

布朗慢慢點著頭。『我就知道。他三兩下就從袖子裡變出一隻兔子，連內臟都清好了，隨時可以下鍋。你也是嗎？』

『我哪是什麼法師，』槍客笑了起來，『我只是一介凡人。』

『你抓不到他的。』

『我會抓到的。』

兩人對看著；一個是住在乾裂田地上的棄民，一個是來自荒漠大地的槍客，兩人間突然流過一股深摯的情感。槍客伸手想拿出打火石。

『拿去。』布朗摸出一根硫磺火柴，擦過骯髒的指甲。槍客把煙湊過去，點燃香煙，抽了一口。

『多謝。』

『把水袋裝滿吧！』棄民轉過身去說道。『泉水就在屋後的簷下。我去弄晚餐。』

槍客小心翼翼的走過一列列玉米，繞到屋後。泉水就在一口手挖的井底，井的四周圍著一圈石頭，以防鬆軟的土石塌落。槍客爬下搖晃的梯子，心想這些石頭少說也要花兩年的時間才能砌成——拖拉、搬運、堆砌。水質清澈，但流速卻很緩慢，裝滿水袋得費上不少時間。槍客正準備裝滿第二個水袋時，佐爾頓飛來停在井緣。

『去死吧！還有你騎來的那匹馬！』牠又嚷著。

槍客抬起頭，吃了一驚。這口井約有十五呎深，布朗隨便就可以從上頭丟下一塊石頭，砸破他的腦袋，然後把他洗劫一空。瘋子或是痲瘋病人是不會這麼做的，但是布朗既不瘋，也沒病。不過他挺喜歡布朗的，於是他把這個念頭趕出腦袋，繼續汲滿上帝要的水。至於上帝還要些什麼，就交給『業』（ka）❶吧，他已經管不著了。

他穿過小屋的門，走下階梯時（小屋其實是在地下，如此可以保留一些夜晚的涼意），布朗正在用一支粗陋的硬木小鏟，把一塊塊玉米攪進一小堆火中。地上鋪著暗褐色的毛毯，充當桌子，兩端各放著一只粗糙的盤子。火上架著一口鍋，裡頭的水是用來煮豆子的，剛開

本書全為譯註
❶類似於『命運』的同義詞。

始冒泡。

『水錢我也會付的。』

布朗沒有抬頭。『水是上帝送的，我想俠客知道。豆子是達克老爹帶來的。』

槍客悶笑了一聲，背靠著土牆坐下，雙臂交叉，閉上眼。過了一會兒，烤玉米的香味傳進他的鼻中。布朗把乾豆子倒進鍋中，劈啪作響。佐爾頓在屋頂上踱來踱去，不時發出『噠——噠——噠』的聲音。槍客非常疲累；他上一個經過的城市是塔爾城，在那裡發生了一件慘劇，此後他每天都走上十六個小時，甚至十八個小時，足足走了十二天才到達此地。騾子已累得只剩下一口氣，還活著只是因為習慣。他曾經認識一個叫希彌的男孩，他也有隻騾。希彌已經死了，他們全都死了，只剩下槍客和黑衣人。他聽說除了這個世界，還有另一個世界，那裡滿是綠地，叫做『中世界』，但是他很難相信。在這裡，想看見綠地簡直就是痴人說夢。

噠——噠——噠。

布朗說，可能過了兩週，甚至六週。沒關係。塔爾城有日曆，那裡的居民記得黑衣人，因為他經過時救了一個老頭。這個老頭吃了野草，就快死了。那是個三十五歲的老頭。如果布朗估計得沒錯，他已經大大接近黑衣人了。但接下來是荒漠，有如人間煉獄的荒漠。

噠——噠——噠……

鳥兒呀，借我你的羽翼，讓我乘著熱氣振翅翱翔。

他沉沉睡去。

3

一小時後，布朗把槍客喚醒。天黑了，只有火堆發出橘紅色的昏暗光芒。

『你的騾子死了，』布朗說。『真替你難過。晚餐好了。』

『怎麼搞的？』

布朗聳聳肩。『烤的跟煮的，不然還要怎麼搞？難不成你還挑嘴？』

『不是，我是說我的騾子怎麼死的？』

『倒下來，死了，就這樣。那騾看起來很老。』隨後布朗帶著些歉疚說：『騾眼讓佐爾頓給吃了。』

『噢。』或許他早就該料到了，『沒關係。』

兩人以毯為桌，坐下來用餐。布朗做了個小小的禱告，祈求雨水、健康與靈魂的成長，這又讓槍客吃了一驚。

『你相信死後還有生命嗎？』布朗把三塊熱騰騰的玉米丟進槍客的盤中時，槍客問道。

布朗點點頭：『我想現在就是死後。』

4

豆子吃起來像子彈一樣硬，玉米也很老。屋外，狂風繞著與地面齊平的屋簷呼嘯。槍客狼吞虎嚥，邊吃邊喝掉了四杯水。用餐到一半，門外突然傳來一陣機關槍掃射似的敲門聲。

布朗起身開門讓佐爾頓進來。佐爾頓飛過房間，悶悶不樂地停在角落。

『豆子豆子懂音律。』牠嚷道。

『你沒想過把牠煮來吃嗎？』槍客問。

布朗笑了起來。『會說話的動物都很難吃，』他說。『鳥頭鳥嘴說人語，吃進嘴裡老又硬。』

晚餐後，槍客請布朗抽煙，布朗迫不及待的接過菸草。

槍客心想，就是現在，那個問題就要來了。

但是布朗沒有問問題。他抽著多年前在加蘭種的菸草，看著行將熄滅的餘火。屋裡明顯涼了許多。

『不教我們遇見試探！』佐爾頓突然嚷了起來，好像在啟示些什麼。

槍客如遭槍擊般驚跳了一下。突然間，他確定一切都是幻覺，他確定黑衣人施了咒語，想透過無比難解的謎題向他暗示些什麼。

『你知道塔爾城嗎？』他突然問道。

布朗點點頭。『從那兒經過才來到這兒的。回去賣過玉米，喝過一杯威士忌。那年下了雨，大概下了十五分鐘，土地才剛要裂開把雨水吸乾，但過了一小時又像往常一樣蒼白乾枯。可是那些玉米……天呀，那些玉米！你簡直可以看見它們在長大。這也沒什麼不好，但是你還聽得見玉米長大的聲音，好像這陣雨讓玉米長了嘴巴。那不是個快樂的聲音，就像是來自地底深處的嘆息呻吟。』他頓了一頓。『我有了餘糧，所以我就把玉米收割下來，拿去賣錢。達克老爹說他可以幫我賣，但我想他八成會騙我，所以我乾脆自個兒拿去賣。』

『你不喜歡城鎮？』

『不喜歡。』

『我差點在那兒沒命。』槍客說。

『真的？』

『絕無半句虛言。我還殺了一個神碰觸過的人，』槍客說。『只不過那不是什麼神，不過是個能從袖子裡變出兔子的傢伙，也就是黑衣人。』

『他給你設了個陷阱。』

『沒錯。』

兩人透過黑暗打量對方，氣氛凝重。

現在，那個問題就要來了。

但布朗還是沒有發問。他手上的菸草只剩下一小截煙蒂悶燒著，但槍客遞上新的菸草時，布朗卻搖了搖頭。

佐爾頓焦躁的動了動，好像想說話，但又強忍了下來。

『要不要聽我說故事？』槍客問。『平常我不太說話的，但是……』

『有時候把話說出來會舒坦得多。我洗耳恭聽。』

槍客搜索枯腸，想找個開場白，但卻徒勞無功。『我得解個手。』他說。

布朗點點頭。『麻煩解在玉米田裡。』

『沒問題。』

他走上樓梯，走進一片黑暗中。天上點點繁星閃爍，風陣陣吹拂。他的尿液畫出一道弧形，落在佈滿粉塵的玉米田裡，形成一條蜿蜒的小溪。黑衣人引他來此，搞不好布朗就是黑衣人。也許他……

槍客斬斷這些無用又讓人不舒服的思緒，他唯一還不能容忍的想法就是自己也許已經瘋了。他走回屋裡。

『想好沒？我是不是魔法變出來的？』布朗揶揄的問道。

槍客吃了一驚，停下腳步，然後慢慢走下階梯，坐下來。『我是這麼懷疑過。你是嗎？』

『就算我是，我自己也不會知道。』

布朗的回答有些避重就輕，但是槍客決定不再追問。『剛才說到塔爾的事。』

『那城變大了？』

『那城死了，』槍客說。『我殺的。』他原想加上幾句話：現在我要殺了你，免得我夜裡睡覺時還得提防你。但是他真的變得如此嗜血成性嗎？如果真是如此，又何必繼續？要是他已經變得跟獵物一個模樣，那麼他又為什麼要繼續追捕？

布朗說：『槍客，我什麼也不求你，只希望你走的時候我還活著。我不會求你放我一馬，但那並不表示我不想多活一陣子。』

槍客閉上眼，心中感到一陣昏亂。

『告訴我你是誰。』他吃力的說。

『只是個普通人，不會傷害你的。我還在等你說故事。』

槍客沒有回答。

『看來我不求你，你是不會說的，』布朗說，『那好吧！請你給我講講塔爾城的故事，好嗎？』

這一次，槍客出乎意料的發現自己文思泉湧。一開始他像連珠炮似的講得飛快，但他漸漸慢了下來，變成平緩又有些單調的敘述。他發現自己莫名的興奮。他一直講到深夜；布朗沒有插嘴，鳥兒也噤不作聲。

5

他那隻騾子是在普萊斯城買的，到達塔爾城的時候，騾子還活蹦亂跳的。一個小時前，太陽下山了，但槍客還是繼續走；起先他讓天邊的城市燈火領路，接著他聽見鄉村酒館裡有人在彈奏〈Hey Jude〉，琴聲清晰得不可思議，於是他便往琴聲處走去。路岔開後變寬了。到處掛著小小的電燈泡，但早就無法使用了。

他早就經過了森林，現在眼前是一片單調平坦的大莽原：一望無際的荒蕪原野已不見蹤影，取而代之的是牧草與低矮的灌木；令人毛骨悚然的廢棄莊園旁守著陰鬱黑暗的宅第，宅第裡住著的想必是魔鬼；空無人住的小木屋斜眼睥睨著一切；有時會出現棄民的茅屋，但除非茅屋在夜裡閃出一抹忽隱忽現的光芒，或是近親交配的族人在白天繃著臉靜靜耕田，否則沒有人會發現。主要的作物是玉米，但是也種豆子和山蘿蔔果❷。偶爾會有瘦巴巴的乳牛從剝了皮的赤楊樹間呆呆盯著他瞧。他曾與四輛馬車擦身而過，兩輛車回程，兩輛車去程：去程的馬車從後方越過他和騾子，車上幾乎空空如也；回程的馬車則多載了些貨物，要回北方的森林。有時會有農夫騎著馬經過，特別謹慎不把目光落在槍客身上。

這是個醜陋的地方。自從他離開普萊斯城後，下了兩次雨，兩次都只是稀稀落落的小雨，就連牧草都看起來又乾又黃。此地不宜久留。他並沒有看到黑衣人的蹤跡，也許黑衣人駕了馬車。

路轉了個彎，槍客走到盡頭，叱了一聲，停下騾子，俯看塔爾城。塔爾城位在圓形的盆地底，就像一顆假造的寶石鑲在廉價的戒台上。城裡有幾道燈火，大多集中在樂聲發出的地方附近；看來有四條街道，其中一條是馬車道，是鎮上的主街，其餘三條小街則與車道呈直角相交。也許會有餐館。雖然他覺得不太可能，但也很難說。他又叱了騾子一聲。

現在，路上散佈著更多的房舍，但大多是空屋。他經過一個小小的墳場，墳場裡木刻的墓碑陳腐傾塌，爬滿了惡臭撲鼻的鬼草。大約走了五百呎後，他發現一個破爛的路標，上頭寫著：『塔爾城』。

路標上的油漆斑駁，幾乎無法辨識。更前方又有一塊路標，但槍客橫看豎看，就是看不出上頭寫了什麼字。

走進塔爾城時，他隱約聽見有人似醉非醉的齊聲合唱著〈Hey Jude〉，不斷重複的副歌：『哪——哪——哪哪哪哪……Hey Jude……』歌聲死氣沉沉，就像風聲穿過腐爛的樹洞一般，要不是酒吧鋼琴響亮的彈著不甚高明的伴奏，他可真要以為是黑衣人施了法術，召來鬼魂住在空城裡。這個念頭讓他微微一笑。

街上有人，但不多。三個女士穿著黑長褲與黑色高領襯衫，從對面的木板路經過，她們強忍著好奇，刻意不看槍客。四周一片漆黑，三人又是黑衣黑褲，所以她們的身體幾乎瞧不見，臉龐活像黏了眼睛的白球在上空游來游去。一個頭戴稻草帽的老人面容嚴肅，從木造商店前的階梯上望著槍客。一個瘦骨嶙峋的裁縫原本忙著接待晚來的客人，也停下來看著槍客經過，還把油燈舉在窗前，好看得更清楚些。槍客對他點點頭，但裁縫或是客人都沒有回禮。他感覺他們的眼神緊盯著他低垂在臀部的槍套。一個大約十三歲的少年帶著一個看似妹妹或情人的女孩走過前一條街，禁不住稍稍慢了下來，兩人的腳步微微揚起一陣塵煙。城裡大部分的街燈都還堪用，但都不是電燈；雲母做的燈罩上結了一層油，看起來朦朦朧朧的，有些燈還破了。附近有一個馬車出租行，看起來一副寒酸樣，也許馬車道是車行唯一的生意來源。馬棚像一張咧開的大嘴，大嘴旁的沙地上畫了個玩彈珠用的圓圈，三個男孩安靜的蹲在圓圈旁，抽著玉米莢做成的煙，長長的身影投映在地上。一個男孩的帽帶上插著蠍子尾，另一個男孩的左眼腫了起來，微微凸出眼眶。

槍客牽著騾子走過三個男孩身邊，往馬棚的深處望去。一盞油燈閃著昏暗的光芒。一個穿著連身工作服的瘦高老人拿著叉子，使勁把蓬鬆的牧草剷進秣草棚。

『嗨！』槍客喊道。

❷一種莊稼。

老馬伕停下叉子，黃色的眼睛四下張望了一番。『嗨你的！』

『我有隻騾。』

『那很好。』

槍客拿起一塊沉甸甸又鑄得不平的金幣，往昏暗的馬棚裡彈去；金幣噹啷一聲落在佈滿碎牧草的木板上，閃閃發光。

馬伕走上前來，彎下腰，撿起金幣，瞇著眼打量槍客。他的眼神落在槍客的槍袋上，然後不懷好意的對槍客點點頭。『這騾子你打算放多久？』

『一、兩個晚上。也許更久。』

『我可沒零錢找你。』

『沒人叫你找錢。』

『反正槍桿子賺錢容易。』馬伕嘟囔著。

『你說什麼？』

『沒什麼。』馬伕拉起韁繩，牽著騾子進了馬棚。

『把騾子刷一刷！』槍客喊道。『我回來的時候要牠渾身香噴噴的，聽到沒？』

老人沒回頭。槍客走出馬棚，往那群圍著彈珠圈的男孩走去。剛才那一幕，三個男孩全瞧在眼裡，態度有些不屑。

『日日長春，好夢連連。』槍客打了聲招呼。

沒人答腔。

『你們住在城裡嗎？』

還是沒人答腔，只有蠍子尾捧場，微微點了點頭。

一個男孩把嘴裡翹得老高的玉米莢煙捲拿下來，抓起一顆貓眼石彈珠，往沙地裡的遊戲圈裡彈去。貓眼石擊中一顆魚腦石，魚腦石彈出圈外。他撿起貓眼石，準備再射一次。

『城裡有餐館嗎？』槍客問。

年紀最小的男孩抬起頭來。他一邊的嘴角破了個大洞，但他的雙眼很正常，眼神裡充滿了純真，在這個鬼地方，這分純真想必無法長存。他盯著槍客，強忍著滿腹的驚奇，令人又憐又怕。

『去薛伯的店裡也許能買個肉餅。』

『那是間酒館嗎？』

男孩點點頭。『對呀！』其他玩伴的眼神突然變得醜陋又充滿敵意。也許待會兒，男孩就會因為對槍客說話親切而受到懲罰。

槍客摸摸帽簷。『多謝。很高興知道這城裡還是有人會說話。』

他從男孩身邊走過，登上木板路，往薛伯的店走去；他清楚聽見一個男孩開始挖苦答腔的男孩，聲音仍是高亢的童音：『你這吃野草的傢伙！你搞上你老姊多久了，查理？你這吃野草的傢伙！』接著就是一記響拳跟一陣哭聲。

薛伯酒館的門前燒著三盞煤油燈，門兩側各有一盞，剩下的一盞釘在酒館如蝙蝠張翅的兩扇門上。合唱〈Hey Jude〉的歌聲已歇，鋼琴演奏著其他的老歌，低喃的歌聲時斷時續。

槍客在門外佇立了一會兒，往裡頭張望。酒館的地板上滿是木屑，搖搖欲墜的桌子旁放著痰盂，鋸木架上搭著木板，湊合著成了吧台，吧台後一張黏乎乎的鏡子反射出鋼琴師的身影，想當然，鋼琴師是駝著背坐在鋼琴椅上。鋼琴正面的蓋板已不翼而飛，彈奏時可以瞧見木製的鍵盤上下彈動。酒保是個女人，有著一頭稻草色的頭髮，她穿著骯髒的藍色洋裝，一邊的吊帶是用安全別針別上的。大概有六個鎮民在酒館最裡面的地方，一邊喝著酒，一邊玩著牌戲打發時間，牌戲的名字叫『看仔細』；另外有六個鎮民零散的圍著鋼琴，四、五個鎮民坐在吧台前。槍客走了進去。

眾人不約而同轉過身來盯著槍客和他的槍。四周突然安靜了下來，只有渾然忘我的鋼琴師繼續叮叮噹噹的彈奏著。女酒保擦了擦吧台，一切又恢復常態。

『看仔細囉！』一個在角落玩牌的鎮民說著，拿黑桃四壓過了紅心三，清空了手上的牌。拿到紅心的一方罵了聲髒話，推倒自己的賭注，接著繼續玩新的一局。

槍客走近吧台的女人。『有肉嗎？』他問。

『當然。』她看著槍客的眼睛。或許她年輕時還稱得上漂亮，但歲月不饒人，現在她的臉皮坑坑疤疤，還有道青紫色的疤痕歪歪扭扭的橫過額頭。她上了厚厚一層粉，想遮住疤痕，卻是欲蓋彌彰。『乾淨的牛肉，健康得很。不過很貴。』

健康才有鬼，槍客心想。妳冰箱裡的東西，八成是從什麼三眼六腳的怪物身上來的——這是我猜的，塞爺❸（sai）。

『我要三個肉餅，一杯啤酒，麻煩妳。』

餐館裡的氣氛再次起了微妙的變化。三個肉餅。每個人聽了都口水直流。三個肉餅。這裡有人一次吃過三個肉餅嗎？

『總共五顏。你知道什麼是「顏」吧？』

『五塊錢？』

她點點頭，或許她說的真是五元。反正他是這麼猜的。

『包括酒錢嗎？』他說著，微微一笑。『還是酒錢得另外付？』

她沒有回應他的笑容。『酒待會兒送上去，但帳可得先結。』

槍客把一塊金幣放在吧台上，每個人的眼睛都盯著金幣瞧。

吧台後有一個悶燒著的炭爐，就在鏡子的左方。女人走進炭爐後方的小房間，拿出一塊用紙盛著的肉。她捏出三小塊肉餅，放在烤架上。烤肉的香氣教人瘋狂。槍客無動於衷的站著，但卻對四周環境十分警覺，他注意到琴聲有些顫抖，玩牌的人慢了下來，其他熟客悄悄用斜眼瞥了過來。

槍客從鏡中看到有個男人朝他走來。男人的頭幾乎全禿了，一隻手按著掛在腰帶上的巨型獵刀。

『坐下，』槍客說，『這是為了你好，夥伴。』

男人停下腳步，上唇不自覺的動了動，活像隻狗。四周一片寂靜。接著他走回自己的桌

❸貴族語，尊稱對方之用。

位，餐館裡再度恢復常態。

啤酒裝在破掉的玻璃啤酒杯裡，送了上來。『我沒零錢找你。』女人粗魯的說。

『不用找了。』

女人生氣的點點頭，好像槍客表現得這麼大方，雖然讓她多賺了不少，還是讓她很不高興。話雖如此，女人還是收下了金幣。過了一會兒，肉餅裝在油膩膩的盤子裡，送了上來，邊緣還帶點血色。

『有鹽嗎？』

女人從吧台下拿出一個小瓦罐，罐裡的鹽結成了白色的鹽塊，槍客得用手指捏碎才行。

『有麵包嗎？』

『沒有麵包。』他知道她在說謊，但他知道原因，沒再追問下去。禿頭男人的雙眼佈滿血絲，瞪著槍客，雙拳放在粗糙不平的桌上，時而緊握，時而放鬆。他的鼻孔規律的開合著，貪婪的吸著肉香。至少，肉香是免費的。

槍客開始從容的進食。他看來食不知味，只是把肉切成一塊塊叉進嘴巴裡，努力不去想眼前這塊肉原先是長在什麼怪牛身上。女人說是健康的牲畜。是呀，沒錯。要真是健康的牲畜，豬都能在夏夜的『走販之月』下跳卡瑪拉舞了。

他快要吃完，正準備再叫杯啤酒、抽根煙時，一隻手落在他肩膀上。

他突然發現屋裡又安靜了下來，也感到四周充滿緊張的氣氛。他轉過身，瞧見一個男人的臉；他進門時，這個男人原本在門邊睡覺。他的臉恐怖異常，鬼草的臭味迎面而來，雙眼則極為可怖，直直瞪著前方，好像對外在世界視而不見，而是沉溺於荒涼的夢境地獄裡；那些夢境失去了控制，掙脫惡臭撲鼻的潛意識沼澤，傾巢而出。

吧台後的女人輕輕驚呼了一聲。

乾裂的嘴唇蠕動，咧了開來，露出佈滿青苔的牙齒。槍客心想：這傢伙竟然不是用抽的，而是用嚼的！他用嚼的，他真的用嚼的！

接著：這傢伙是個死人。一年前就死了。

接著：這是黑衣人幹的好事。

兩人對看著；一個是帶槍之客，一個是在瘋狂邊緣徘徊的活死人。

活死人說話了，說的竟然是基列地的貴族語，槍客驚愕不已。

『賞塊金幣，槍客塞爺。一塊就好，行行好吧。』

貴族語。槍客的腦袋一時間反應不過來。已過了這麼多年——天呀——簡直是好幾個世紀，甚至就像好幾個千禧年；貴族語早已消失；他是最後一個，最後一個槍客，其他的都已經……

槍客呆若木雞，只能把手探進胸前的口袋，摸出一塊金幣。活死人伸出龜裂不平又長滿壞疽的手，接過金幣，把玩了一會兒，還把金幣高高舉起，對著煤油燈油亮的火光照了照；金幣散放出奪目的文明之光：金黃，帶赤，血紅。

『啊……』活死人發出一陣模糊的欣喜之聲，然後轉身走回自己的桌位，把金幣拿在眼前翻來翻去，對著燈光仔細瞧。

酒館裡的人紛紛奪門而出，蝙蝠張翅般的兩扇門瘋狂得又開又合。琴師『砰』的一聲關上琴，大步跟著人群走出酒館，模樣有些滑稽。

『薛伯！』女人在琴師身後大吼，她的聲音中夾雜著害怕和潑辣，『薛伯，你給我回來！該死！』這名字好耳熟，難不成槍客在哪兒聽過？也許他真的聽過，但現在他無暇多想，也沒有時間好好回憶。

此時，活死人已經回到桌子前。他在凹凸不平的木桌上轉著金幣，半死不活的眼睛茫然的盯著金幣。接著他轉了金幣第二次，第三次，他的眼皮垂了下來。到了第四次，金幣還沒停下來，他的頭就整個倒在木桌上了。

『瞧你幹的好事，』女人生氣的輕聲說，『你把我的客人都嚇跑了，這下你滿意了吧？』

『他們會回來的。』槍客說。

『今天晚上可不會。』

『他是誰？』他指指吃鬼草的活死人。

『你去死吧，什麼「塞爺」！』

『我一定要知道，』槍客耐著性子說。『他……』

『他跟你講話的方式真奇怪，』她說，『諾特這輩子從來沒那麼講過話。』

『我在找一個男人，妳認識他。』

她瞪著他，眼中的怒氣漸漸消退，取而代之的是猜疑，接著閃出一道急切又濕潤的光芒，這道光芒槍客曾經見過。搖搖欲墜的酒館若有所思般的震了一下，遠處傳來一陣狗吠。

槍客按兵不動。她看透了他的心思，眼中的光芒頓時成了絕望，成了無可宣洩的沉默需求。

『我想你也許知道我的代價是什麼，』她說。『我有個癢處不搔不快，以前我還能應付，但現在我沒辦法了。』

他仔細端詳女人。黑暗中，疤痕不太明顯。她的體態苗條，可見荒漠的飛沙走石與辛勞還沒有侵蝕一切；此外，她曾經十分漂亮，或許甚至是個美人。但這些都沒有關係。就算她漆黑的子宮裡住了墓穴甲蟲，也沒有關係。一切都是命中注定，早有隻手把這一切寫在業的扉頁中。

他伸出手來撫摸她的臉，她的眼眶微濕，泫然欲泣。

『不准看！你不必用那種討厭的眼神看我！』

『對不起，』槍客說。『我不是故意的。』

『你們每個人都說不是故意的！』

『把店關了，熄燈。』

她把臉埋在手中，哭了起來。槍客很高興她把臉蒙了起來，並不是因為那道疤，而是因為哭泣讓她彷彿重回處女般的純真，儘管她已不再是個處女。繫住洋裝吊帶的別針在油亮的燈光下閃閃發光。

『他會偷東西嗎？如果他會偷，我就把他趕出去。』

『不，』她低聲說，『諾特不會偷東西。』

『那就熄燈吧。』

她一直走到槍客身後才把手放下，然後一一把油燈關小，吹熄。接著她在黑暗中牽起槍客的手，那隻手充滿了溫暖。她帶他走上樓，樓上，沒有燈火掩飾他們的行動。

6

他在黑暗中捲起菸草，然後點燃菸草，遞了一枝給她。房裡有著她的香氣，新鮮的紫丁香，微弱得可憐，先前被荒漠的氣息給蓋過了。他發現自己原來很害怕前方的荒漠。

『他的名字是諾特，』她說，她的語氣嚴厲不減。『就是諾特而已。他死了。』

槍客靜靜等著。

『他碰到了神。』

槍客說：『我可從來沒碰到祂。』

『自從我有記憶起，他就一直在這裡——我是說諾特，不是神。』她對著黑暗粗聲笑了笑。『他以前有輛小拖車。後來他開始酗酒，開始聞那些草，最後乾脆抽起了那些草。小孩子開始跟著他到處跑，放狗咬他。他穿著臭氣薰天的綠色舊長褲。你聽得懂嗎？』

『懂。』

『他開始嚼那些草。最後他乾脆坐在草堆裡什麼也不吃。搞不好他以為自己是國王，那些小孩是他的弄臣，狗是他的王子。』

『是的。』

『他就死在這間店前。』她說。『他拖著沉重的腳步走到木板路上——他的靴子很耐穿，是火車司機穿的靴，他在舊火車站裡找來的——後頭照例又跟了一群小孩跟狗。他看起來就像扭成一團的鐵絲衣架。你可以看到他眼中充滿了地獄之火，但是他還咧著嘴笑，就像收割節時小孩刻在南瓜上的笑臉一樣。你可以聞到爛泥、腐肉、鬼草的味道，那些東西全從他的嘴角流下來，就像綠色的血。我想他是來聽薛伯彈鋼琴的。他就在店門口停了下來，轉過頭。我看到他，以為他聽到馬車聲，但是根本連個車影也沒有。接著他吐了，吐出來的東西黑漆漆的，全是血，從他那咧開的嘴裡流出來，活像從柵欄裡流出的污水，那臭氣薰得人直想發瘋。他手一舉就吐了出來。就這樣。他就死在自己的嘔吐物裡，臉上還咧著笑哩！』

『這故事真不錯。』

『是呀是呀，多謝你呀，塞爺。這地方也真不錯。』

她在他身邊發著抖。屋外，狂風仍然陣陣呼嘯，遠處隱隱傳來一扇門重重關上的聲音，彷彿是在夢裡聽到的聲音一樣。老鼠在牆壁裡跑來跑去。也許在這個城裡，只有這個地方能吸引老鼠光顧。他把一隻手放在她的肚子上，她嚇得驚跳了起來，但馬上又放鬆了下來。

『黑衣人。』他說。

『你就是一定要知道，是不是？你就是不能跟我幹上一炮，然後就呼呼大睡。』

『我就是一定要知道。』

『好吧，那我就告訴你。』她用雙手緊緊握住槍客的手，然後說起了故事。

7

他是在諾特死的那天午後來的。狂風喧嘯，掀起鬆散的表土，吹得陣陣砂礫與一束束連根拔起的玉米在空中翻滾飛舞。朱博爾．肯納里已經鎖上馬車出租行，其他零零落落的幾間商家也都關上了百葉窗，還在窗上釘了木板。天空像放久的乳酪般澄黃，幾片雲朵急急飛過，好像剛剛在荒漠裡看到了什麼可怕的東西一樣。

槍客的獵物坐著搖搖晃晃的篷車進城，篷車底綁了條帆布隨風飄蕩。他咧著嘴，露出大大的笑容，好像在跟大家問好。城裡的居民目送他經過；肯納里老頭癱在窗邊，一手抓著酒瓶，一手捏著二女兒鬆垮火熱的左乳，決定要是那傢伙來敲門，他要假裝不在家。

但是黑衣人沒有停下拉車的棗色馬，轉個不停的車輪吐出陣陣灰塵，讓狂風貪婪的攫住。也許他是個牧師或修士；他穿著滿是塵埃的黑袍，鬆垮垮的帽子蓋在頭上，遮住了五官，但卻遮不住那抹可怖的得意笑容。黑袍隨風飄蕩，底下隱隱露出兩隻繫滿皮釦的方頭靴。

他在薛伯的店門口停下車，拴好馬，馬兒低下頭來，對著地面噴了口氣。他解開篷車後的垂袋，找到一付褪色的鞍囊，甩過肩，走進那兩扇蝙蝠張翅般的大門。

艾莉絲好奇的看著他，但是其他人都沒有注意到他的到來，酒館裡的熟客早就醉得東倒西歪。薛伯把循道派的聖詩彈成了爵士樂；頭髮花白的遊手好閒之徒一早就來躲暴風雨，替諾特守靈，唱歌唱到嗓子都啞了。薛伯幾乎醉得不知東南西北，慶幸著自己還能苟活在這世上；他慷慨激昂、時快時慢的彈著曲子，十個手指飛也似的，活像織布機。

四處人聲鼎沸，雖然壓不過風聲，但有時也能與風聲一較高下。在角落，札切利把艾美・費爾敦的裙子掀過頭頂，在她的膝蓋上畫起了收割節的符咒。四周有幾個女人圍觀，一副興奮至極的模樣，但是暴風雨來襲前暗淡的天光穿過蝙蝠張翅般的兩扇門，透了進來，彷彿在嘲諷這一幕。

諾特就躺在屋子中央的兩張桌上，那雙火車司機穿的靴子成了神祕的V字形。他的嘴咧著，露出呆滯的笑容，不過有人合上了他的雙眼，還在兩隻眼睛上擺上了蛞蝓。他的雙手握著一枝鬼草，疊放在胸前，整個人臭得像毒藥一樣。

黑衣人把帽子往後一推，走向吧台。艾莉絲看著他，感到一股惶恐混雜著內心那股熟悉的渴望。他看起來不像個牧師，不過就算是，也沒有什麼意義。

『威士忌，』他說。他的聲音溫柔悅耳。『我要上好的，親愛的。』

她伸手從櫃台下拿出一瓶星級威士忌。她大可拿當地私釀的酒出來糊弄他，但是她沒有。她開始斟酒，黑衣人在一旁看著。他的眼睛又大又亮，但卻蒙著重重的陰影，看不清眼珠的顏色。她的渴望更強烈了。身後仍是眾聲喧嘩。沒種的薛伯彈著一首基督教軍人的曲子，有人說服米爾姨跟著一起唱。她的聲音歪七扭八，切過四周嘈雜的語聲，猶如一把鈍斧切過犢牛的腦。

『嘿！艾莉！』

她走過去招呼客人，暗自怨恨那陌生人的沉默，怨恨他那雙看不清顏色的眼睛，怨恨自己兩腿間不安分的慾望。她害怕自己的慾望。她的慾望善變又難以控制。也許她的慾望代表了變化，而變化又代表了她開始老化——在塔爾城，老年的生活就像冬日的夕陽一樣，短暫而又凜冽。

她倒光桶裡的啤酒，接著又開了一桶。她知道還是不要麻煩薛伯的好；他一定會像隻小狗似的樂意幫忙，然後不是切斷自己的手指就是打翻啤酒。陌生人的雙眼在背後盯著她忙碌著，她可以感覺得到。

『生意不錯。』她回來時陌生人說。他還沒有開始喝酒，只是用雙手轉著酒杯溫酒。

『勉勉強強。』她說。

『我注意到那名死者。』

『全是些膿包，』她的聲音裡突然充滿了恨意，『全是膿包。』

『這件事讓他們很高興。他死了，而他們還活著。』

『他活著的時候是他們的笑柄，死了以後怎麼還可以是他們的笑柄？這真是……』她有些詞窮，聲音漸漸變小。

『他吃鬼草？』

『是呀，不然他還要吃什麼？』

她的語氣充滿了責難，但是他好像並不在意，她感到臉上一陣潮紅。『對不起。你是牧師嗎？你一定覺得很不舒服吧！』

『我不是牧師，也不覺得哪裡不舒服。』他仰頭乾掉威士忌，面不改色。『再來一杯，麻煩妳。這次要帶點情感，就像他們在另一個世界裡說得一樣。』

她不曉得這話是什麼意思，也不敢問。『請先結帳，抱歉了。』

『不必抱歉。』

他在櫃台上放了一塊粗糙的銀幣，銀幣一邊厚，一邊薄，她又說了她之後會再說的那句話：『我沒錢找你。』

他搖搖頭，不要她找錢，然後心不在焉的看著她再斟一次酒。

『你只是路經此地？』她問。

他遲遲不回答，她正想再問一次的時候，他搖搖頭，不耐煩的說：『別談這些小事，這樣可是對死者不敬。』

她嚇了一跳，既傷心又驚訝，以為他故意隱瞞自己神職人員的身分，想要測試她。

『妳關心他，』他冷冷的說。『不是嗎？』

『誰？諾特？』她笑了起來，假裝不耐煩，掩飾自己的困惑。『我想你最好——』

『妳的心腸好，又有點害怕，』他繼續說，『他在吃鬼草，看守著地獄的後門。現在他真的進了地獄，甚至有人把門給甩上了，但是妳怕下次地獄之門打開，妳就是那個進門的人，是不是？』

『你到底是誰，酒鬼？』

『諾特先生死翹翹囉！』黑衣人怪腔怪調的說著，有意挖苦她。『跟其他人一樣，死了；跟妳或是其他人一樣，死了。』

『滾出我的店！』她感到心裡湧出一陣強烈的反感，但她的腹部仍然散放出陣陣暖意。

『沒關係，』他柔聲說。『沒關係。等一下，只要再等一下。』

他的眼睛是藍色的。她突然覺得一陣飄飄然，好像剛嗑了藥。

『跟其他人一樣，死了，』他說。『懂了嗎？』

她麻木的點點頭，而他則放聲大笑了起來，笑聲精緻、強勁、純淨，引得眾人回頭。他轉過身面對他們，突然間成了眾人注目的焦點。米爾姨歌聲一抖，靜了下來，留下一個破碎的高音在空中淌著血。薛伯彈錯了一個和弦，停了下來。兩人不安的看著陌生人。風沙在酒館四周噠噠作響。

四周鴉雀無聲。她感到一口氣卡在喉嚨裡，於是她往下一望，瞧見自己的兩隻手在吧台下緊緊壓著肚子。眾人望著他，他也望著眾人；接著他又爆出一陣笑聲，強勁、豐潤、不容否認，但卻沒有人想跟著他一起笑。

『我要向你們展現奇蹟！』他對著他們大喊，但他們只是看著他，就像一群聽話的孩子讓人帶著去看魔術師，但卻已經長大，不再相信魔術師了。

黑衣人往前一躍，米爾姨嚇得倒退一步。他咧開嘴惡狠狠的一笑，往米爾姨的大肚腩上用力一拍。米爾姨不由自主的咯咯笑了起來，黑衣人轉過頭。

『這樣好多了，不是嗎？』

米爾姨又咯咯笑了一聲，突然間她啜泣了起來，然後盲目的往大門衝去，其他人沉默的看著她離開。暴風雨即將來襲；灰雲一朵接著一朵飄來，在白色的天幕上起伏著。鋼琴附近的一個男人看得呆了，一隻手拿著忘了喝的啤酒，嘴裡還喃喃發出一聲悶哼。

黑衣人站在諾特身旁，低頭看著他，臉上還咧著笑。狂風呼嘯尖叫，轟轟作響。不知有什麼龐然巨物重重撞到了酒館上又彈了開來，震得酒館微微一晃。吧台上一個男人站起身，踏著滑稽的步伐，找個比較安靜的地方坐下。雷聲隆隆，好像天上有某個神在咳嗽一樣。

『好吧！』黑衣人咧嘴一笑。『好吧！好戲上場囉！』

他仔細瞄準，開始朝諾特的臉吐口水。唾液在屍體的額頭上閃閃發光，像珍珠般一滴滴流下他尖尖的鷹鉤鼻。

吧台下，她的手壓得更緊了。

薛伯像隻水鳥般笑了起來，彎下了腰。他開始咳嗽，咳出一坨坨又大又濃的痰，然後往地上一吐。黑衣人讚許的放聲大笑，拍拍他的背。薛伯咧嘴一笑，一顆金牙閃閃發光。

有些人逃了，其他人則在諾特身旁圍成一個鬆散的圓圈。他的臉、脖子上垂著的雞皮與前胸全都閃著液光——在這乾燥國度裡珍貴至極的水液。突然間，唾液雨驟然停止，取而代之的是一陣刺耳、沉重的呼吸聲。

黑衣人突然間衝向屍體，然後縱身躍過屍體，在空中劃出一道優雅的弧線。他的姿勢很美，就像一抹水花。他用雙手落地，然後一個鷂子翻身，用雙腳站了起來，咧嘴一笑，接著轉過身再度躍過屍體。一個旁觀者看得忘我，鼓起掌來，然後突然住手，眼裡蒙上了一層恐懼。他用手摀住嘴，然後衝向門口。

黑衣人躍過第三次時，諾特抽動了一下。

旁觀者發出一聲嘀咕，接著一片沉默。黑衣人回過頭，發出一聲呼號。他的胸膛隨著呼吸快速的微微起伏。他加快了來回的速度，在諾特身上跳來跳去，就像水在兩個玻璃杯裡倒來倒去。屋裡唯一的聲響，就是黑衣人刺耳的呼吸聲，與暴風的陣陣呼嘯。

終於，諾特深深吸了一口乾氣，雙手胡亂的在桌上拍打。薛伯尖叫了起來，奪門而出。一個女人也跟著他跑出門，她的雙眼睜得老大，頭巾隨風飛揚。

黑衣人繼續在他身上跳來跳去，一次，兩次，三次。現在桌上的屍體動了起來，顫抖、拍打、抽動著，好像一個巨大但卻沒有生命的娃娃，裡頭藏了駭人的機關一般。腐肉與屎尿的氣味陣陣襲來，教人窒息。他張開了眼睛。

艾莉感覺自己麻木的雙腳拖著自己往後退。她撞到了鏡子，鏡子晃了晃，接著是一陣盲目的慌亂。她像隻牛似的奪門而出。

『這就是妳要的奇蹟！』黑衣人喘著氣，在她身後大喊。『我已經給妳了，現在妳晚上可以睡得安穩了。就算人死了也能復生，儘管那真是……他媽的……好笑！』接著他又笑了起來。她衝上階梯，笑聲仍隱約可聞，於是她狂奔不已，直到衝出通往酒吧上方三間房的大門，才止住了步伐。

接著她咯咯笑了起來，坐在地上前後搖晃著。笑聲漸漸轉成了哀號般的嗚咽，混雜在風聲之中。她的腦中一直聽到諾特復活時發出的聲音——拳頭胡亂打在棺材蓋上的聲音。她心想，他那死而復生的腦袋裡還留下什麼記憶？他在死的時候看到了什麼？他還記得些什麼？他願意說嗎？死亡的祕密就在樓下等著嗎？她不禁心想，這些問題最可怕的地方，是她竟然真的有點想去問諾特。

在她的下方，諾特茫茫然晃進了暴風雨中，想拔點野草。酒館只剩下黑衣人，也許他就眼睜睜看著諾特離開，也許還咧著嘴笑。

那天晚上，她終於強迫自己下樓，一手拿著油燈，一手拿著粗粗的木棍，可是黑衣人卻不見蹤影，連篷車也消失得無影無蹤。但是諾特卻在屋裡，他坐在門口的桌前，好像從來沒有離開過。他身上滿是鬼草的臭味，但卻沒有她想像中的重。

他抬頭看著她，露出一抹遲疑的笑容。『哈囉，艾莉。』

『哈囉，諾特。』她放下木棍，點起了油燈，目光不敢稍離諾特片刻。

『我碰到了神，』不久他開口說。『我再也不會死了。他說的。他保證。』

『你真幸運，諾特。』她拿著紙團想點火，但手指卻不聽使喚的顫抖，紙團掠過指間掉在地上，她彎腰拾了起來。

『我不想再嚼鬼草了，』他說。『我再也不喜歡了。碰到神的人好像不應該嚼鬼草。』

『那你幹嘛還嚼？』

她突然一股火氣上來，嚇了自己一跳，卻也因此壯了膽；諾特只不過是個普通人，而不是個來自地獄的奇蹟。在她眼前的，不過是個略帶醉意的怪胎，看起來既卑微又羞愧，再也嚇不倒她了。

『我會發抖，』他說，『然後就想吃草。我停不下來。艾莉，妳一直對我很好……』他哭了起來。『我甚至還會尿褲子。我是什麼？我到底是什麼？』

她走向桌子，在桌前遲疑了一下，不曉得該怎麼辦。

『他可以讓我不想吃鬼草，』他淚眼汪汪的說。『既然他可以讓我死而復活，他一定也可以讓我不想吃鬼草。我不是在抱怨……我不想抱怨……』他擔心的四下張望，然後低聲說：

『如果我抱怨，也許他會打死我。』

『也許他是在開玩笑。他好像滿有幽默感的。』

諾特拿出吊在襯衫裡的包袱，抓出一把鬼草。她不假思索的從諾特手上拍掉鬼草，然後害怕得把手縮了回來。

『我不能控制自己，艾莉，我不能。』他伸手往包袱裡探去。她可以阻止他，但是她沒有。她回頭繼續點燈，感到心力交瘁，儘管夜晚才剛剛降臨。但是那天晚上沒有客人上門，只有錯過精采好戲的肯納里老頭。他看到諾特，但好像沒有特別驚訝；也許他已經耳聞一切。他點了啤酒，問薛伯上哪兒去了，然後伸手摸了艾莉一把。

沒多久，諾特走向艾莉，然後伸出一隻顫抖的死人手，把一卷紙遞給艾莉。『他留了這個給妳，』他說。『我差點忘了。如果我忘了，他一定會回來殺了我。』

紙非常值錢，是珍貴的商品，但是她很不喜歡這卷紙。它感覺起來又重又噁心。紙卷上寫了兩個字：

艾莉

『他怎麼知道我的名字？』她問諾特，但是諾特只是搖搖頭。

她打開紙卷，看到下面這段文字：

妳想了解死亡。我留給他一個數字，那個數字是『十九』。如果妳把這個數字告訴他，就能開啟他的心靈。他會告訴妳那裡有些什麼東西。他會告訴妳他看到的一切。

那個數字是『十九』。

了解死亡會讓妳發瘋。

但是妳遲早會問。

妳無法控制自己。

祝妳有個愉快的一天！☺

華特・歐汀

P.S.那個數字是『十九』。

妳會努力想忘記，但是它遲早會從妳的嘴裡跑出來，就像嘔吐一樣。

『十九』。

噢，上帝呀！她知道她一定會說。現在這個數字已經在她的嘴邊顫抖。十九，她一定會這麼說——諾特，聽著：十九。接著死亡與來世的祕密就會傾瀉而出。

妳遲早會問。

第二天，一切幾乎恢復正常，只不過沒有孩子跟著諾特。第三天，漫天的嘲笑辱罵又回來了。生活又回復常軌。孩子們把連根拔起的玉米集成一堆，在諾特復活一週後，放火在街上燒了。一時間火光衝天，酒吧常客大都走出酒吧，或是帶著醉意蹣跚的跌出酒吧，在一旁圍觀著。他們看起來很原始。他們的臉好像在火焰與冰塊般的晴空間飄動著。艾利看著他們，為這個世界的可悲時代感到一陣轉瞬即逝的絕望。大勢已去。一切已分崩離析，失去了重心。在某個地方，某個東西正搖搖欲墜，一旦它真的墜落，一切都將毀滅。她從來沒看過海，也不會再有機會看海。

『但願我有膽，』她喃喃自語。『但願我有膽，有膽，有膽……』

諾特聽見她的聲音，抬起頭來，露出來自地獄的空洞笑容。她沒膽，只有一間酒吧跟一道疤，還有一把劍。那句話在她緊閉的雙唇後苦苦掙扎。要是她不顧他滿身的惡臭，喊他過來，把他拉到身邊？要是她對著他那隻不成形的蠟黃耳朵說了那個數字？他的眼睛會變，會變成另一個人的眼睛——長袍人的眼睛。然後諾特就會把他在死亡之地的所見所聞告訴她，告訴她在泥土與蠕蟲之下有些什麼東西。

我絕對不會跟他說那個數字。

但是那個讓諾特復活、還留給她一段話的人——就像留給她一把上了膛的手槍，總有一天她會拿來對著自己的太陽穴——那個人不是這麼容易打發的。

十九將開啟那個祕密。

十九就是那個祕密。

她發現自己在酒吧後的泥地裡寫那個數字——19——但她瞧見諾特在看她，趕緊把字跡給抹掉。

火很快就減弱，她的客人也紛紛回到店裡。她喝起了星級威士忌，到了午夜時已是爛醉如泥。

她的故事告一段落，但槍客沒有馬上回應，她以為他聽故事聽得睡著了，便打起了瞌睡，沒想到他開口問道：『就這樣？』

『是的，就這樣。已經很晚了。』

『嗯。』他又開始捲菸草。

『別把煙灰彈在我床上。』她的語氣一個沒拿捏好，聽起來比她料想中的還兇。

『我不會。』

又是一陣沉默。煙頭一閃一滅。

『早上你就會離開了。』她呆板的說著。

『我應該離開。我想他在這裡給我設了個陷阱，就像他也給妳設了個陷阱一樣。』

『你真的覺得那個數字會……』

『如果妳不想發瘋，就千萬別對諾特說那個數字，』槍客說。『忘掉它。如果可以的話，告訴自己十八之後是二十，三十八除以二是十七。那個署名是華特．歐汀的男人有很多身分，但絕對不是個騙子。』

『但是——』

『如果那個念頭出現了，而且很強，妳就上來這裡，躲在被子裡，隨便妳要說幾次都可以——尖叫也行，如果妳真的忍不住——直到那個念頭過去為止。』

『總有一天那個念頭會過不去。』

槍客沒有回答，因為他知道此言不假。這個陷阱完美得嚇人。假設有人告訴你，如果你敢想像媽媽的裸體，你就會下地獄（槍客小時候曾有人這麼告訴他），最後你就一定會想像媽媽的裸體。為什麼？因為你不想幻想媽媽的裸體，因為你不想下地獄。人的腦袋就是這麼奇怪，如果腦袋有手可以拿刀子，最後一定會拿自己開刀，並不是因為它想這麼做，而是因為它不想這麼做。

遲早艾莉會把諾特叫到身邊，說出那個數字。

『別走。』她說。

『再說吧。』

他轉個身，背對她，但是她感到安心不少。他會留下來，至少還會再留一陣子。她漸漸睡去。

快要睡著的時候，她又想起了諾特跟槍客那段奇怪的對話。那是她唯一一次看見她那陌生的新歡流露出感情。就連做愛時他也很沉默，只有在最後一刻，他的呼吸才變得粗野起來，然後略略停了一、兩秒。他彷彿是從某個童話或是神話裡走出來的，是個完美又危險的生物。他能讓願望成真嗎？她覺得他一定可以，而她也要向他許下心願。他會再留一會兒。對於像她這樣倒楣又帶著疤的賤貨來說，這已經是一個奢侈的心願。至於明天她可以再許第二個心願，甚至第三個。她沉沉睡去。

9

到了早上，她為他煮了些玉米粥，他一語不發的吃掉。他一匙一匙的吃著，腦袋裡沒想著她，眼睛也不看著她。他知道他應該走了。他在這裡待得愈久，黑衣人就走得愈遠——也許現在他已經越過鹽鹼地，涉過溪流，進入荒漠。他的足跡一直是往東南方前進，而槍客知道為什麼。

『妳有地圖嗎？』他抬起頭來問道。

『城裡的地圖？』她笑了起來。『這城太小了，畫了地圖也沒用。』

『不是。是東南方的地圖。』

她收起了笑容。『荒漠，只有荒漠。我還以為你會多待一會兒。』

『荒漠的另一邊有什麼？』

『我怎麼知道？沒人穿過荒漠。從我到這裡來以後，就沒人穿過荒漠。』她在圍裙上擦擦手，戴上隔熱手套，把剛剛熱的水倒進水槽裡；熱水在水槽裡劈啪作響，蒸氣四溢。『雲都往那裡飄，好像有什麼東西把它們吸過去——』

他站起身。

『你要去哪裡？』她聽見自己聲音裡尖銳的恐懼，痛恨不已。

『去馬房。我想馬伕的消息應該比較靈通。』他把手放在她的肩膀上。他的雙手粗硬，但也充滿暖意。『我也要去安頓一下我的騾子。如果我要在這兒多待一會兒，就該好好照顧我的騾子，好隨時準備上路。』

但是你還沒有要上路。她抬頭看著他。『你可要小心肯納里那傢伙。他要是不知道就會瞎掰。』

『謝謝妳，艾莉。』

他離開後，她轉向水槽，流下兩行溫熱的感激之淚。已經有多久沒人謝過她？有哪個她在乎的人謝過她？

10

肯納里是個沒牙又討人厭的老色鬼，死了兩個老婆，女兒多得讓他頭大。兩個半大不小的女兒從馬房骯髒的陰影裡窺視著槍客，一個小女嬰在土堆裡開心的流著口水，還有一個成年的女兒，她一頭金髮，全身骯髒，身影撩人，一邊從屋旁吱吱嘎嘎的幫浦裡汲水，一邊好奇的打量著槍客。她故意引起槍客的注意，捏了捏乳頭，向他拋了個媚眼，然後繼續汲水。

馬伕在出門往街上的途中遇見了槍客。他彷彿充滿了憎恨的敵意，又彷彿是在懦弱的搖尾乞憐。

『那傢伙妥當得很，別擔心。』肯納里說完，還沒等槍客回應，就回頭對著女兒掄起拳頭，活像一隻落魄的瘦公雞。『妳給我進屋去，蘇比！妳給我他媽的進屋去！』

蘇比心不甘情不願的拎起水桶，往馬房後的木屋走去。

『你是說我的騾子。』槍客說。

『是的，塞爺。好久沒看到騾子了，尤其是像你那隻那麼健康的──兩隻眼睛，四條腿……』他的臉緊緊皺成一團，不曉得是要表達極度的痛楚，還是想表示他剛剛說了個笑話。槍客假設他是在說笑話，儘管他覺得這笑話不太好笑。

『以前這兒有許多野騾可捉，』肯納里繼續說，『但是世界變了。現在只看得到一些變種牛跟拉車的馬還有──蘇比，我要揍妳了，老天爺！』

『我不會咬人。』槍客愉快的說。

肯納里縮了一下，咧嘴笑了起來。槍客看見他眼中一股清清楚楚的殺意，雖然他並不害怕，但他還是暗自記了下來，就像看書時在書裡做記號一樣，也許將來會有用處。『這跟你沒關係。老天，這跟你一點關係也沒有。』他輕率的咧嘴一笑。『她只是天生笨手笨腳。她心裡有個魔鬼。她很野。』他的眼神一暗。『末世就要到了，你知道《聖經》裡怎麼說的？孩子不再服從父母，瘟疫會大流行。你只要聽聽女牧師就知道了。』

槍客點點頭，然後指指東南方。『那裡有什麼？』

肯納里又咧嘴一笑，露出牙齦和幾顆友善的黃牙。『棄民，野草，荒漠。還能有什麼？』他咯咯一笑，一雙眼冷冷的打量槍客。

『荒漠有多大？』

『很大。』肯納里努力表現出一副嚴肅的模樣，好像在回答一個很嚴肅的問題。『也許有一千輪，也許有兩千輪。我不能確定，先生。那裡只有鬼草，也許還有魔鬼。聽說荒漠深處有個「通靈圈」還是什麼的，不過那全是瞎扯淡。另一個傢伙也往那兒去了，就是那個把諾特的病治好的傢伙。』

『病？我聽說他是死了。』

肯納里還是繼續笑著。『好好好，也許吧，但我們都是大人了，不是嗎？』

『可是你相信魔鬼。』

這句話好像惹惱了肯納里。『這可不一樣。女牧師說……』

他開始滔滔不絕的講起大道理。槍客摘下帽子，抹抹額頭。陽光熾熱，陣陣襲人，但肯納里似乎毫不在意。他有很多話要說，但全是胡說八道。車行旁的淺淺陰影下，小女嬰木然的拿起泥巴往臉上塗。

槍客終於沒了耐性，打斷了他的長篇大論。『你不知道荒漠後面是什麼？』

肯納里聳聳肩。『也許有人知道。五十年前有馬車經過那兒。我爹說的。他說那兒有山，有人說有海……綠色的海，裡面有怪獸。還有人說那裡是世界的盡頭，說那兒什麼也沒有，只有刺眼的強光，還有一張神的臉張著大嘴，等著把人吃下肚。』

『胡扯。』槍客不耐煩的說。

『當然是胡扯。』肯納里故作開心的說。他又縮了一下，又恨又怕，一副阿諛奉承的模樣。

『你好好照顧我的騾。』他又彈了塊金幣給肯納里，肯納里在半空中接住了金幣，讓槍客想起了追著球跑的狗。

『當然。你要在這兒多待一會兒？』

『或許吧。上帝要水——』

『就有水！當然，當然！』肯納里皮笑肉不笑的說，他的眼神仍然充滿殺意，好像希望槍客馬上死在他跟前。『那個艾莉要是心情好，還算是個不錯的妞兒，對吧？』馬伕把左手鬆鬆的握成了一個圓圈，然後伸出右手的食指，快速的朝圓圈裡戳進戳出。

『你說什麼？』槍客冷冷的問。

肯納里的眼睛裡突然出現了一陣恐懼，彷彿地平線上升起了兩個月亮。他把手收在背後，好像一個頑皮的小孩偷果醬被逮個正著，只好把果醬瓶藏在背後。『沒有，塞爺，什麼也沒說。要是我真說了什麼，那還真是抱歉。』他瞧見蘇比倚著窗往外看，轉身破口大罵了起來：『我現在就要去揍妳，妳這個小婊子！老天爺，我現在就要——』

槍客走了開來，知道肯納里已經回過身盯著他，也知道只要他一轉身，就會看見馬伕的臉上露出真正的情感。何必呢？天氣這麼炎熱，而他也知道馬伕臉上的情感會是什麼：純然的恨意。對外人的恨意。他再也無法從這個人身上挖出什麼消息了。對於荒漠，他唯一能確定的只有它的大小；對於塔爾城，他唯一能確定的只有事情還沒結束。還沒結束。

11

薛伯一腳把門踹開，拿著刀進來的時候，他和艾莉正躺在床上。

已過了四天，四天的時間一晃眼就過了。他吃飯，睡覺，和艾莉做愛。他發現她會拉小提琴，便叫她拉來聽聽。她坐在窗邊，全身籠罩在乳白色的曙光中，只隱約看見側影；她的琴藝不太高明，拉拉停停，要是她多加練習，或許會是首動聽的曲子。他發現自己對她的情感愈來愈深（但這種情感卻又陌生得不可思議），心想也許這是黑衣人設的陷阱。他偶爾會出門。他盡量不去思考任何事。

他沒聽見那可憐鋼琴師上樓的聲音——他的反應有些遲鈍了，但他似乎並不在意，不過要是在別的時間、別的地點，這可能會讓他大驚失色。

艾莉裸著身子，胸部露在被子外，兩人正準備做愛。

『拜託嘛，』她說著，『就像之前那樣，我要那個，我要——』

門砰的一聲打了開來，鋼琴師拖著兩條內彎的腿，踩著滑稽的步伐衝了進來。儘管薛伯手上握著八吋的餐刀，但艾莉並沒有尖叫。薛伯嘴裡發著聲音，不知在胡說些什麼，聽起來活像一個快要在泥漿桶裡溺斃的人，口沫橫飛。他用雙手握著刀往下一砍，卻被槍客抓住了手腕，使勁一扭，刀子頓時翻落在地。薛伯發出刺耳的尖叫聲，聽起來像是在拉著生銹的紗門。他的兩隻手腕都斷了，雙手像傀儡似的晃動著。風吹得窗戶喀嗒作響。艾莉牆上略略模糊變形的鏡子反射著房裡的一切。

『她是我的！』他哭著說。『我先得到她的！她是我的！』

艾莉看了看他，然後下了床，罩上浴衣。槍客看著眼前這個痛失所愛的男人，霎時覺得感同身受。他只是個可憐的小男人。突然間，槍客想起在哪兒看過他，甚至還認識他。

『都是為了妳，』薛伯啜泣著說。『全都是為了妳，艾莉。一開始是為了妳，後來也全都是為了妳。我——啊，噢，天呀，老天爺呀……』他的情緒愈來愈激動，話愈說愈不清楚，最後終於號啕大哭了起來。他把斷掉的兩隻手腕抱在懷裡，身體前後搖晃著。

『噓，噓。讓我看看。』她在他身旁跪下。『斷了。薛伯，你這傻瓜。你現在要靠什麼過活？難道你不曉得自己沒那個本事嗎？』她扶他起身。他努力想把手拿到面前，但卻力不從心，於是大哭了起來。『到桌子那裡，讓我看看有什麼辦法。』

她帶著他走向桌子，拿鍋爐裡的柴薪固定手腕。他虛弱的哭泣著，任憑擺佈。

『梅吉斯，』槍客說，可憐的小鋼琴師張大了眼睛，環視四周。他點點頭，既然薛伯再也無法拿刀捅他，他的態度也就變得和善許多。『梅吉斯，』他又說了一次。『在「淨海」上。』

『怎樣？』

『你曾經待過那裡，不是嗎？好久好久以前，就像他們說的一樣。』

『是又怎樣？我不記得你。』

『但你記得那個女孩，是不是？那個叫蘇珊的女孩？在收割節的晚上？』他的聲音嚴厲了起來。『那天你是不是去看營火？』

可憐的小男人顫抖著嘴唇，唇上沾滿了口水。他的眼神透露出他知道大禍臨頭了：比起拿著刀闖進門，現在他更接近死亡了。

『滾出去。』槍客說。

薛伯的眼神露出同情。『但你只是個小男孩！那三個小男孩之一！你是來數牲畜的，還有棺材獵人艾爾卓．瓊那斯，還有——』

『趁我還沒改變心意之前，快滾！』槍客說。薛伯抱著兩隻斷掉的手腕，走了出去。

她回到床上。『到底怎麼回事？』

『別管了。』他說。

『好吧——那我們剛說到哪兒了？』

『哪兒也沒有。』他轉過身，背對著她。

她耐著性子說：『你又不是不知道他跟我的事。他已經盡力了，不怎樣就是了，我也不過是順水推舟罷了，根本就沒什麼。你還在不高興什麼？』她碰碰他的肩膀。『不過我很高興你這麼強壯。』

『現在不行。』他說。

『她是誰？』接著她自問自答了起來：『一個你愛過的女孩。』

『少管閒事，艾莉。』

『我可以讓你堅強起來——』

『不，』他說。『妳沒那個能耐。』

12

第二天晚上，酒吧沒開門。這天是塔爾城的安息日。槍客到墓園裡那座傾塌的小教堂去，而艾莉則拿著強力消毒水擦桌子，拿肥皂水洗油燈的燈罩。

天空降下一層怪異的紫霧，教堂裡燈火通明，看起來彷彿是站在路邊的鼓風爐。

『我不去，』艾莉簡短的說。『那女人傳的是毒教。就讓那些有頭有臉的人去吧！』

他站在前廳，躲在陰影裡，往教堂裡看去。教堂裡沒有長椅，教眾全站著。（他看見肯納里和他那群孩子，城裡瘦巴巴的乾貨店老闆凱斯納跟他骨瘦如柴的老婆；幾個他從沒見過的『當地』婦女，幾個酒吧常客，還意外的看見了薛伯。）他們七零八落的唱著聖歌，沒有伴奏。他好奇的看著佈道壇上身形肥碩的女人。艾莉曾這麼形容那女人：『她一個人住，幾乎不跟任何人來往，只在禮拜天出來祭拜地獄之火。她的名字是希薇雅．匹茲頓。她是個瘋子，不過她就是有辦法蠱惑他們。他們就吃那一套，那正合他們的口味。』

女人的樣貌難以形容。那對巨乳猶如兩道堤防，巨樑般的脖子頂著蒼白如月的大臉，臉上一對眼睛又大又黑，彷彿兩窪無底湖。她的頭髮散亂的用髮針盤在頭頂，髮針大得幾乎可以當烤肉叉。她身上的洋裝好像是用粗麻布做的，拿著讚美詩集的雙臂粗如石板。她的皮膚白如凝脂，毫無瑕疵，極為可人。他想她的體重一定超過三百磅。突然間，他對她產生了一股赤紅的淫念，讓他感到一陣暈眩，於是他別過頭，往別的地方看去。

『我們聚集生命河邊，
在極美麗、極美麗的河邊。
我們聚集生命河邊，
和眾聖徒歡聚在一起，歡聚在上主座前。』

最後一首讚美詩的尾聲漸歇，四周傳來一陣躁動與咳嗽聲。

她靜靜等著。等到眾人靜下來，她便對著教眾張開雙手，彷彿是在賜福給眾人。這個手勢意味深長。

『我主內的弟兄姊妹。』

好一句雷霆萬鈞的開場白，槍客內心頓時懷舊與恐懼交雜，還冒出一種詭異的似曾相識之感，他心想：我曾夢見這一幕，或者我曾經來過此地。如果真是如此，又是在何時？不是在梅吉斯。不，不是在那兒。他搖搖頭，把這個念頭甩開。教眾約有二十五個人，全都一語不發，聚精會神的看著女牧師。

『今晚冥想的主題是「闖入者」。』她的聲音甜美動聽，猶如訓練有素的女低音。教眾發出一陣輕微的騷動。

『我覺得，』希薇雅．匹茲頓若有所思的說，『我幾乎已對《聖經》裡所有的人物瞭若指掌。雖然在這個可怖的世界中，書本是如此珍貴，但在過去的五年中，我已用爛了三本《聖經》，之前更是翻爛無數《聖經》。我愛這個故事，也愛故事裡的人物。我曾與但以理在獅坑裡手挽著手步行；我曾與大衛一起受到沐浴中的拔示巴誘惑；我曾與沙得拉、米煞、亞伯尼歌置身火爐；我曾與參孫一起擲腮骨，屠殺了兩千人；也曾與聖保羅在前往大馬士革的途中瞎了雙眼。我曾在髑髏地與瑪莉同聲哭泣。』

教眾裡傳來輕聲嘆息。

『我知道他們，也深愛他們。只有一個——』她舉起一隻手指，『在這齣至高無上的劇碼裡，只有一個演員我不認識。

『只有一個人站在外頭，把臉藏在陰影裡。

『只有一個人會讓我全身顫抖，望而生畏。

『我害怕他。

『我害怕「闖入者」。』

又是一陣嘆息。一個女人摀著嘴，強忍著不發出聲音，身體前後搖擺著。

『闖入者變成蛇，帶著邪惡的笑，以肚爬行，誘惑夏娃；闖入者在摩西登山時與以色列子民同行，對他們耳語，要他們鑄金牛犢偶像，並且以穢物與淫亂祭拜偶像。』

教眾紛紛悲嘆、點頭。

『闖入者！

『他與耶洗別站在陽台上，看著亞哈斯王尖叫著倒地而死，然後兩人笑看群狗圍聚，舔舐血跡。噢，我親愛的弟兄姐妹，千萬要提防闖入者。』

『是呀，噢！上帝──』這是槍客進城時第一個看見的男人，那個戴著草帽的男人。

『我的弟兄姊妹，他一直都在，但是我不知道他的心思，你們也不知道他的心思。誰能了解他心中翻滾的可怕黑暗，那驕矜與無比的不敬，那邪惡的歡愉？還有那瘋狂！那語無倫次的瘋狂在人類最可怕的貪念與欲望中爬行蠕動，又有誰能了解？』

『噢！救世主耶穌──』

『是他帶我們的主走上山巔──』

『是的——』

『是他引誘主，帶祂領教塵世與塵世的逸樂——』

『是——的——』

『是他會在末世降臨時重返人間……末世將至，我的兄弟姊妹，你們沒有感覺到嗎？』

『有——的——』

教眾前後搖晃，低聲哭泣，融合為一；女人好像在指著每一個人，又好像沒有指著任何人。

『是他將成為基督的仇敵，成為有著血紅雙眼的血腥君王，帶領眾人走入灼熱的地獄深處、走入血淋淋的邪惡終點；讓「蟲字星」在天空閃閃發亮、讓蟲孌啃噬孩童的內臟、讓女人的子宮生出怪物、讓男人的辛勞化為鮮血——』

『啊——』

『啊，天呀——』

『上帝呀——』

一個女人倒在地上，雙腿重重拍打著木板地，一隻鞋飛了出去。

『是他帶來塵世的逸樂……是他製造了印著「拉墨克」（LaMerk）的機器，是他！闖入者！』

拉墨克，槍客暗想。或許她說的是拉馬克（LeMark）。這個字他隱約有些印象，但卻怎麼也想不起來。不過他還是把它存進腦袋。他的記憶力十分驚人。

『是的，主呀！』眾人尖叫。

一個男人跪了下來，抱頭呼號。

『你飲酒的時候，誰拿著酒瓶？』

『闖入者！』

『你坐在牌桌前的時候，是誰為你掀牌？』

『闖入者！』

『你在別人的身體裡縱慾狂歡，或是用你孤獨的雙手自瀆時，你把靈魂賣給了誰？』

『闖——』

『入——』

『噢！上帝……噢——』

『——者——』

『噢……噢……噢……』

『他是誰？』她尖叫著。雖然槍客的心裡毫不動搖，但他仍然可以感到那股逼人的氣勢。突然間他感到一陣驚駭，確定那個自稱叫華特的人在她的身體裡留下了一個惡魔。她著了魔。他又感到一波熾熱的淫念流過恐懼，心想這又是黑衣人設下的陷阱，就像他在艾莉的腦袋裡留下那個數字一樣。

抱著頭的男人崩潰了，跌跌撞撞的往前走去。

『我身在地獄！』他對著她尖叫。他的臉扭曲變形，好像皮膚底下有蛇爬行著。『我淫亂！我賭博！我吃野草！我犯了罪！我——』他的聲音愈來愈高亢，漸漸變成歇斯底里的懾人哭喊，教人聽不清到底說了什麼。他抱著頭，好像他的頭隨時都會像熟過頭的甜瓜一樣爆裂開來。

教眾好像收到什麼暗示，一起靜了下來，也霎時止了動作；他們的姿態充滿了狂喜，幾近色情。

希薇雅．匹茲頓彎下腰，抓住他的頭。隨著她強勁白皙、無瑕溫柔的手指撫過他的頭髮，他漸漸止住了哭號，呆呆的抬起頭看著她。

『你犯罪時誰與你同在？』她說。她的眼睛直直看著他的眼睛，深邃、溫柔又冰冷，足以把人淹沒。

『闖……闖入者。』

『他的名字是什麼？』

『撒旦。』粗嘎、低沉的耳語。

『你願意棄絕他嗎？』

他熱切的說：『我願意，我願意！噢！救世主耶穌！』

她搖搖他的頭；他盯著她，眼神像宗教狂熱份子般茫然、發亮。『如果他走進那扇門……』——她伸出一隻手指，指向槍客藏身的前廳陰影——『你願意當面棄絕他嗎？』

『以我媽媽的名起誓！』

『你相信耶穌永恆的愛嗎？』

他哭了起來。『你他媽的……呃，我相信——』

『祂原諒你了，強森。』

『讚美主。』強森說，仍然哭泣不止。

『我知道祂原諒你，就像我知道祂將把不悔過者逐出祂的宮殿，打入末世界之終的熾熱黑暗中。』

『讚美主。』教眾筋疲力竭，嚴肅的齊聲說道。

『就像我知道闖入者、撒旦、蒼蠅與蛇蠍之王，將會被打敗摧毀……強森，如果你看到他，你願意摧毀他嗎？』

『我願意，讚美主！』強森哭著說。『樂意之至！』

『弟兄姊妹，如果你們看到他，你們願意摧毀他嗎？』

『願——意——』眾人心滿意足。

『如果你們明天看到他走在大街上呢？』

『讚美主……』

槍客走出門，往城中心走去。空氣中荒漠的氣息十分清楚。幾乎是該動身的時候了。

幾乎了。

13

再度同床。

『她不會見你的，』艾莉說。她聽起來很害怕。『她誰也不見。她只在禮拜天晚上出來把大家嚇得半死。』

『她來這兒多久了？』

『十二年。也許只有兩年。你知道，在這兒時間沒個準。咱們別談她了。』

『她從哪兒來？哪個方向？』

『我不知道。』她在說謊。

『艾莉？』

『我不知道！』

『艾莉？』

『好啦！好啦！她是棄民！來自荒漠！』

『我就知道。』他放心了一些。換言之，她來自東南方，也就是他一直追尋的方向。有時候他甚至可以在天邊看見那兒。他猜想女牧師不是棄民，也不是來自荒漠，而是來自更遠的地方。她怎麼能走這麼遠的路？靠哪個還沒壞的舊機器？也許是火車？『她住在哪兒？』

她的聲音一沉。『如果我告訴你，你會跟我做愛嗎？』

『不管妳說不說，我都會跟妳做。但我想知道。』

艾莉嘆了口氣。那是個古老、泛黃的聲響，猶如在翻動書頁。『她在教堂後山有間房。一間小小的木屋。以前那個……那個真正的牧師住在那兒。夠了嗎？你滿意了嗎？』

『不，還沒。』他翻過身，壓在她身上。

14

他知道，今天是最後一天。

天空是醜陋的青紫色，詭異的透出清晨第一道曙光。艾莉像遊魂似的走來走去，一下忙著點燈，一下忙著翻動煎鍋裡油汁四濺的玉米餅。從她口中得知必要的消息後，槍客便奮力與她纏綿，而她也感到兩人的緣分將盡，比從前更加狂野。她不顧一切，彷彿在抵抗黎明的到來，她精力無窮，宛如十六歲的少女。但今天早晨她的臉色蒼白，又是一副行將老朽的模樣。

她一語不發的為他端上早餐。他快速的吃著，狼吞虎嚥，每吃一口就配一口熱咖啡。艾莉走向蝙蝠張翅般的大門，站在門邊往外望著清晨，望著安安靜靜、緩緩飄過的雲朵大隊。

『今天會起沙塵暴。』

『我不意外。』

『你會意外嗎？』她諷刺的問道，然後轉身看著他伸手拿帽子。他扣上帽子，與她擦肩而過。

『有時候。』他回答她的話。而他與活著的艾莉，只會再相見一次。

15

他抵達希薇雅．匹茲頓的木屋時，風已完全止息，整個世界好像在伺機而動。他已是荒漠熟客，知道平靜的時間愈久，風再起時就愈強勁。四周籠罩著詭異、單調的光芒。

木屋上釘著一個巨型的木製十字架，歪向一邊，破破舊舊。他敲敲門，靜靜等著。無人應門。他再敲門，仍然無人應門。他後退一步，舉起穿著靴子的右腳使勁一踹。門裡的小門栓一鬆，『砰』的一聲敞了開來，撞在隨意拼湊成的木板牆上，嚇得老鼠東奔西竄。希薇雅．匹茲頓在大廳裡，坐在巨大的鐵木搖椅中，用又大又黑的雙眼冷靜的盯著他。暴風來襲前的天光在她雙頰上朦朧起舞。她披著圍巾，搖椅發出輕微的吱嘎聲。

兩人對看了許久，幾乎忘了時間的流逝。

『你永遠也抓不到他，』她說。『你行的是邪惡之路。』

『他來找過妳。』槍客說。

『他來我的床畔。他用貴族語跟我說話。他……』

『簡而言之，他上了妳。』

她毫無畏懼之色。『你行的是邪惡之路，槍客。你站在陰影之中。昨夜你站在聖地的陰影之中。你以為我沒看到你嗎？』

『為什麼他要治好食鬼草者？』

『他是上帝派來的天使，他這麼說的。』

『還真是大言不慚。』

她緊咬下唇，不自覺的露出一股殺意。『他告訴我你會跟來。他告訴我該怎麼做。他說你是基督的仇敵。』

槍客搖搖頭。『他可沒那麼說。』

她抬頭對他慵懶一笑。『他說你想跟我上床，真的嗎？』

『妳見過什麼男人不想跟妳上床？』

『與我交合的代價就是你的生命，槍客。他讓我懷了孩子。不是他的，而是偉大君王之子。如果你侵犯我……』她露出慵懶的微笑，沒把話說完，同時又動了動巨大如山的雙腿。她的雙腿伸在裙下，活像兩塊潔白的大理石。

槍客把手放在槍托上。『女人，妳懷的是魔鬼，不是君王。不過別擔心，我能幫妳驅鬼。』

女人馬上有了反應。她往椅子裡一縮，臉上露出一抹驚懼之色。『別碰我！別靠近我！你不可以碰觸上帝的新娘！』

『想打賭嗎？』槍客說。『就像賭客玩牌時說的一樣，看仔細囉！』

女人龐大的身軀一震。她的臉因為恐懼而顯得有些滑稽，她一把抓起『神眼』，對著槍客。

『荒漠，』槍客說。『荒漠後面是什麼？』

『你休想抓到他！休想！休想！你會受烈火焚身之苦！他告訴我的！』

『我一定會抓到他，』槍客說。『妳跟我都心知肚明。荒漠之後是什麼？』

『不！』

『回答我！』

『不！』

他往前滑了一步，跪下來，抓住她的大腿。她把雙腿像鉗子般緊緊夾住，發出一陣奇怪又淫蕩的慟哭聲。

『那麼，』他說，『我就要把魔鬼趕出來了。』

『不——』

他扳開女人的雙腿，然後解下一把槍。

『不！不！不！』她的呼吸成了短促、狂野的喘息。

『回答我。』

她搖著椅子，震得地板隆隆作響。她的嘴裡胡亂唸起了祈禱文與片片段段的經文。

他把槍管往前推，清楚感到她因恐懼而大口吸著氣。她的手搥打著他的頭，雙腿咚咚咚的在地上踏著，但同時，她那龐大的身軀又想把槍客吸進去。屋外空無一人，只有青紫灰暗的天空籠罩著。

她驚聲尖叫了起來，聲音高亢，但卻聽不清說的是什麼。

『什麼？』

『山脈！』

『山脈怎麼了？』

『他停在……山的另一邊……**親愛的上帝呀！**……他要恢復體力。冥……冥想，你懂嗎？噢……我要……我要……』

女人龐大如山的身體突然間使勁往前、往上拉，但是他非常小心，不讓女人的私處碰到他。

然後她好像失去了元氣，整個人小了一圈，雙手放在腿上哭了起來。

『好啦，』他說著，站起身。『驅魔完成了，是吧？』

『滾出去。你殺了血紅君王之子，但你會受到報應的，絕無半句虛言！馬上滾。滾！』

他在門口停了下來，回過頭。『沒有孩子，』他簡短的說。『沒有天使，沒有王子，沒有魔鬼。』

『快走。』

他走了。

16

他到達肯納里那兒時，北方的地平線上出現了一團奇怪的陰影，他知道那是沙塵暴。塔爾城這兒現在還是一片風平浪靜。

肯納里在佈滿秣草的馬房地板上等著他。『要走了？』他對著槍客猥瑣的咧嘴一笑。

『是呀。』

『不等暴風過去？』

『我要趕在暴風前。』

『騎騾子怎麼可能快過風。要是在曠野，搞不好還會沒命哩！』

『我現在就要騾子。』槍客簡短的說。

『沒問題。』但是肯納里並沒有轉身，只是站在那兒，好像努力想找話說，臉上掛著卑微又充滿恨意的笑容，眼神則往上一飄，望向槍客的肩後。

槍客往旁橫跨一步，順勢一個轉身，女孩蘇比拿的沉重柴薪砰的一聲撲了個空，只稍稍掠過他的手肘。她揮得太大力，柴薪飛了出去，重重摔在地上，發出一聲巨響，驚得閣樓裡的馬房燕張開漆黑的雙翅飛翔。

女孩遲鈍的看著他，傲人的雙峰在洗得褪色的襯衫裡煞是顯眼。她做夢似的緩緩伸出一隻拇指，放進嘴裡吸吮。

槍客轉過身面對肯納里。肯納里咧著大嘴笑。他的皮膚蠟黃，眼珠子在眼窩裡轉了轉。

『我……』他喉嚨裡卡著痰，起了個頭，但卻找不到話接下去。

『騾子。』槍客和善的提醒他。

『沒問題，沒問題，沒問題。』肯納里低聲說道，臉上的笑容愈咧愈大，簡直就像個死人。他拖著腳步，牽騾去了。

槍客動了動位置，好看著肯納里離開。肯納里牽著騾子回來，把韁繩交給他，然後對蘇比說：『進去照顧妳妹。』

蘇比搖搖頭，動也不動。

槍客留下兩人，離開馬房。父女倆隔著滿是糞便的骯髒地板對望著；父親掛著病態的笑容，女兒則是帶著呆滯麻木的叛逆。屋外仍是陣陣熱浪襲人而來。

17

他牽著騾子走到街上，靴子揚起陣陣塵煙。他的水袋裝滿了水，掛在騾背上。

他在酒館前停了下來，但是艾莉不在。暴風來襲，酒館裡空無一人，但因為前晚的喧鬧，仍然髒亂不已，滿是啤酒的臭氣。

他把包袱裝滿了玉米粉、烤過的乾玉米，以及冰箱裡一半的生牛肉餅，然後在木頭做的櫃台上疊放了四塊金幣。艾莉沒下樓。薛伯的鋼琴露著黃牙，沉默的對他道了聲再會。他走出門，把包袱繫在騾背上。他感到喉嚨一緊。也許他還是可以逃過這個陷阱，但機會渺茫。畢竟，他就是那個闖入者。

他走過一幢幢掛著百葉窗歇息的樓舍，感覺一雙雙眼睛透過牆眼裂縫窺視著。黑衣人在塔爾城扮演了上帝。他談到君王之子，血紅的王子。黑衣人只是在玩文字遊戲，還是最後的搏命一擊？這是個相當重要的問題。

他身後傳來一陣高亢不斷的尖叫，突然間門全打開了。人影衝出，陷阱啟動了。有穿著連身內衣的男人，也有穿著骯髒棉布工作服的男人；有穿著寬鬆長褲的女人，也有穿著褪色洋裝的女人。就連小孩也跟著父母一起來了。每個人手上不是拿著木棍就是提著刀。

他的反應不假思索，迅速且出於本能。他用腳跟轉了個圈，雙手同時從槍套裡拿出雙槍，緊緊握住槍托。艾莉朝他而來。除了艾莉還能有誰？她的臉扭曲變形，在陰沉的天色下，她臉上的疤成了可怖的紫色。他發現她成了人質；薛伯扭曲猙獰的臉從她的背後窺視，好像是女巫身旁的妖精。她是他的盾牌與祭品。他看得清清楚楚，在毫無生氣的平靜之中，有一道永不消逝、寒氣逼人的光芒，容不下任何陰影的存在。他聽見她在說話：

『殺了我，羅蘭，殺了我！我說了那個數字，十九。我說了，他告訴了我……我承受不了——』

他的雙手訓練有素，能讓她得償所願。他是最後一名槍客，而槍客之名豈是浪得？他不是只會說說貴族語而已。雙槍在空中擊出沉重、無調的樂聲。艾莉的嘴動了動，然後倒了下來，槍客再放了一槍。她臨死的表情也許是感激。薛伯的頭啪的一聲往後折斷，跟艾莉一起倒在沙地裡。

他心想，他們去了十九之地，不管那裡到底是什麼鬼地方。

棍棒如雨齊下，全衝著他來。他一個踉蹌，擋了回去。一根插了鐵釘的棍子劃破他的手臂，登時血流如注。一個帶著鬍碴、腋下有著汗漬的男人衝了出來，一手抓著鈍菜刀撲向他。槍客一槍斃了他，男人砰的一聲倒在街上。他的假牙從嘴裡彈了出來，沾滿了口水，在沙地裡閃閃發亮。

『撒旦！』不知是誰尖叫著：『受詛咒者！殺了他！』

『闖入者！』另一個人喊道。棍棒如下雨般朝他飛來。一把刀撞在他的靴子上，彈了開來。『闖入者！基督的仇敵！』

他殺出一條血路。兩個男人與一個女人倒了下來，留下一個空隙，他見縫插針，立刻衝了過去。

人群猶如一列瘋狂的遊行隊伍，跟著他越過街道，走向薛伯酒館對面那間搖搖晃的雜貨兼理髮店。他登上木板路，再次轉身，把剩下的彈藥全射向蜂擁而來的人群。在人群後方，薛伯與艾莉的屍首躺在沙地上。

人群毫未猶豫或退縮，儘管槍客彈無虛發，百發百中，儘管他們可能從來沒看過槍。

槍客往後退，左閃右躲的避開滿天飛舞的武器，就像在跳舞一樣。他邊走邊裝填子彈；他的手指同樣訓練有素，迅速的在槍套與彈膛間來回移動。暴民上了木板路，他走進雜貨店，使勁把門關上。暴民砸破了右邊的大櫥窗，三個男人爬了進來。他們的臉狂熱卻茫然，眼神裡充滿了火焰，但那些火焰毫無溫度。他開槍斃了三人，再開槍斃了跟在後頭的兩個人。他們倒在櫥窗裡，屍首掛在尖銳的玻璃碎片上，擋住了來路。

暴民撞得門裂了開來，搖搖欲墜，槍客聽見她的聲音：『**殺人兇手！你們的靈魂！偶蹄的惡魔！**』

門從牆上扯了下來，倒在屋裡，發出一聲巨響。地板上飛起一陣灰塵。男人、女人、小孩紛紛衝向他，唾液與木柴齊飛。他射光了子彈，暴民猶如九柱球❹的球瓶般，七零八落的倒下。他退進理髮店，推倒一個麵粉桶，滾向暴民，接著拿起一盆滾水潑了過去，滾水裡盛了兩把缺了角的剃刀。暴民一波接一波蜂擁而至，瘋狂的胡亂尖叫著。希薇雅．匹茲頓不知從哪兒對他們發號施令，她的聲音一下高一下低，毫無理智可言。槍客一邊把子彈裝進火熱的

❹一種類似保齡球的遊戲，為保齡球的前身。今日保齡球有十個球瓶，九柱球則只有九個。

彈膛中，一邊嗅著刮鬍刀的氣味，嗅著他指尖死肉燒焦的氣味。

他走出後門，走進迴廊。現在，低矮的灌木林在他的背後，漠然的拒絕承認那座盤據在它骯髒臀部的城鎮。三個男人衝進了角落，臉上大大咧著叛徒般的笑容。他們看見他，也發現他看見了他們，臉上的笑容一僵，隨即被槍客擊倒在地。一個女人怒吼著跟了上來；她身形肥碩，薛伯酒館裡的客人都管她叫米爾姨；槍客一槍射得她往後飛去，落地時整個人趴在地上，姿態如妓女般淫蕩，裙子捲在兩腿之間。

他走下階梯，往荒漠退去：十步，二十步。理髮店的後面彈了開來，暴民衝了出來。他瞥見希薇雅·匹茲頓的身影，扣下了扳機。暴民有的臥倒在地，有的仰天倒下，有的倒在欄杆上，掉進了沙地裡。在不朽的紫色天光中，他們沒有影子。他發現自己在尖叫。他一直都在尖叫。他覺得自己的眼睛像兩顆裂開的鋼球。他的睪丸頂著肚子，他的腿如木，耳如鐵。

子彈射完，暴民又向他襲來，整群暴民彷彿合而為一，融成了一隻眼，一隻手。他站著，一邊尖叫一邊重裝子彈，他幾乎毫無意識，只有雙手熟練的裝著子彈。他突然很想舉起手，要求停戰，告訴他們自己練習槍術和其他功夫已有千年之久，然後跟他們談談這對槍，告訴他們槍下曾有多少亡魂。他可以這麼做嗎？也許他的嘴不行，但他手上的槍自會讓他們明白得一清二楚。

他裝好子彈時，暴民已十分接近，只要一擲木棍就能擊中他。一根木棍打中他的額頭，擦出一道血痕。再沒多久，暴民就可以直接用手與他近身肉搏。在暴民的最前方，他看見肯納里、肯納里年約十一歲的小女兒、蘇比、兩個酒吧男客，還有一個名叫艾美·費爾敦的妓女。槍客送他們一人一顆子彈，還順便殺了後面幾人。他們的屍體像稻草人般砰的一聲頹然倒地，鮮血與腦漿四散成河。

暴民嚇了一跳，略略一停，那張暴民融成的大臉顫抖著，轉眼間分裂開來，又成為一張張驚懼不已的臉。一個男人尖叫著繞圓圈，一個手上起了水泡的女人抬起頭，對著天空瘋狂的咯咯笑著。槍客進城時，陰鬱的坐在商店階梯上的男人突然尿濕了褲子，令人吃了一驚。

他乘機裝填火藥。

接著，希薇雅．匹茲頓衝了出來，雙手各拿著一個十字架。『**魔鬼！魔鬼！殺害兒童者！野獸！弟兄姊妹，摧毀他！摧毀殺害兒童的闖入者！**』

他往兩個十字架各開了一槍，把十字架打成了碎片，接著對女人的頭連開四槍。她彷彿化身為一台巨大的手風琴，像一道蒸騰的熱氣搖晃著身軀。

眾人戛然而止，盯著她瞧了一會兒，槍客的手則忙著裝填火藥。他的指尖因為摩擦而嘶嘶作響，發著燙。每根手指的指尖都仔細包了一圈布。

他彈無虛發，就像拿著鐮刀除草一般，暴民人數銳減不少。他以為女人一死，暴民也該散去，但不知是誰丟了把刀出來。刀柄擊中槍客的眉心，將他擊倒在地，暴民蜂擁而上。他再次射光了子彈，躺在空彈殼之中。他頭痛欲裂，眼冒金星，射偏了一槍，但接下來又擊斃了十一人。

但倖存的暴民仍向他撲來。他射光了剛裝好的四發子彈，還來不及繼續裝子彈，暴民便撲在他身上，搥他、捅他。他甩掉纏在左手臂上的兩個暴民，然後一個翻身，滾了開來。他的雙手繼續熟練的裝填子彈。他的左肩、後背各中了一刀，肋骨中了一拳，臀部不知是被餐刀還是什麼的捅了一下。一個小男孩扭著身體撲向他，往他的小腿肚刺了一刀，這是唯一稱得上傷口的一刀。槍客轟掉了他的頭。

暴民四散，他再度開火，這次是朝著他們的背開槍。剩下的暴民開始往土黃斑駁的房舍裡退去，但槍客的雙手仍不肯停止，就像太急於討好主人的小狗，表演翻筋斗上了癮，不只想翻一兩次，而是整個晚上翻個不停；那雙手將奔逃的村民一一擊倒。最後一個村民好不容易跑到了理髮店後門的階梯上，卻讓槍客一發子彈打得後腦開花。『哎唷！』那村民喊了一聲，倒了下去。這就是塔爾城的臨終之語。

沉默再度降臨，填滿了空隙。

槍客身上大概有二十個傷口淌著血，除了小腿肚上的那一刀，全都是小傷。他從襯衫上撕下一塊布包紮小腿，然後挺起身，檢視他的戰利品。

屍體從理髮店的後門一路彎彎曲曲的綿延到槍客站的地方，一具具屍首橫七豎八的躺著，沒有一個面容安詳。

他跟著屍體走，一路數著。雜貨店裡，一個男人張著雙臂，鍾愛的抱著剛抓下來的破糖果罐。

最後，他回到了起點，也就是無人的大街上。他射殺了三十九個男人、十四個女人、五個小孩。他滅了塔爾城。

一陣乾燥爽快的風吹來，帶來一陣甜膩的氣味。他往風的來處望去，頭一抬，豁然了解。諾特腐爛的屍首在薛伯酒館的木屋頂上張開雙臂，架在木樁釘成的十字架上，張著眼睛跟嘴巴，污穢的前額烙了一個大大的紫色偶蹄。

槍客走出城。沿著馬車道遺跡直走約四十呎，就到了騾子站的草叢裡。槍客牽著騾子回到肯納里的馬房。馬房外，狂風演奏著無調的音樂。他拴好騾子，走回酒館。他在後門的小屋裡找到一把梯子，於是架起梯子爬上屋頂，解下諾特。屍體比一袋柴枝還輕。他扔下屍體，讓屍體跟普通人在一起，跟那些只要死一次的人在一起。接著他走回酒館，吃起了肉餅，喝了三杯啤酒，屋外天色漸暗，吹起了風沙。那天晚上，他睡在曾與艾莉共枕而眠的床上。他沒有做夢。第二天早晨，風停了，太陽依然明亮，依然健忘。屍體像風滾草一般隨著風滾到了南方。十點左右，等包紮好所有的傷口，他也跟著離開了。

18

他以為布朗睡著了。營火即將熄滅，只剩下零星火花，烏鴉佐爾頓也把頭收進了翅膀裡。正當他想起身，在角落鋪上睡墊時，布朗開口了：『看吧，你說完了。覺得好過點了嗎？』

槍客一驚：『我怎麼會覺得不好過？』

『你是人，你自己說的。不是魔鬼。難道你騙人？』

『我從不騙人。』雖然他不是很情願，但他還是不得不承認，他喜歡布朗，是真心的喜歡，而且到目前為止，他還沒騙過布朗。『布朗，你是誰？我真的很想知道。』

『我就是我。』他神色自若的說。『你幹嘛老覺得我有祕密瞞著你？』

槍客點起煙，沒答腔。

『我想你已經很接近你的黑衣人了，』布朗說。『他急了嗎？』

『我不知道。』

『那你呢？』

『我還不急，』槍客說。他看著布朗，眼神裡帶著一抹蔑視。『我去我必須去的地方，做我必須做的事。』

『那很好。』布朗說著，轉過頭睡去。

19

第二天早上，布朗餵飽了槍客，然後送他上路。在日光下，布朗的模樣令人吃驚：他的胸膛瘦可見骨，曬得黝黑，鎖骨如鉛筆般纖細，一頭凌亂的紅髮十分嚇人。佐爾頓停在他的肩膀上。

『騾子呢？』槍客問。

『我會吃掉。』布朗說。

『好吧。』

布朗伸出手，槍客跟他握了握手。棄民對著東南方點點頭：『一路好走。願你日日長春，好夢連連。』

『願你日長春更長，好夢更連連。』

兩人互相頷首，接著那個艾莉喚作羅蘭的男人走了開來，他的身上佩著槍與水袋。他回頭張望了一次。布朗在田裡奮力種著玉米，烏鴉停在低矮的屋簷上，活像隻石像鬼❺。

20

營火將滅，星辰暗淡。風不停的吹著，儘管無人傾聽，仍然兀自訴說著故事。槍客在睡夢中抽動了一下，隨即恢復平靜。他做了一個乾渴的夢。四周一片黑暗，山巒消失了蹤影。荒漠已將罪惡與懊悔曬乾。他發現自己愈來愈常想到寇特，那個教他槍法的寇特，明辨是非的寇特。

他又動了動，醒了過來，瞇著眼，看著營火的餘燼，營火底下還有另一堆營火，另一堆呈現幾合圖形的營火。他是個多情人，他心知肚明，而他也小心翼翼的守著這個祕密；多年來，只有幾個生死之交知道這個祕密。名叫蘇珊的女孩，那個來自梅吉斯的女孩，曾經是其中之一。

當然，這又讓他想起了寇特。寇特死了。他們全都死了，只剩他還活著。世界前進了，世界變了。

槍客扛起槍，也前進了。

❺Gargoyle，一種怪物雕像，頭上有兩隻角，可以飛行、站立，常裝飾在哥德式建築屋簷排水管邊緣。

chapter two

驛站

The Way Station

1

一首童謠在他的腦袋裡唱了一整天，說什麼也不肯走，簡直快把人逼瘋。即使理智下達指令，它還是聽而不聞，依然故我。那首童謠是這麼唱的：

西班牙的雨落在平原，
歡喜時有，苦痛亦多，
西班牙的雨落在平原。

光陰如紙，人生如漬，
一切所知，終將改變，
一切所知，終將不變，
瘋癲也好，清醒也罷，
西班牙的雨落在平原。

行走時，有情愛相隨，
飛翔時，有桎梏加身，
西班牙的飛機❻落雨中。

他不知道童謠最後一句裡的『飛機』是什麼，但卻知道自己為什麼會想起這首歌。他一再夢見兒時的臥房與母親；夢裡，母親對他唱著這首歌，而他則安睡小床裡，床邊是一扇彩色的窗。因為所有生為貴族的男孩都必須獨自面對黑暗，所以她不會在夜晚就寢前唱這首歌，而是在午睡時唱。他還記得雨後沉重的灰色天光在床單上顫抖著，成了七色彩虹；他還可以感覺到房裡的寒意、毛毯的暖意，還可以感到自己對母親與母親雙唇的愛，聽到那首童謠縈繞心頭的旋律，還有母親的聲音。

一時間回憶隨著他前進的腳步狂湧上心頭，彷彿心裡面有隻狗在追著自己的尾巴。水全部喝完了，他知道自己很可能會死。他從沒料到會走到這一步，感到十分遺憾。從中午起，他就一直低頭看著自己的腳，而不是前方的道路。在這裡，連鬼草都長不高，一片矮小枯黃，鹽鹼大地上有些地方龜裂成碎石堆。儘管距離告別最後一個農人已過了十六天，山巒依然朦朦朧朧的遠在天邊；那個農人住在荒漠邊境，是個似瘋非瘋的年輕人。槍客記得他有隻鳥，但卻怎麼也記不起鳥兒的名字。

他看著自己的腳，像紡織機上的絲線般一上一下，聽著童謠在腦袋裡愈唱愈不成調，第一次懷疑起自己什麼時候會倒下。即使無人旁觀，他還是不想倒下。事關榮譽。槍客最重視榮譽，榮譽是根無形的傲骨，撐起了筆直的脊梁。父親沒給他的，全讓寇特磨了出來。寇特是每個男孩敬仰的榜樣。是呀，就是寇特，有著一球紅鼻與一臉刀疤的寇特。

❻平原（Plain）與飛機（Plane）音相近。

他突然停下腳步，抬起頭來，這個動作使得他腦袋裡嗡嗡作響，一時間整個身體彷彿要飄了起來。山巒在遠方的地平線上沉睡著，但前方好像有別的東西離他更近，也許只有五哩。他瞇著眼瞧了一會兒，但他的雙眼沾滿了風沙，強烈的陽光使人目眩。他甩甩頭，繼續前進，那首童謠仍然唱個不停，在腦袋裡嗡嗡作響。大約一個小時後，他倒了下來，磨破了雙手。他盯著破皮處滴落的鮮血，不敢置信。血跡仍然濃稠，看起來跟一般的鮮血沒兩樣，在空氣中漫漫乾涸，像荒漠一般譏諷的看著他。他甩乾了血跡，不知為何恨起了血。得意？有何不可？血並不口渴，只要乖乖等人服侍、等人獻祭就行，所以才有『血祭』這個說法。血要做的事只有跑……跑……跑……

他看著落在鹽鹼地上的血滴，看著大地瞬間吸乾了血跡。血呀，你覺得怎樣？這合你心意嗎？

噢，上帝，我已到了窮途末路。

他站起身，雙手放在胸前，先前看到的東西幾乎就在他的面前，近在咫尺，他禁不住叫出聲來——活像是嗆了灰塵的烏鴉叫聲。那是棟房子。不，是兩棟房子，四周圍著傾倒的籬笆。籬笆看來十分古老，搖搖欲墜，簡直就像是精靈在惡作劇，把木頭變成了沙。其中一棟屋子曾是馬房——那形狀清清楚楚，絕不可能弄錯；另一棟則是民宅，又或許是小旅社……不，是馬車道上的驛站。傾頹的沙屋（風在木屋上蓋了一層沙，木屋看來就像座沙堡，退潮時讓陽光曬乾，成了臨時的居所）投出一道薄薄的陰影。有人坐在窗邊，靠著房子，而那棟房子似乎承受不了他的重量，微微歪向一側。

是他。終於追上了。黑衣人。

槍客站著，雙手放在胸前，彷彿準備發表演說，但他卻毫不自知；他目瞪口呆。他原以為自己會感到無比興奮（又或許是恐懼、敬畏），但他卻毫無感覺，只為早前突然痛恨起自己的血，而感到隱約的內疚，此外就是那首兒歌在他腦中唱個不停：

……西班牙的雨……

他往前走，解下了一把槍。

……落在平原。

他往不遠處的目標奮力衝去，一點也不打算尋找掩護；四周也沒有地方可以掩護。他與自己短短的身影賽跑，沒察覺自己因為疲累，已是面如死灰；他什麼也沒察覺，只一心一意注意著陰影下的人影，完全沒想到那個人影甚至可能是個死人。

他一腳踢開籬笆（籬笆無聲無息的斷成了兩截，彷彿是在認錯一般），往陽光炫目、寂靜無聲的馬房後院衝去，舉起了槍。

『我瞄準你了！我瞄準你了！把手舉起來，你這婊子養的，我……』

人影慌張的動了動，站了起來。槍客心想：天呀！他怎麼只剩下這麼一丁點兒？他怎麼了？因為黑衣人足足矮了兩呎，頭髮也全白了。

他停了下來，呆若木雞，腦袋一片嗡嗡作響。他的心瘋狂劇跳，腦袋裡想著：我就要死在這裡了……

他把白熱的空氣吸進肺部，低垂著頭好一會兒，等他抬起頭，他發現那根本不是黑衣人，而是一個小男孩；男孩的頭髮曬得褪了色，冷冷的看著他。槍客茫然的看著他，甩甩頭，不敢相信眼前的一切，但他再怎麼甩，男孩還是好端端的在那兒；他是一個揮之不去的幻覺。這個幻覺穿著藍色牛仔褲，一條褲管上縫著補釘，身上穿著棕色的素面粗襯衫。

槍客又甩了甩頭，低頭走向馬房，手上仍握著槍。他還無法思考。他的腦袋裡滿是塵埃，頭痛欲裂。

馬房裡安靜黑暗，熱得快爆炸開來。槍客睜著大而無神的雙眼，環視四周。他蹣跚的轉了一圈，看見男孩站在傾倒的門邊，瞪著他。他的頭閃過一陣劇痛，貫穿兩側的太陽穴，彷彿他的頭是顆柳橙，一分為二。他把槍放回皮套裡，身體晃了一晃，像在驅鬼似的揮舞雙手，旋即撲倒在地。

2

醒來時，他仰天躺著，頭下枕著一堆輕而無味的稻草。男孩搬不動他，但還是盡力讓他舒服些。他覺得很涼爽，低頭一瞧，發現襯衫黝黑濡濕。他舔舔自己的臉，嚐到了水，嚇了一跳，他的舌頭彷彿在嘴裡膨脹了起來。

男孩蹲在他身邊。他發現槍客睜開了眼睛，便從身後拿出一個錫罐交給槍客；錫罐凹了一個口子，盛滿了水。他用顫抖的雙手接下錫罐，喝了一小口——只有一小口。等到水順利進了肚子，他才再喝了一小口。接著他把剩下的水倒在臉上，擤了個驚天動地的鼻涕。男孩清秀的嘴唇微微揚起，成了一個嚴肅的微笑。

『先生，要不要吃點東西？』

『還不用，』槍客說。他的頭仍因中暑而隱隱作痛，水在他的胃裡不太自在，好像不曉得該往哪兒去。『你是誰？』

『我叫約翰．錢伯斯。你可以叫我傑克。我有一個朋友——呃，還算得上是朋友啦！她幫我們工作——她有時候會叫我「巴瑪」，不過你可以叫我傑克。』

槍客坐起身，霎時感到一陣劇烈的頭痛。他彎下腰，把剛才喝的水全吐了出來。

『後頭還有水，』傑克說。他拿起錫罐，往馬房後面走。他稍稍停步，回頭遲疑的對槍客微微一笑。槍客對他點點頭，低下頭，用兩手撐著頭。男孩的身材勻稱，容貌俊俏，大概十歲或十一歲。他的臉上隱約有恐懼之色，但那沒有關係，若是他一點也不害怕，槍客可不會這麼信任他。

馬房後面傳來一陣奇怪的隆隆聲，槍客警醒的抬起頭，雙手扶在槍托上。大約十五秒後，隆隆聲停了下來，男孩拿著裝滿水的錫罐回來。

槍客再次謹慎的喝水，這次好多了，他的頭痛漸漸緩和了下來。

『你昏倒的時候我不知道該怎麼辦，』傑克說。『有那麼一會兒，我還以為你會射我。』

『也許我真的會。我以為你是別人。』

『那個牧師？』

槍客倏然抬起頭。

男孩皺起眉，仔細端詳他。『他在院子裡紮營，我就待在那間屋子裡，呃，也許那是間車站。我不喜歡他，所以我沒出來。他晚上到，第二天就走。原本我也想躲起來不讓你看到，但是你來的時候我剛好在睡覺。』他陰沉的往槍客頭上瞧去。『我不喜歡有人來，那些人總想打我的歪腦筋。』

『他長得怎樣？』

男孩聳聳肩。『就像個牧師。他穿著黑色的衣服。』

『連帽的黑色長衣？』

『「長衣」是什麼？』

『袍子，連身的衣裙。』

男孩點點頭。『大概是吧！』

槍客彎下身，臉上的神情讓男孩退縮了一下。『多久以前？看在你老爸的分上，快告訴我！』

『我……我……』

槍客耐著性子說：『我不會傷害你。』

『我不知道，我不記得有多久，每天都是一樣的。』

槍客終於認真懷疑起男孩怎麼會淪落到這個地方，淪落到這乾燥致命的荒漠之中；但他不想在這種小事上花腦筋，至少不是現在。『努力想一想。很久以前？』

『不，沒多久。我才來這兒沒多久。』

他心中又燃起一線希望。他抓起錫罐，喝著裡頭的水，雙手微微顫抖。搖籃曲又開始在他的腦袋裡唱了起來，但這次他看見的不是母親的臉，而是艾莉那張帶著疤痕的臉；在塔爾城，艾莉曾是他的情人，而塔爾城已經死了。『一星期？兩星期？三星期？』

男孩心不在焉的看著他。『是的。』

『到底多久？』

『一、兩個星期。』他別開眼睛，微微紅著臉。『拉了三次屎，現在我只能這樣計時。他連水都沒喝。我想他可能是個鬼，或是牧師，就像我看過的那部電影，只有蘇洛知道他既不是鬼，也不是牧師，只是個銀行家，想得到那塊地好挖金。蕭太太帶我去看那部電影，在時代廣場。』

槍客完全聽不懂男孩在說什麼，所以沒答腔。

『我很害怕，』男孩說。『幾乎無時無刻不害怕。』男孩的臉顫抖著，就像水晶在尖銳刺耳的極高音震撼之下，瀕臨破裂一般。『他連火都沒生，只坐在那兒，我甚至不知道他會不會想睡覺。』

很接近了！天呀，比從前更接近！雖然槍客極度脫水，他的雙手仍然微微出汗、出油。

『我有些肉乾。』男孩說。

『好呀！』槍客點點頭。『很好。』

男孩起身去拿肉乾，膝蓋微微發出脆響。他的身影俊秀挺拔，看來荒漠還沒有侵蝕他。他的手臂很細，膚色雖然曬得黝黑，卻尚未乾裂。他還挺有勁的，槍客心想。也許還挺有膽的，否則他早就拿了我的槍，趁我倒地的時候，一槍斃了我。

又或許是男孩根本沒想到。

槍客再度拿起錫罐喝水。不管他有沒有膽，他絕對是從別的地方來的。

傑克拿著一堆肉乾回來，盛肉乾的盤子看來像是讓陽光曬得發亮的和麵板。肉乾又硬筋又多，而且非常鹹，刺痛了槍客滿是口瘡的嘴。他飽餐了一頓，然後休息了一會兒。男孩只吃了一點點，挑著黝黑的肉絲，動作出奇的靈巧。

槍客看著他，男孩也毫不掩飾的回望。『你從哪兒來的，傑克？』他終於問道。

『我不知道。』男孩皺起了眉頭。『我以前知道，我剛來的時候還知道，但現在想不太起來，好像剛從惡夢裡醒來一樣。我老是做惡夢。蕭太太以前總說那是因為我看了太多十一頻道的恐怖影片。』

『「頻道」是什麼？』他突然有了個古怪的想法，『像夢一樣嗎？』

『不，那是電視。』

『電視是什麼？』

『我……』男孩拍拍額頭。『就是有很多圖片。』

『有人帶你來的嗎？蕭太太？』

『不！』男孩說。『反正我就是來了。』

『蕭太太是誰？』

『我不知道。』

『她為什麼叫你「巴瑪」？』

『我不記得了。』

『你還真是滿嘴胡說八道。』槍客直截了當的說。

突然間，男孩的眼眶裡充滿了淚水。『我沒辦法，反正我就是來了。如果你昨天問我什麼是電視、頻道，我保證我一定還記得。搞不好明天我連我叫傑克都不記得了——除非你告訴我，可是明天你就不在了，對吧？你會離開，而我會餓死，因為你幾乎把我的食物給吃光了。來這裡又不是我自願的，我不喜歡這樣，這真的很詭異。』

『別難過。既來之，則安之。』

『來這裡又不是我自願的。』男孩又說了一次，聽來既疑惑又叛逆。

槍客又吃了一塊肉乾，嚼到鹹味消失，才甘願吞下肚去。男孩也成了局中人，槍客相信他說的是實話——來這裡並不是他自願的。這真是太糟糕了。至於槍客……來這裡是他自願的，但他並不希望這場遊戲變得這麼下流。他並不希望拿槍對著塔爾城的居民，也不希望殺死艾莉，艾莉最後忍不住說出了那個數字，『19』，洩漏了祕密，就像拿著鑰匙打開了門；他也不希望面對替天行道與濫殺無辜的抉擇。把無辜的旁觀者捲進來，讓他們站上陌生的舞台，說著他們不懂的台詞，這並不公平。艾莉，他心想，艾莉至少還是這個世界的人，儘管她是在欺騙自己；但這個男孩……這個天殺的男孩……

『告訴我你還記得什麼？』他問傑克。

『只有一點點，不過現在已經沒什麼意義了。』

『告訴我，也許我能理出個頭緒。』

男孩想了想該如何開口。他非常努力了想了一會兒。『有個地方……在這個地方之前的地方……有個雕像站在水裡。』

『雕像站在水裡？』

『對。一個女士，頭上戴王冠，手上拿著火把還有……我想應該是……一本書。』

『這是你瞎掰的嗎？』

『我想一定是我瞎掰的，』男孩絕望的說，『路上有東西可以搭乘，有大有小。大的是藍白相間的，小的是黃的。黃的有很多。我走路上學。馬路兩旁有水泥道，有窗戶，裡頭有更多雕像，都穿著衣服。那些雕像在賣衣服。我知道這聽起來很瘋狂，但那些雕像真的在賣衣服。』

槍客搖搖頭，想在男孩臉上看出說謊的神情，但卻一無所獲。

『我走路上學，』男孩固執的再說了一次，『我有一個……』——他的眼睛瞇了起來，嘴唇抖動著，努力摸索該說的字眼——『一個棕色的……書……包。我帶著便當，我還打著……』——他再度摸索，痛苦的摸索——『領帶。』

『武士領巾？』

『我不知道。』男孩的手指不自覺的慢慢掐住了喉嚨，槍客覺得跟上吊挺像的。『我不知道。全都消失了。』他別過頭去。

『你要不要睡一覺？』槍客問。

『我不睏。』

『我可以催眠你，讓你恢復記憶。』

傑克狐疑的問：『你怎麼會催眠？』

『因為我有這個。』

槍客從槍套上解下一顆子彈，在指間快速的傳來傳去。他的動作靈巧無比，如油脂般滑順。子彈毫不費力的從拇指翻到食指，食指翻到中指，中指翻到無名指，再從無名指翻到小指，然後突然間消失不見，又再度出現，好像在空中飄浮了一會兒，然後又從小指翻回拇指。子彈在槍客的指間漫步著。他的手指跨步前進，就像他的雙腳大跨著步走過幾哩路，來到此地。男孩看著，原本的狐疑先是變成純粹的喜悅，然後成了陶醉，接著成了呆滯。他的眼睛慢慢閉上。子彈忽前忽後的舞著，傑克的眼睛再度張開，盯著槍客靈活移動的手指瞧了一會兒，然後又閉上了眼。槍客繼續耍弄著子彈，但傑克沒再醒來；他的呼吸變得緩慢沉穩。事情一定要這麼發展嗎？是的，一定要。其中有種冰冷的美感，像是環繞結凍的藍色冰袋的蕾絲花邊。他彷彿再度聽到母親的歌聲，這次不是那首西班牙下雨的兒歌，而是首更甜美的歌曲，在他搖搖晃晃、半夢半醒間，從遙遠的地方傳來：親愛娃娃穿睡袍，帶著小盆來見媽。

槍客又再度嘗到那股來自靈魂的暈眩之感，滑順且帶著深橄欖色。他的手指靈活的玩弄著子彈，突然間，他覺得那顆子彈極為可怖，猶如猛獸的足跡。他將子彈放在手心，用力握住，直到掌心發疼。在那一刻，倘若子彈爆炸，毀了他那隻有才藝的手，他反而會感到無比欣喜，因為那隻手唯一的才藝，就是謀殺。在這個世界裡，謀殺不是什麼新鮮事，但是承認自己是個殺人兇手卻不是件簡單的事。謀殺、強暴、還有太多太多難以啟齒的罪行，全都是為了行善，為了行那該死的善，那該死的神話，那聖杯，那座塔。啊，那座塔佇立在萬物之中（傳說如此），一座黑灰色的擎天高塔；在槍客那雙受荒漠侵蝕的耳朵裡，隱約聽見了母親甜美的歌聲：裘西，奇西與哲西，帶來禮物裝滿籃。

他拂去那首歌，也拂去那首歌裡的甜蜜。『你在哪裡？』他問道。

3

傑克・錢伯斯——有時暱稱巴瑪——正揹著書包走下樓。書包裡有地球科學課本、地理課本、筆記本、鉛筆，還有個裝午餐的袋子。午餐是媽媽的廚師葛蕾塔・蕭太太做的，做菜的廚房裡放著金屬和塑膠家具，還有轉個不停的風扇，好吸掉奇怪的味道。他的午餐袋裡有個花生醬果凍三明治，一個燻香腸生菜洋蔥三明治，還有四片歐立歐（Oreo）餅乾。他的父母並不討厭他，但似乎也不關心他。暑假時，他們把他丟給蕭太太、保姆、家教，其他時間就丟給拍普中學（這是一所高級的私立中學，最重要的是，只收白人）。這些人從來不做分外的事，只忙著當專業人士，領域中的精英。沒有一個人曾像媽媽愛看的歷史言情小說一樣，把他抱進溫暖的懷裡；傑克也曾翻過那些小說，不過他只想看裡頭的『火辣情節』。爸爸有時候會說那些言情小說是『濫情小說』，有時候也說是『色情小說』。『你還真是能言善道。』媽媽帶著極度不屑對爸爸說，而傑克就在緊閉的門外偷聽。爸爸在『網路』電視公司上班，要是有一整排瘦巴巴、理平頭的男人出現在傑克面前，他或許可以認出哪個是爸爸。或許。

傑克不知道自己討厭所有的專業人士，除了蕭太太。他身邊的人總讓他感到十分困惑。媽媽很瘦卻很性感，常常跟生病的朋友上床。他的爸爸有時候會提到公司裡有些人『喝可樂喝過頭』，說這話的時候，他總是咧著嘴，露出一點也不幽默的笑容，然後快速的嗅一下拇指指甲。

現在他在街上，傑克．錢伯斯在街上，他『走上街頭』了。他很乾淨，有禮貌，俊俏又敏感。他每週去『中城巷』打一次保齡球。他沒有朋友，只有點頭之交。他從來不願意多想沒朋友這件事，但其實很傷心。他不知道跟專業人士相處久了，自己也染上了許多專業的習氣。葛蕾塔．蕭太太（她比其他人好一些，但是天呀！也不過是個安慰獎）做的三明治很專業。她會把三明治切成四塊，還把吐司邊切掉，所以第四節體育課吃午餐時，他好像在參加雞尾酒派對，另一手拿的應該是酒，而不是運動小說，或是從學校圖書館借的西部小說。爸爸賺的錢很多，因為他是『痛殺友台』的高手——也就是專門製作比競爭對手更強的節目，搶對方的收視率。爸爸一天抽四包煙，沒咳嗽，但是笑容冷漠，偶爾也不反對喝喝可樂。

他在街上走著。媽媽給了他計程車費，但是只要不下雨，他就會走路上學；他把書包（偶爾還有保齡球包，不過多半鎖在櫃子裡）甩在背後，金髮碧眼，看起來是個非常美國的小男孩。已經有女孩（在母親的同意下）開始注意他了，但他並沒有像那些膽小又自大的男孩一樣，害羞的躲開，而是帶著專業的架式跟女孩說話，把她們搞得一頭霧水，再也不上門。他喜歡地理，也喜歡在下午打保齡球。爸爸有一家自動豎球瓶機製作公司的股票，但是城中巷用的不是這家公司的機器。他以為自己不在乎這件事，但其實他在乎。

他走在街上，經過布魯明百貨公司⑦（Bloomie's），店裡有模特兒站著，有的模特兒穿著毛皮大衣，有的穿著雙排釦的愛德華西裝，有的什麼也沒穿，也就是『裸體』。這些模特兒——這些假人——都非常專業，他討厭專業。他還不到討厭自己的年紀，但那顆種子已經種在他心裡了；只要時間一到，就會開始萌芽，生出苦澀的果實。

他走到街角站著，側肩上掛著書包。車潮呼嘯而過——有轟隆作響的藍白巴士、黃色計程車、小汽車、一輛大卡車。他只是個小男孩，但不是一般的小男孩，他從眼角看見那個殺死他的男人。那個男人就是黑衣人，他看不見他的臉，只看見隨風飄揚的長袍，那雙伸出的手，那冷漠、專業的笑容。他倒在街上，雙手緊緊抓著書包，書包裡裝著蕭太太極度專業的午餐。一個一臉驚恐的商人頭戴深藍色的帽子，帽簷上插了一小根漂亮的羽毛，透過偏光擋風玻璃瞥見這一幕。不知何處有廣播轟隆隆的播著搖滾樂。一個站在遠方人行道上的老太太尖叫了起來，她戴著黑色的帽子，帽子上蓋著黑紗；那黑紗一點也不漂亮，像是服喪時戴的面紗。傑克什麼感覺也沒有，只感到驚訝，此外就是像平常一樣，猛然感到一陣困惑——就這樣結束了？他的保齡球還沒拿到兩百七十分呢！他重重落在街上，看著眼前兩英寸處用柏油封起的裂縫。書包從手中彈開。他還在想著膝蓋是不是破皮了，頭戴漂亮羽毛藍帽的商人就開車從他身上輾了過去。那輛車很大，是藍色的一九七六年凱迪拉克，顏色幾乎跟商人的帽子一模一樣。車子輾斷了傑克的背，把他的五臟六腑輾成了肉泥，讓他的嘴裡噴出了血。他轉過頭，看見凱迪拉克火紅的尾燈，還看見鎖住的後輪下噴出煙霧。車子輾過他的書包，留下一道黑痕。他把頭轉到另一邊，看見一台灰色的福特大車發出刺耳的煞車聲，在離他幾英寸處停了下來。一個原先推著推車在賣椒鹽脆餅和汽水的黑人朝他跑來。血從傑克的鼻子、耳朵、眼睛、直腸流出來。他的生殖器被壓扁了。他焦急的想著自己膝蓋上的擦傷有多嚴重，想著上學會不會遲到。現在，凱迪拉克的駕駛朝他跑來，嘴裡叨叨的唸著。不知從何處傳來一個可怕、安靜的聲音，那是死亡的聲音：『我是牧師，讓我過去，我來為他唸臨終的祈禱詞……』

他看到那件黑袍，突然感到一陣驚恐。是他，黑衣人。傑克費盡最後的力氣，把頭轉開。不知何處傳來廣播放著搖滾團體『Kiss』的歌曲。他看見自己的手垂在地上，渺小、蒼白、美麗。他從來沒咬過指甲。

傑克看著自己的手，死了。

槍客皺著眉沉思，蹲下身來。他很疲累，全身疼痛，思考的速度愈來愈緩慢。在他對面，那個驚人的男孩沉睡著，雙手疊放在腿上，呼吸仍然平穩。他不帶感情的說完了他的故事，只在最後講到『牧師』跟『祈禱詞』時，聲音顫抖了一下。當然，他並沒有告訴槍客他的家庭背景，也沒有談到自己那矛盾的困惑，但無論如何，他還是透露了蛛絲馬跡，足以讓槍客猜知一二。男孩口中的城市從不存在（除非他說的是傳說中的盧德城），這並不是故事

❼紐約著名的百貨公司，全名為布魯明岱爾（Bloomingdale）。

裡最讓人迷惑的地方，但卻很令人不安。整個故事都很令人不安，槍客不禁害怕起故事的言外之意。

『傑克？』

『嗯？』

『你希望醒來的時候記得這些事，還是不記得？』

『不記得！』男孩很快接口。『血從我嘴裡流出來的時候，我還嚐到自己大便的味道。』

『好吧！你要睡了，懂嗎？現在是真的睡。躺下吧！隨你的意。』

傑克躺了下來，看起來渺小、平靜、不會傷人。槍客不相信他不會傷人；他覺得男孩有一種致命的氣息，彷彿是黑衣人設下的另一個陷阱。他不喜歡這種感覺，但他喜歡男孩，非常喜歡。

『傑克？』

『噓，我要睡著了，我想睡覺。』

『是的，等你醒來，你不會記得這些事。』

『好，很好。』

槍客盯著他看了一會兒，想起自己的童年；他常常覺得自己的童年是發生在別人身上（那個人穿過了神奇的時空透鏡，變成了另一個人），與自己毫無關係，但現在卻覺得無比靠近。驛站裡的馬房非常熱，他再度小心的喝了些水，然後起身走到房子後，停下腳步，往一個馬廄裡望去。角落裡有一小堆白色的稻草，一條疊得整整齊齊的毛毯，但卻一點馬的氣味也沒有。陽光已榨乾了所有的氣味，什麼也沒留下，空氣裡什麼也沒有。

馬廄後面是個黑暗的小房間，房中放了一台不銹鋼的機器；機器毫無生銹破損的痕跡，看起來像奶油攪拌器，左方突出一條鉻黃色的水管，通到地板上的排水溝。槍客曾在其他乾燥之地看過這種抽水器，但從沒看過這麼大台的。他無法想像這些抽水器（有些早已消失）要鑽多深才能汲到水，那沉在荒漠下，隱祕又永遠黝黑的水。

為什麼驛站關門時，不將抽水器移走？

也許是魔鬼吧！

他突然感一到一陣戰慄，背脊一陣涼意，身上起了一陣雞皮疙瘩，但隨即退去。他走向控制台，按下開關。機器發出嗡嗡聲，過了大約半分鐘，一股清洌、乾淨的水從水管裡冒了出來，流向排水溝以進行再循環。大約從水管流出三加侖的水後，抽水器才發出一聲喀嗒，自動停了下來。這台機器像真愛一樣與這個時空格格不入，但又像末日審判一般無比確實，沉默的提醒著前進之前的世界。也許它是靠原子發電，因為方圓千哩之內都沒有電力，即使是乾電池，也早該沒電了。這台機器的製造商叫『北方中央正電子』（North Central Positronics），槍客不太喜歡。

他走回去，坐在男孩身邊，男孩把一隻手枕在臉頰下。真是個俊俏的男孩。槍客又喝了些水，像個印度人般盤起腿來。男孩就像那個住在荒漠邊緣養了隻鳥的棄民一樣（佐爾頓，槍客突然想了起來，那隻鳥的名字叫佐爾頓），已失去了時間感，但看來他確實是更接近黑衣人了。槍客再度懷疑起黑衣人是不是有什麼理由故意讓他追上，也許槍客已經中了計。他努力想像兩人正面衝突的場景，但卻徒勞無功。

他很熱，但頭已經不暈了。那首兒歌再度出現，但這次他想到的不是母親，而是寇特——寇特是永不老去的人形機器，他的臉佈滿了磚塊、子彈與鈍器留下的疤痕，或是來自於戰場，或是來自教導武術時留下的痕跡。他心想，不知寇特是不是有過像這些傷疤般轟轟烈烈的愛情。他覺得不太可能。他想起了蘇珊，想起了母親，想起了馬登那個半吊子術士。

槍客從不留戀過去；要不是他對未來有個模模糊糊的概念，以及他略為了解自己天生的情感，他八成會變成一個沒有想像力的人，一個危險的笨蛋，所以眼前這股懷舊之情，讓他十分驚訝。每個名字都讓他想起了更多的名字——卡斯博、艾倫、瓊納斯老頭和他顫抖的聲音；他再一次想起了蘇珊，那個窗邊的美麗少女。追憶往事時，最後總一定想到蘇珊，想到那片高低起伏，名叫『水滴』的大平原，想起在淨海灣撒網捕魚的漁夫。

塔爾城的鋼琴師（也死了，塔爾城的居民全死了，是他親手殺死的）知道那些地方，儘管他只跟槍客提過一次。薛伯喜歡老歌，曾經在一間叫做『旅人小憩』的沙龍裡彈過，槍客低聲哼起了一首歌，曲不成調：

愛噢愛，噢無心之愛，
看無心之愛傷透誰的心。

槍客困惑的笑了起來。翠綠溫暖的世界裡，只剩下他一人。他追憶過往，卻不自怨自艾。世界無情的前進了，但他的雙腿仍然強壯，也更接近黑衣人了。槍客打起了盹。

5

他醒來時，天幾乎黑了，男孩也不見蹤影。

槍客起身，聽見關節發出一聲脆響，然後走出馬廄。驛站的陽台上，有一小堆火光在黑暗裡舞著，他走向火光，影子又長又黑，拖在橘紅色的夕陽下。

傑克坐在煤油燈旁。『油桶裡有油，』他說，『不過我不敢在屋裡燒油燈，天乾物燥……』

『你做得很對。』槍客坐了下來，揚起了陳年的灰塵，他視而不見。他心想，陽台竟然沒有因為傑克和他的重量而垮下來，真可算是奇蹟一樁。油燈的火光映在男孩臉上，染上精緻的色調。槍客摸出煙袋，捲起了菸草。

『我們得促膝長談一番。』他說。

聽見這句話，傑克點點頭，微微一笑。

『我想你知道我在追你看見的那個男人。』

『你想殺他？』

『我不知道。我必須從他口中問出一些事情，也許還必須讓他帶我去某個地方。』

『哪個地方？』

『一座塔。』槍客說。他拿起菸草，對著油燈吸了口氣，點著了煙；煙霧隨著漸漸升起的晚風散去。傑克看著，臉上既無恐懼，也不好奇，更無熱情。

『我明天就要走了，』槍客說。『你必須跟我走。肉還剩多少？』

『還有一點點。』

槍客點點頭。『有地窖嗎？』

『有！』傑克看著他，雙眼的瞳孔放大，看來極為脆弱。『地板上有個環，拉起來便是，但是我沒下去過。我怕要是樓梯垮了，我就再也上不來了，而且那裡很臭，這地方只有那裡有味道。』

『咱們明天起個大早，看看下頭是不是有東西值得帶走，然後就上路。』

『好吧！』男孩頓了頓，然後接著說：『我很高興我沒有趁你睡著的時候殺了你。我有把乾草叉，原本想拿來刺死你，不過我沒有，現在我不必怕一個人睡覺了。』

『你怕什麼？』

男孩看著他，帶著一種不祥的預感。『怕鬼，怕他回來。』

『黑衣人。』槍客肯定的說。

『是的，他是壞人嗎？』

『我想那要看你是站在哪個角度。』槍客心不在焉的說。他站起身，把菸草往鹽鹼地上一扔。『我要睡了。』

男孩怯生生的看著他。『我可以跟你一起睡在馬廄嗎？』

『當然。』

槍客站上了階梯，仰望星空，男孩也有樣學樣。老人星已升起，老婦星也隨侍身畔。

槍客似乎可以聽見第一隻春蛙的叫聲，聞到初次修剪草坪後，那股宣告夏日將近的翠綠氣息（或許還聽見東廂房的女士在向晚時分，僅穿著寬鬆的連衣裙，打著九柱球），也幾乎可以聽見卡斯博與潔米鑽過籬笆的破洞，呼喚他一同去兜風……

想起這麼多往事，真不像他。

他轉過身，拾起油燈。『我們去睡覺吧。』他說。

他們一起走向馬廄。

6

第二天，他去探查地窖。

傑克說得沒錯，地窖臭氣薰天，經過消毒般無味的沙漠和馬廄後，那股沼氣更讓槍客覺得噁心，甚至有些頭昏。地窖充滿了腐爛的蔬菜味，有甘藍菜、大頭菜與馬鈴薯，馬鈴薯上長了長長的芽眼；但是階梯似乎依然十分堅固，於是他爬下了階梯。

地板是泥地，他的頭幾乎碰到屋頂上的樑柱。地窖裡還有蜘蛛活著，一隻隻大得驚人，灰色的身體上長滿了斑點，大部分是變種蜘蛛，正常的蜘蛛早成了稀有動物。有的蜘蛛腳上長了眼睛，有的甚至長了十六隻腳。

槍客窺視四周，等待眼睛適應黑暗。

『你還好吧？』傑克緊張的往下喊。

『還好。』他盯著角落。『有罐頭。等等。』

他低著頭，小心翼翼的走到角落，那兒有個破了一側的舊盒子。罐頭裡裝的是蔬菜——青豆、黃豆——還有三罐裝的是牛肉。

他抱起一堆罐頭，走回階梯，爬到半路就把罐頭交給傑克，傑克跪下來接住了，他再回頭拿更多罐頭。

跑第三趟時，他聽見地基傳來一陣呻吟。

他轉過身，仔細瞧著，感到一陣如真似幻的恐懼向他襲來，這種感覺死氣沉沉，令人作嘔。

地基用巨大的沙塊建成，驛站剛落成時，或許沙塊還砌得方方正正，但現在每一角都凹成了鋸齒狀，像酒醉般東倒西歪，讓整面牆彷彿刻滿了奇形怪狀、歪七扭八的象形文字。謎樣刻痕的接縫中，還不斷流出沙粒，彷彿牆的另一面有什麼東西流著口水，痛苦的挖著牆，拚命想鑽牆而出。

呻吟聲時起時落，愈來愈大聲，直到傳遍整間地窖；那聲音彷彿承受著極度的疼痛與可怕的辛勞。

『快上來！』傑克尖叫。『老天爺！先生，快上來！』

『走開，』槍客冷靜的說。『在外頭等。如果你數到兩……不，三百，我還沒上來，趕快逃。』

『快上來！』傑克再度尖叫。

槍客沒回答，右手拉起了槍套。

現在牆上的洞已有錢幣般大小。透過自己內心那層恐懼的帷幕，他可以聽見傑克啪嗒啪嗒的跑步聲。接著沙粒忽然不再流出，呻吟聲也停了，但卻傳來一陣穩定、沉重的呼吸聲。

『你是誰？』槍客問。

無人回答。

於是羅蘭說起了貴族語，他的聲音充滿了古老的權威感，如雷貫耳：『魔鬼，報上名來！如能言語，速速開口。吾人時間無多，耐性更少。』

『慢慢走。』牆裡傳來緩慢、黏滯的聲音，槍客感到那股夢幻般的恐懼愈來愈深，幾乎成真。那是艾莉的聲音，他在塔爾城相好過的女人，但是她已經死了，她的眉心讓子彈開了個口，在他的面前倒下。他的眼前彷彿有鬼魂一邊游動，一邊降落。『槍客，慢慢走過卓爾地。小心獸面人。你與男孩同行時，你的靈魂就成了黑衣人的囊中物。』

『言下何意？快說分明！』

但呼吸聲消失了。

槍客佇立了一會兒，全身僵硬；突然一隻大蜘蛛掉到他的手臂上，發狂似的跑上他的肩膀，他不自覺的嘟囔一聲，掃開蜘蛛，邁開腳步。他不想做接下來的事，但習俗是不可違抗的。俗話說：死中求死，只有死人說的預言才能相信。他走向牆上的洞，用力捶了幾下，沙塊就輕輕鬆鬆從角落崩解，槍客再用力一擊，手就穿牆而過。

他摸到一個硬物，硬物上有一個個小節突起。他拉出硬物，原來是個下巴骨，與上顎連接的關節已經腐朽，一顆顆牙齒東倒西歪。

『好吧！』他輕聲說，把下巴骨塞進背包，彆彆扭扭的抱著最後一堆罐頭，回頭往階梯爬。他沒關上機關門，好讓陽光照進去，曬死變種蜘蛛。

傑克在馬房的院子中央，縮在龜裂破碎的鹽鹼地上。他一看見槍客便尖叫了起來，退後了一、兩步，然後哭著衝向他。

『我以為它抓到你了，那個東西抓到你了，我以為……』

『沒有，沒有東西抓到我。』他抱著男孩，感覺他滾燙的臉靠在懷裡，乾燥的雙手扶在胸前。他可以感覺到男孩急促的心跳。之後他才恍然想起，他就是在這個時候愛上男孩，而當然，這一切早在黑衣人的算計之中；還有什麼陷阱能比愛更高明？

『是魔鬼嗎？』男孩的聲音微弱的。

『是的，一個會說話的魔鬼。我們不必再回去了。來吧，上路吧！』

他們走向馬廄，槍客拿起睡覺用的毛毯，隨便做了個包袱；毛毯又熱又粗，但也只能將就將就。包好包袱，槍客就用抽水器汲水，裝滿水袋。

『你提一個水袋，』槍客說。『把它掛在肩膀上，就像這樣，看到沒？』

『看到了。』男孩看著他，流露出崇拜的神情，但隨即刻意掩飾。他把一個水袋甩過肩。

『會不會太重？』

『不會，還好。』

『現在就說實話，如果你中暑，我可抱不動你。』

『我不會中暑，我不會有事的。』

槍客點點頭。

『我們要去山脈，對不對？』

『對。』

兩人走進熾熱的陽光中。傑克的頭抬得跟槍客甩動的雙肘一般高，走在他的右手邊，微微超前，水袋的袋口用生皮索繫上，幾乎垂在他的小腿上。槍客的肩上多掛了兩個水袋，左腋夾著裝食物的背袋，右手拿著包袱、煙袋與剩下的火藥。

他們穿過驛站最深處的大門，再次發現驛馬車留下的模糊軌跡。走了大約十五分鐘後，傑克轉過身，向兩棟房屋揮手。在一望無垠的荒漠中，那兩幢房屋彷彿緊緊依偎在一起。

『再見！』傑克大喊。『再見！』接著他轉過頭，看著槍客，一臉不安。『我覺得好像有東西在監視我們。』

『可能是個東西，也可能是個人。』槍客同意。

『有人躲在那裡嗎？一直躲在那裡？』

『我不知道，我想應該沒有。』

『我們該不該回去？回去然後……』

『不！那地方已經跟我們沒關係了。』

『好。』傑克急忙應著。

他們繼續前進。驛馬車的軌跡登上一座冰凍的沙丘，等到槍客回頭，已看不見驛站。放眼望去，又是無垠的荒漠，此外空無一物。

7

他們離開驛站已三天，山脈清楚得像是幻覺。他們可以看見荒漠一步步緩緩隆成了小丘陵，最後終於出現了赤裸裸的斜坡，床岩以陰沉、腐蝕的勝利之姿，凸出地表。再往前走，地勢又微微和緩了下來，槍客總算看到久違了數月甚至數年的真實綠意；草地、矮雲杉，甚至還有柳樹，全都讓前方流下的雪水灌溉著。再往前走又是荒蕪的岩石大地、高山峻嶺，直通往炫目的山頂積雪。在左方，一片偌大的沼澤低地指向遠方一小片受狂風侵蝕的沙岩懸崖、台地與孤峰，幾乎未曾間斷的陣雨，像一層灰色的薄膜，模糊了這片景色。夜晚，傑克會在睡前坐著發呆一陣子，看著遠方的閃電舞著劍，有白有紫，在清澈的夜空中格外驚人。

一路上，男孩表現得很好；他很堅強，但除此之外，他似乎用一種冷靜的意志力對抗著疲勞，槍客非常欣賞這股意志力。男孩不太說話，也不問問題，甚至不問下巴骨的事；槍客總在傍晚抽煙時，在手中翻弄著下巴骨。槍客知道，能與槍客為伴，男孩覺得十分榮幸，甚至有些得意，這讓他略感不安。有人把男孩放在他的旅途中——你與男孩同行時，你的靈魂就成了黑衣人的囊中物——傑克並沒有拖慢他的速度，但這只讓槍客更覺得前方危機重重。

他們每隔一段固定的距離，就會經過黑衣人留下的對稱營火，槍客覺得現在這些營火看起來更新鮮了。第三天晚上，槍客確定自己在第一座小丘陵附近，遠遠看見另一堆營火的火光，但卻沒有想像中的高興。他想起了寇特說的一句話：小心裝瘸的人。

離開驛站第四天，在接近兩點時，傑克晃了一下，差點跌倒。

『來，坐下。』槍客說。

『不，我沒事。』

『坐下。』

男孩乖乖坐下，槍客在附近蹲下，好替傑克遮陽。

『喝水。』

『喝水的時間還沒到……』

『喝。』

男孩喝了三口水。槍客打濕毛毯的一角（現在毛毯裡的東西少了許多），然後拿沾濕的毛毯擦拭男孩乾熱的手腕、前額。

『從現在開始，每天下午這個時間我們都要休息。十五分鐘。你想睡覺嗎？』

『不想。』男孩羞愧的看著他，槍客和藹的回看著他。他心不在焉的從皮帶上拿出一顆子彈，開始在指間翻弄著。男孩看著，出了神。

『好厲害。』他說。

槍客點點頭。『是呀！』他頓了頓。『我跟你一樣大的時候，住在一座圍城裡，我跟你說過嗎？』

男孩昏昏欲睡的搖搖頭。

『我想也是。那裡還有一個邪惡的男人……』

『那個牧師？』

『嗯，老實說，有時候我也這樣想，』槍客說。『如果他們是兩個人，我想他們一定是兄弟，也許是雙胞胎，但是我曾看過他們兩個人同時出現嗎？沒有，從來沒有。這個壞人……這個馬登……他是個巫師，就像梅林❽（Merlin）。你的世界知道梅林嗎？』

『梅林……還有亞瑟王……還有圓桌武士。』傑克夢囈般的說著。

槍客感到一陣不快的震顫流遍全身。『是的，』他說。『亞瑟王，你說得沒錯。我那時年紀很小……』

但男孩坐著睡著了，雙手整齊的疊放在大腿上。

『傑克。』

『有！』

男孩這麼一喊，嚇了槍客一跳，但槍客不動聲色。『等我一彈手指，你就會醒來，覺得神清氣爽，懂嗎？』

『是的。』

『那就躺下吧！』

槍客從錦囊裡拿出材料，捲起煙。有東西不見了。他謹慎的搜尋了一下，找到了。不見的東西是先前那股瘋狂的急切感，害怕自己隨時都會落後，害怕線索隨時會斷，只留給他一個模模糊糊的腳印。那種感覺已完全消失，槍客漸漸相信黑衣人想要被抓到。小心裝瘸的人。

接下來會是什麼？

這個問題太模糊，他不感興趣。卡斯博會感興趣，非常感興趣（說不定還能借題發揮，講個笑話），但是就像德斯欽家的號角一樣，卡斯博已經離去了，槍客只能憑著直覺前進。

他邊抽煙，邊看著男孩，念頭回到了卡斯博身上，卡斯博愛笑（就連他死的時候也在笑），寇特卻從來不笑。而馬登呢？馬登有時會微笑，他的笑容單薄、沉默，閃著不安的微光……就像一隻眼睛在黑暗中張開，露出了鮮血。當然，那裡也曾有一隻獵鷹；那隻獵鷹叫大衛，就是傳說中拿著投石器擊敗巨人的大衛。他十分確定，大衛除了殺人、掠奪、恐懼，什麼也不知道，就像槍客自己一樣。大衛不是個外行人，而是個舉足輕重的角色。

或許只有最後一刻例外。

槍客似乎感到一陣胃痛，但他的臉色毫無改變。他看著香煙的煙霧在白熱的荒漠空氣中徐徐上升，飄散不見，然後憶起了往事。

8

天空是白色的，完全的白，空氣裡下雨的氣息十分強烈，籬笆與青草的氣味十分甜美。時值晚春，也有人稱為『新地時節❽』。

❽亞瑟王傳奇中善良的巫師或智叟。

大衛坐在卡斯博的手臂上，像一具極具殺傷力的小型機器，雙眼閃著金光，空洞的瞪視著前方，腳上繫著生皮索，鬆垮垮地繞在卡斯博的手臂上。

寇特站在兩個男孩身旁，沉默不語；他穿著縫了補釘的皮褲，綠色的棉襯衫紮進老舊、寬鬆的步兵皮帶裡，皮帶繫得老高。襯衫是草綠色的，與籬笆和後院裡隨風晃動的草地融合為一；在後院，女士還沒開始玩九柱球。

『快準備好。』羅蘭悄悄對卡斯博說。

『我們已經準備好了，』卡斯博充滿了自信。『對不對，大衛？』

他們說的是平民語，傭人與侍從的語言；他們還不能公開說自己最熟悉的語言，還不到時候。『今天真是太美了，你聞得到雨的氣味嗎？今天真是……』

寇特突然舉起手上的籠子，打開一側，籠裡的鴿子旋即展翅飛上高空。卡斯博放開獵鷹，但卻慢了一步，獵鷹早已升空，起飛的模樣有些彆扭，牠拍拍翅膀，重拾英姿，騰空飛起，朝鴿子飛去，疾如子彈。

寇特往兩個男孩站立的地方信步走去，然後突然揮出扭曲的大拳頭，往卡斯博的耳朵上擊去。卡斯博跌倒在地，一語不發，但雙唇卻緊緊的貼著牙齦。一條血痕從他的耳朵流下，滴在青綠色的草地上。

『你真是太慢了，豬頭。』他說。

卡斯博掙扎著站起來。『求您諒解，寇特，我只是……』

寇特又賞了他一拳，卡斯博又倒了下去，現在血流得更多了。

『說貴族語。』他輕聲說。他的聲音不帶情感，略微粗嘎，彷彿喝醉一般。『以文明之語，說臨終禱詞，曾有多少壯士為文明而死，但你們這兩個蠢材是永遠也成不了壯士的，豬頭。』

卡斯博再度努力起身，眼眶裡閃著淚水，但雙唇緊緊抿成一條充滿恨意的直線，毫不顫抖。

『我心傷悲，』卡斯博的聲音帶著窒息的自持，『我已忘卻父親的容顏，卻仍私心企盼有朝一日執其槍。』

『就是這樣，小鬼，』寇特說。『你要悔過，並以飢餓自省。沒有晚餐，沒有早餐。』

『看！』羅蘭大喊，指向天空。

獵鷹已凌駕於鴿子之上。牠滑行了一會兒，張開短而粗硬的雙翅，在靜止、純白的春日天空中滑翔著，接著收起翅膀，如石塊般往下墜落。兩隻飛禽相遇，有那麼一會兒，羅蘭彷彿在空中看見四散的鮮血。獵鷹發出短暫的勝利呼嘯，鴿子拍動翅膀，扭動著身體，墜落地面；羅蘭跑向戰利品，把寇特和挨罵的卡斯博丟在後頭。

獵鷹落在獵物身旁，滿足的啄著鴿子豐滿的白色胸膛。幾片羽毛左右飄動著，落在地面上。

『大衛！』卡斯博喊著，從錦囊裡拿出幾片兔肉丟向獵鷹。獵鷹在空中接住肉片，仰頭甩動背部與喉部，吞了下去，羅蘭乘機想重新繫上皮索。

獵鷹盤旋著，看來幾乎心不在焉，突然在羅蘭的手臂抓出一道長長的血痕，然後回頭繼續享用大餐。

羅蘭嘟囔了一聲，再拋了一次皮索；這一次，他戴著皮手套的手抓著繩索，套中了大衛彎彎的鷹嘴。他再丟給大衛一塊肉，然後綁上了繩索，大衛溫順的爬上了他的手腕。

他驕傲的站起來，手臂上站著獵鷹。

『這是什麼，你能告訴我嗎？』寇特指著羅蘭前臂上淌著血的傷痕問道。羅蘭穩住身體，準備接住寇特的拳頭；他鎖著喉嚨，打算忍住淚水，但是寇特卻沒揍人。

『牠抓我。』羅蘭說。

『你惹火牠了，』寇特說。『獵鷹不怕你，孩子，獵鷹也不會怕你。獵鷹是上帝的槍客。』

羅蘭呆呆看著寇特。他不是個有想像力的男孩，如果寇特想跟他說什麼大道理，他也沒聽懂，甚至以為寇特又在說笑話了。

卡斯博趕上兩人，在寇特背後吐舌頭，以為寇特看不見。羅蘭沒笑，只對他點點頭。

『進屋去。』寇特說，接過了獵鷹，轉身指著卡斯博。『記得你要悔過，豬頭，也別忘了今天晚上跟明天早上不准吃飯。』

『是的，』卡斯博說，裝得一副正經八百的模樣。『感謝您今天的教誨。』

『你學到了教訓，』寇特說，『但是你的舌頭卻有個壞習慣，喜歡在老師背後從你那張笨嘴裡伸出來，也許有一天它跟你都能學會什麼叫安分守己。』他又揍了卡斯博一拳，這次重重打在眉心，羅蘭甚至還聽到一記悶響，就像傭人拿木槌敲打啤酒桶發出的聲音一樣。卡斯博往後倒在草地上，眼神一片朦朧茫然；等他清醒過來，卡斯博抬頭憤怒的瞪著寇特，那抹常見的隨性笑容再不復見，恨意一覽無遺，雙瞳閃著光芒，猶如白鴿的鮮血一般閃亮。他點點頭，扯開雙唇，露出羅蘭從未見過的駭人微笑。

『看來你還有希望，』寇特說，『等到你覺得你可以了，儘管來找我，豬頭。』

『你怎麼知道？』卡斯博咬著牙說。

寇特轉向羅蘭，動作極為敏捷，羅蘭差點往後跌了一步，要真是如此，他就會跟卡斯博一起倒在草地上，用鮮血裝飾新綠。『我從這個豬頭的眼睛裡看見倒影，』他說。『記得，卡斯博．艾爾古德，這是今天最後一個教訓。』

卡斯博再次點頭，還是那抹令人害怕的微笑。『我心傷悲，』他說。『吾已忘卻父……』

『少說廢話，』寇特沒了興致，轉向羅蘭。『你們兩個馬上給我滾。再讓我看到那兩張蠢到極點的臉，我就會把五臟六腑全給吐出來，沒胃口吃晚餐。』

『走吧！』羅蘭說。

卡斯博搖搖頭，清清腦袋，站了起來。寇特已邁著兩條粗短的弓形腿，走下山坡，看來極為威嚴，又有些過時，頭頂上那撮修剪過的灰髮閃閃發光。

『我要殺了那個婊子養的。』卡斯博仍然微笑著，前額神奇的腫了一個鵝蛋大的包，青紫而結實。

『你跟我都沒那個能耐，』羅蘭說，突然間臉上咧開了笑。『你可以在西廚跟我一起吃晚餐，廚師會分一些給我們。』

『他會跟寇特告密。』

『他可不喜歡寇特，』羅蘭說著，聳聳肩。『就算他告密又怎樣？』

卡斯博也咧嘴回笑。『說得沒錯。我一直想知道，如果把頭轉到背後，倒立著，眼裡的世界會是個什麼模樣。』

他們一起回頭走過翠綠的草坪，在晴朗潔白的春日陽光中，灑下一對身影。

9

西廚的廚師叫哈克斯。他的身形龐大，穿著沾滿食物污漬的白色衣服，膚色如原油一般黝黑；血統有四分之一黑人，四分之一黃種人，四分之一來自南島——現在南島大概已為世人遺忘了（世界前進了）——剩下的四分之一則只有天曉得。他拖著腳步，在三間挑高的蒸騰房間裡走來走去，彷彿一台定在低檔的牽引機，腳上穿著活像回教國王哈里發（Caliph）的巨大拖鞋。像他這樣的大人並不多見，既有孩子緣，又毫不偏心的愛著孩子；他的愛不是甜如蜜糖，而是像在做生意；有時會抱抱孩子，就像生意成交時會握手一樣。他甚至也愛開始練槍的孩子，儘管他們跟一般的孩子不一樣：不露情感，總是有點危險；哈克斯不把他們當大人看，而是把他們當成一般的孩子，只是有些瘋狂。偷偷塞食物給寇特學生，對哈克斯來說不是什麼新鮮事。此時他站在亂烘烘的巨大電火爐前，這個電火爐是整個莊園裡碩果僅存的六台電器之一；這裡是他的私人領域，他站在這兒，看著兩個男孩狼吞虎嚥的吃著他端出來的燉肉。前後左右，僮僕廝廚在蒸騰、潮濕的空氣裡忙進忙出，噹啷噹啷的洗著盤子，攪動燉肉，在地上與馬鈴薯和蔬菜奮鬥。陰暗的食物儲藏室裡，一個有著麵糰臉的清潔婦用布紮起了頭髮，在地上灑水拖地。

一個廚僮拉著一個守衛衝上前來。『哈克斯，這個男人，他找你。』

『好吧！』哈克斯對守衛點點頭，守衛也點點頭。『孩子，』他說。『去找瑪姬拿餡餅，然後趕快走，別給我惹麻煩。』

之後羅蘭與卡斯博會想起這句話：別給我惹麻煩。

他們點點頭，走向瑪姬；瑪姬拿晚餐盤裝了兩大塊餡餅給他們，但卻輕手輕腳的，好像他們是兩隻會咬人的野狗。

『我們去樓下吃。』卡斯博說。

『好。』

他們坐在一根潮濕的巨石柱後，用手抓著餡餅大口吃著，從廚房那兒瞧不見他們。樓梯間十分寬敞，牆壁有些凹凸不平；過了一會兒，他們遠遠瞧見有人影落在那面凹凸不平的牆上，羅蘭抓住卡斯博的手臂。『快走！』他說，『有人來了。』卡斯博抬起頭，臉上充滿了驚訝與藍莓渣。

但人影停了下來，還是沒發現兩人。是哈克斯和守衛。兩個男孩坐在原地；要是現在輕舉妄動，很可能會驚動人影。

『……那個善人。』守衛說。

『法爾森？』

『兩個禮拜後，』守衛說。『也許三個禮拜。你必須跟我們走。貨運站有批貨……』一個端盤子的僕人運氣不好，打破了碗盤，傳來一陣巨響，惹來一串痛罵，蓋去了兩人的對話，接著兩個男孩聽到守衛的最後一句話：『……有毒的肉。』

『真危險。』

『不要問善人能為你做什麼……』守衛說。

『而要問你能為善人做什麼……』哈克斯嘆口氣。『軍人不必多問。』

『你知道這事要是穿幫，後果不堪設想。』守衛悄聲說。

『是呀！我也知道我對他的責任，你不必跟我說教。我跟你一樣愛他。只要他開口，要我跳海也成，我是說真格的。』

『好吧！這肉暫時放在你的冷藏室裡，但你動作得快，你必須了解。』

『陶頓城裡有小孩？』廚師問，話裡其實沒有多少疑問之情。

『哪裡都有小孩，』守衛輕聲說，『我們——還有他——最關心的就是孩子。』

『在肉裡下毒，這是哪門子的關心法？』哈克斯像在吹口哨似的嘆了口氣，聽來十分沉重。『他們會抱著肚子哭爹喊娘嗎？我看八成會。』

『就像睡著一樣。』守衛說，但他的聲音太過於自信理性。

『當然。』哈克斯說著，笑了笑。

『你自己說過：「軍人不必多問」。難不成你喜歡看著孩子在槍桿子底下做事，而不是用自己的雙手開創新天地？』

哈克斯沒有回答。

『我二十分鐘後要執勤，』守衛說，他的聲音再度冷靜了下來。『給我一塊帶骨的羊肉，再讓我捏捏你的小妞，包她笑得花枝亂顫。我走的時候……』

『我的羊肉可不會讓你胃痛，羅布森。』

『拜託你……』但人影走了開來，再也聽不見了。

我可以殺了他們，羅蘭心想，他全身僵硬，神情茫然。我可以拿刀殺了他們兩個，像殺野豬似的割開他們的喉嚨。他看著自己的雙手，手上沾滿了滷汁、藍莓，還有白天訓練時沾上的泥土。

『羅蘭。』

他看著卡斯博。兩人在香氣四溢的陰影中對看良久，羅蘭的喉頭湧起一股溫暖的絕望。他所感到的也許是死亡——就像鴿子在競技場上方白色的天空死去一般，殘忍而沉重。哈克斯？他疑惑的想著。那個上次在我腿上敷藥的哈克斯？哈克斯？接著他的心啪的一聲關了起來，不再想這個念頭。

他什麼也看不見，就連在卡斯博幽默、聰明的臉上，他也什麼都看不見——什麼都看不見。卡斯博的眼神已為哈克斯判了死刑。在卡斯博的眼裡，一切已如覆水難收：他給他們食物，他們下樓去吃，然後哈克斯帶著叫羅布森的守衛，在廚房裡挑了個最不巧的角落，進行他們小小的反叛密謀。命運再度出人意料，就像一顆大石突然從山坡上滾下，就這樣。

卡斯博的眼神是槍客的眼神。

10

羅蘭的父親剛從山地回來，在主會客廳華麗的簾幕與雪紡布幔中，顯得格格不入；羅蘭最近才獲准進入主會客廳，表示他已晉升為學徒。

史蒂芬．德斯欽穿著黑牛仔褲，藍色工作服，條紋大衣沾滿了灰塵，還破了個口，露出了內襯；他把大衣隨性的甩在肩後，態度和廳裡優雅的擺飾極不搭調，但他一點也不在乎。他非常瘦削，鼻下蓄的兩道八字鬍有些太重，低下頭來看兒子時彷彿重得舉不起頭來。雙槍繫在臀部的兩側，角度正合手，檀木槍托飽經磨損，在慵懶的室內燈光下顯得晦暗呆滯。

『廚師頭兒，』他的父親輕聲說。『真沒想到！山地鐵路終站的鐵軌爆炸，在亨德利克森死掉的牲畜，甚至還有……沒想到！沒想到啊！』

他靠近兒子仔細端詳。『你不好受。』

『就像那隻獵鷹，』羅蘭說。『讓人不好受。』他笑了起來，笑的是父親貼切的比喻，而不是輕鬆的氣氛。

他的父親微微一笑。

『是的，』羅蘭說。『我想那……那令我很不好受。』

『卡斯博跟你在一起，』他的父親說。『他八成已經告訴他爸爸了。』

『是的。』

『他給你們東西吃，是因為寇特……』

『是的。』

『那麼卡斯博呢？你覺得他也不好受嗎？』

『我不知道。』他也不在乎。他並不在乎自己的情感跟別人有什麼不同。

『你不好受是因為你覺得你害死了別人？』

羅蘭不自覺的聳聳肩，突然覺得不太喜歡父親刺探他的動機。

『但你還是說了，為什麼？』

羅蘭張大了眼睛。『我能不說嗎？叛亂是……』

父親唐突的揮了揮手。『如果你只是因為課本上這麼寫才這麼做，那就太不值得了，我寧願陶頓城的人全都被毒死。』

『我不是！』羅蘭猛然脫口而出。『我要他死，要他們兩個人死！騙子！邪惡的騙子！蛇蠍！他們……』

『繼續說。』

『他們傷了我的心，』他說了下去，有些叛逆。『他們改變了某個東西，傷了我的心。我要他們拿命來償。我想要當場殺了他們。』

父親點點頭。『羅蘭，那很殘忍，但卻很值得。那也稱不上道德，但你也管不著道不道德。事實上……』他瞥了兒子一眼。『你永遠也不會懂什麼叫道德。你不聰明，比不上卡斯博或是凡耐家的孩子，不過沒關係，你會因此而令人望而生畏。』

聽到父親這麼說，羅蘭既歡喜又困惑。『他會……』

『噢，他會被吊死。』

羅蘭孩點點頭。『我想看。』

老德斯欽仰頭大笑。『也許沒有我想像中那麼令人望而生畏……或許只是笨而已。』他突然閉上嘴，伸出手一把抓住羅蘭的上臂，把羅蘭的手給抓疼了。羅蘭痛得臉皺成一團，但卻毫不畏懼。父親仔細端詳著他，羅蘭也回望著父親，不過這要比套住獵鷹來得困難多了。

『好吧，』父親說，『准你去看。』然後倏然轉身離開。

『父親？』

『什麼事？』

『你知道他們說的是什麼嗎？你知道誰是善人嗎？』

父親轉過身，猜測的看著他。『是的，我想我知道。』

『如果你抓到他，』羅蘭的語氣若有所思，幾乎有些沉重，『其他像廚師那樣的人就不會斷了脖子吧？』

父親勉強笑了笑。『也許暫時可以，不過最後總是有人得「斷了脖子」，就像你那有趣的說法。叛徒是必然的；就算沒有叛徒，遲早也會有人做一個出來。』

『是的，』羅蘭立刻了解父親話中的涵義，從此銘記在心。『但如果你抓到善人……』

『不。』父親斷然說道。

『為什麼不？為什麼抓到善人，事情還不能結束？』

有那麼一會兒，父親好像想脫口解釋原因，但他搖搖頭。『我想我們聊夠了，你走吧！』

他想提醒父親別忘了答應他讓他去看哈克斯行刑，但他對父親的心情很敏感。他把拳頭放在前額，一隻腳跨在另一隻腳前，彎身行了個禮，接著走出門，迅速把門關上。他知道父親現在八成是想做愛。他知道父母在做愛，也知道該怎麼做，但是那檔子事總讓他有些奇怪的聯想，讓他既不安，又有莫名的罪惡感。幾年後，蘇珊會告訴他伊底帕斯⑨的故事，而他會全神貫注的聆聽著，想著父親、母親和馬登之間獨特又血腥的三角關係——有人叫馬登『法爾森』，也就是善人。又或許是四角關係，只要有人願意把自己也算進去。

11

絞刑丘就在陶頓路上，還真是湊巧。卡斯博也許會喜歡，但羅蘭並不喜歡。絞刑台華麗而不祥，朝燦爛的青空聳立，猶如一道垂在馬車道上的多角剪影，羅蘭並不喜歡。

今天早上兩個男孩不必上課，寇特接到了兩方父親的來信，吃力的讀著，邊讀雙唇邊默唸著，不時還點點頭。他讀完後，小心翼翼的把信收進了口袋。即使在基列地這裡，紙也跟金子一樣珍貴。收好兩張紙，他抬頭看著藍紫色的天空，又點了點頭。

『在這兒等著。』他說著，走向他棲身的傾頹石屋，回來時手上拿著一片未發酵的粗麵包，掰成兩塊，一人分了一塊。

⑨Oedipus，希臘神話中弒父娶母的人物。『伊底帕斯情結』即指戀母情結。

『行刑結束後，你們兩個就把這個放在他的鞋子下。切記照我的吩咐做，不然我包你們整個禮拜沒好日子過。』

直到兩人騎著卡斯博的閹馬抵達後，他們才終於了解寇特話中的玄機。他們是第一個到的，足足比其他人早了四個小時，也比行刑時間早了兩個小時，所以絞刑丘上空無一人，只有白嘴鴉與烏鴉。到處都是鳥兒，有的鳥兒喧鬧的棲息在堅硬、突出的木條上，木條下是腳踏活門——也就是死亡機關；有的鳥兒沿著絞刑台的邊緣坐著，還有的在階梯上搶地盤。

『他們把屍體，留下來餵鳥。』卡斯博喃喃說道。『我們上去吧！』羅蘭說。

卡斯博抬頭看著他，臉上彷彿出現了驚恐之色。『上去那裡？你覺得……』

羅蘭揮揮手，打斷他的話。『我們來得很早，沒人會發現的。』

『好吧！』

他們緩緩走上絞刑台，鳥兒一哄而散，呱呱叫著，繞著圈子飛來飛去，就像一群被奪去田地的憤怒佃農。在內世界純淨的晨曦下，牠們的身體全是一般黑。

羅蘭第一次察覺自己必須對這件事負起多大的責任；這塊木材並不高貴，不是令人敬畏的文明機器，只是從男爵森林砍下來的變形松木，沾滿了白色的鳥屎。到處都是鳥屎——階梯、扶手、絞刑台——而且臭氣薰人。

羅蘭轉頭用充滿驚恐的眼神看著卡斯博，而他也看見卡斯博用同樣的表情回望著他。

『我不敢，』卡斯博低聲說，『小羅，我不敢看。』

羅蘭慢慢搖搖頭。他發覺這件事裡有個教訓，這個教訓一點也不偉大，而是古老、銹蝕、醜陋，這就是為什麼他們的父親讓他們來。羅蘭帶著一貫的固執與難以言喻的倔強，牢牢記住了這個教訓。

『你敢的，小博。』

『我看了今天晚上一定會睡不著。』

『那就別睡。』羅蘭也不曉得自己為什麼要這麼說。

卡斯博突然抓住羅蘭的手，盯著羅蘭，眼神裡充滿了無言的痛苦，讓羅蘭自己也再度懷疑了起來，忍不住病態的希望起自己那天晚上從沒去過西廚。父親說得沒錯，最好什麼也不知道。最好陶頓裡的男女老幼全都死光，臭氣薰天，也不要像現在這樣。

但木已成舟。木已成舟。不管那個教訓是什麼，是不是銹蝕，不管那東西是不是半埋在地底，有著鋒利的邊緣，他都會緊緊抓住，絕不放手。

『我們不要上去，』卡斯博說，『我們已經看完了。』

羅蘭勉勉強強的點點頭，覺得手上抓的東西——不管是什麼——漸漸鬆了開來。他知道，寇特一定會把他們兩人打得滿地爬，然後逼他們一步一步爬上絞刑台……讓他們邊走邊把鮮血的氣息嗅進鼻裡、吞進肚裡。也許寇特還會在絞刑架上掛上新的麻繩，輪流在他們的脖子上套上繩圈，甚至還會叫他們站在腳踏機關上感受一下；要是有人敢哭或是尿褲子，寇特鐵定會毫不留情的狠狠揍人。當然，寇特一定是對的。羅蘭生平第一次發現自己如此痛恨童年，如此期盼成年。

他故意從扶手上拔下一片木屑，放進胸前的口袋，然後轉身離開。

『你幹嘛這麼做？』卡斯博問。

他真希望自己能瞎掰一些糊弄人的理由：噢！絞刑台的木屑能帶來好運……但他只是瞪著卡斯博，搖搖頭。『這樣我才能帶在身邊，』他說，『永遠帶在身邊。』

他們離開絞刑台，坐下來，靜靜等著。過了一個小時左右，第一群鎮民出現了，大多是全家人坐著即將報銷的車馬前來，還帶著早餐——一籃籃夾著野生山蘿蔔醬的冷鬆餅。羅蘭覺得飢腸轆轆，絕望的再次心想，光榮與高貴到底在哪裡。從小，總有人教導他光榮與高貴是多麼重要，但現在卻不得不懷疑起它們到底是謊言，還是讓智者深埋在地底的寶藏。他想要相信，但卻覺得穿著髒白衣在熱氣蒸騰的地底廚房走來走去，對著僮僕大吼，這樣的哈克斯應該要比現在更光榮才是。他用手指翻弄著絞刑台上拔下的木屑，感到一陣病態的迷惑。卡斯博躺在他身邊，一臉木然。

12

結果並不如想像中的可怕，羅蘭很高興。哈克斯坐在囚車裡，但除了他的大肚腩以外，完全看不出是他；他的臉上掛了一條寬黑布，遮住了視線。有幾個人朝他丟石頭，但大部分的旁觀者都繼續吃著早餐。

一個羅蘭不太熟悉的槍客（他很高興父親沒抽中黑色的石頭），領著肥胖的廚師小心翼翼的走上階梯。兩個守衛已先他們一步，站在踏腳機關的左右兩側。等哈克斯和槍客走到頂端，槍客就把打好的繩圈丟到絞刑架上，然後套在廚師的脖子上，讓繩結垂在左耳下。鳥兒全飛走了，但羅蘭知道牠們在伺機而動。

『你要懺悔嗎？』槍客問。

『我沒什麼好懺悔的，』哈克斯說，每一字清清楚楚，儘管嘴巴前蓋著布，聲音聽來仍然十分莊嚴。一陣怡人的微風吹起，微微吹動了那塊布。『我尚未忘卻父親的容顏，他的容顏一直與我同在。』

羅蘭猛然望向群眾，眼前的景象讓他感到十分不安——是同情？或許是崇拜？他要問問父親。如果連叛徒都能稱作英雄（或者把英雄誤為叛徒），他皺著眉頭想著），黑暗時代一定來臨了。黑暗時代，沒錯。他真希望自己能了解得更清楚一些。他想起了寇特和寇特給的麵包。他感到不屑，總有一天寇特必須聽命於他，但卡斯博可能不會有這麼一天；也許小博會一輩子讓寇特使喚，永遠當個聽差的或是馬僮（甚至更糟，成了一個擦著香水的外交官，成天在招待廳裡遊蕩，或者跟年老昏庸的王公貴族看著假造的水晶球），但那不會是羅蘭，他心知肚明。他屬於曠野與遠行。這似乎是個不錯的命運，不久後，他會在獨處時，為此而感到驚異不已。

『羅蘭？』

『我在這兒。』他握住卡斯博的手，兩人的手指像鐵一般緊緊交扣。

『罪名為一級謀殺及叛亂，』槍客說。『你已越過白界，而本人，查爾斯之子查爾斯，將你永遠放逐於黑界。』

眾人低語，有些人提出反對。

『我從不……』

『有什麼話去地下說吧！蠢材。』查爾斯之子查爾斯說，然後用戴了黃手套的雙手拉下把手。

腳踏機關打了開來，哈克斯話還沒來得及說完，就掉了進去。羅蘭永遠也忘不了：廚師話還沒說完就掉了下去。他在哪裡說完那句臨終之語？他的話讓一陣爆裂聲打斷，那聲音猶如在凜冽的冬夜裡，一棵松樹結在火爐裡爆裂開來。

但總而言之，他覺得整件事沒有想像中的可怕。廚師的腿踢成了Y字形，群眾發出了滿足的口哨聲，守衛離開崗位，心不在焉的收拾起東西。查爾斯之子查爾斯回頭緩緩走下階梯，跨上馬背，策馬而去，粗暴的穿過一群吵鬧的野餐民眾，揮起馬鞭趕跑了幾個動作慢的人。

行刑結束，群眾做鳥獸散，四十分鐘後，小小的山丘上只剩下兩個男孩。鳥兒回來領取新的獎賞，一隻停在哈克斯的肩膀上，親切的坐著，啄著哈克斯右耳上從不拿下來的閃亮耳環。

『看起來一點也不像他。』卡斯博說。

『噢！像，當然像！』羅蘭自信的說著，一邊跟卡斯博走向絞刑台，兩人的手上拿著麵包，小博看起來有些窘。

他們停在絞架下，抬頭看著搖晃擺動的屍體。卡斯博伸出手，硬著頭皮碰碰毛茸茸的腳踝，屍體又重新歪歪扭扭的晃了起來。

接著他們迅速的撕起了麵包，把粗粗的麵包屑撒在屍體晃動的雙腳下。兩人騎馬離開時，羅蘭只回頭望了一眼。現在已有數千隻鳥兒飛來。他模模糊糊的了解到，原來麵包只是個象徵儀式而已。

『我覺得很好，』卡斯博突然說，『我……我……我很喜歡，真的。』

聽到這句話，羅蘭並不驚訝，儘管他自己並不是特別喜歡這一幕。但他心想，也許他能了解小博說的話。也許，不管他是不是愛說笑話，最後他都不會變成外交官。

『這事好不好我可不知道，』他說，『但確實是挺特別的，的確是。』

之後，這塊土地又繼續與善人奮戰了五年，而那時羅蘭已成了槍客，父親已過世，他成了弒母兇手，世界也前進了。

漫長的歲月與旅程也從此展開。

13

『你看。』傑克指著天空說。

槍客抬起頭，覺得右臂一陣刺痛，臉上皺了一皺。他們已經在小丘上待了兩天，雖然水袋又幾乎空了，但現在已沒有關係，很快就會有喝不完的水。

他順著傑克的指尖往上看，越過隆起的綠地，望向上方赤裸閃爍的懸崖與峽谷……望向積雪的山峰。

那身影朦朧遙遠，不過是個小黑點（要不是那黑點從不消失，還真要讓人以為是永遠在眼前飛個不停的塵埃），但槍客知道那是黑衣人；那身影以致命的速度爬上山坡，猶如一隻微雕蒼蠅停在巨大的花崗岩壁上。

『是他嗎？』傑克問。

槍客看著那難辨人形的黑點遠遠耍著特技，毫無感覺，只有一股悲哀的預感。

『就是他，傑克。』

『你覺得我們會追上他嗎？』

『在這一邊追不上，要到另一邊，而且如果我們站在這兒光說不練，也是追不上的。』

『山好高，』傑克說，『另一邊有什麼？』

『我不知道，』槍客說，『我想也沒有人知道。也許曾經有人知道。走吧，孩子。』

他們再度往上爬，一邊走，腳下踏落的砂石匯聚成溪流狀，往荒漠流去，消失在身後那片似乎無窮無盡的焦黑平原中。在他們的上方，極上方，黑衣人不停的往上，往上，往上。從這兒看不見他是否回頭。他似乎躍過不可能躍過的峽谷，攀上陡峭的岩壁。他偶爾會消失，但他們總是會再次看到他，直到鬱金香色的薄暮遮住了他們的視線。傍晚紮營時，男孩說了一些話，槍客心想，不曉得男孩知不知道自己說的話意味深遠。他想起了卡斯博的臉，赤熱、驚慌、興奮。他想起了那塊麵包，想起了鳥兒。總是這樣結束，他心想。一次又一次，總是這樣結束。目標總在前方，而道路也不斷向前延伸，但一切總會回到同一個地方，回到殺戮大地。

也許通往黑塔的道路例外。在那裡，命運或許會露出它的真面目。

男孩已成了犧牲品，在微小的營火下，他的臉龐顯得天真又稚氣，在吃剩的豆子上睡著了。槍客拿起馬房裡的毛毯蓋在男孩身上，然後蜷著身體，也進入了夢鄉。

chapter three

神諭與群山

The Oracle and The Mountains

1

男孩發現了神諭，而神諭幾乎毀了男孩。

黃昏已過，一陣微弱的直覺讓槍客從睡夢中驚醒，面對絲絨般的黑夜。此刻他與傑克已爬上第一座峭立的丘陵，來到一片長滿綠草、幾近平坦的綠洲。到達綠洲之前，他們已在下方的貧瘠之地，頂著致命的豔陽跋涉許久，每一步都艱難沉重；還沒爬上綠洲，他們就可以聽見蟋蟀在上方的長青柳樹林裡磨著雙腳，教人心癢難耐。槍客依然十分冷靜，傑克也假裝一副冷靜的模樣，讓槍客頗感欣慰，但傑克卻掩飾不住眼裡的狂野，那灰白的凝視，猶如一匹馬嗅到了飲水，若不是有主人輕輕拉著韁繩，恐怕早就拔腿狂奔；也像一匹馬瀕臨發狂，只有將心比心才能使牠穩定下來，馬刺是沒有用的。槍客知道傑克的渴望有多麼強烈，因為蟋蟀令人瘋狂的聲響也在他的身體裡累積膨脹。他的雙手不聽使喚，似乎在尋找最粗糙的泥板岩，故意要讓自己傷痕累累；而他的雙膝則彷彿在苦苦哀求，希望這塊陡峭的山地，能在膝上留下可怖且帶著鹽分的斑斑傷口。

太陽一路蹂躪著他們，即使到了黃昏，成了一個浮腫、發熱的紅點，它仍然穿過兩人左方的陡峭峽谷，變態的閃耀著，刺得兩人睜不開眼，讓每一滴汗水都反射著痛苦。

還有『鋸草』：一開始又黃又矮小，就著最後一點雪融，緊抓著荒蕪的大地，散發出可怖的生命力。再往前走有『巫草』，一開始有些稀疏，然後是一片青綠茂密……最後終於出現了甜美芳香的真實綠草，混著牧草，還有一片矮小的冷杉為蔭。在那裡，槍客看到了一個棕色身影在黑暗中畫出一道弧形，傑克還來不及驚喜的狂喊出聲，槍客就拔出槍，開火，打下一隻兔子，轉眼間收槍入套。

『拿去。』槍客說。前方的草地已成了綠色的柳樹叢林，在經過乾枯荒蕪、一望無盡的鹽鹼大地後，顯得格外驚人。叢林裡應該有泉水，或許有好幾道泉水，甚至也會更涼爽，但最好還是就此留步，停在樹林外的草原上。傑克已經筋疲力竭，樹林深處搞不好還有吸血蝙蝠。蝙蝠也許會打擾傑克的好夢，不管他睡得有多沉，要是那根本不是蝙蝠，而是吸血鬼，他們兩人就再也醒不來了……至少，不會是在這個世界醒來。

傑克說：『我去撿木柴。』

槍客微微一笑，『不，不用，你坐下，傑克。』這句話誰也曾說過？某個女人，是蘇珊嗎？他不記得了。時間是記憶的小偷：這句話他倒記得，是凡耐說的。

傑克坐了下來。槍客回來時，傑克在草地上睡著了，前額蓬亂的鬈髮上沾了一條濕潤的草莖，一隻大螳螂正在上頭洗手。槍客發出一陣笑聲（天曉得他有多久沒笑了），生了火，然後去找水源。

柳樹林比他想像中還深，光線昏暗，教人難辨方向，但他還是發現了一道清泉，清泉附近滿是青蛙與雨蛙。他裝滿了一個水袋……然後停了下來。充滿夜晚的聲響在他體內激起了一股不安的慾望，就連艾莉，那個在塔爾城與他共枕而眠的女人，也無法激起這股慾望——他和艾莉在一起時，有太多時間都只是公事公辦。他心想，也許是突然離開荒漠讓人一時失去了理智。在跋涉過漫長的荒涼鹽鹼地後，黑夜的溫柔近乎頹廢。

他回到紮營處，剝了兔子的皮，在火堆上燒水。兔肉混著最後剩下的罐頭蔬菜，成了一道人間美味。他叫醒傑克，看著他用餐；他睡眼惺忪，但卻狼吞虎嚥。

『我們在這兒待到明天。』槍客說。

『可是你在追的那個人……那個牧師……』

『他不是牧師。別擔心，我們不會追丟的。』

『你怎麼知道？』

槍客只能搖搖頭。他的直覺十分強烈……但卻不是個好的直覺。

用完餐，他清洗兩人吃完的罐頭（再次驚訝自己怎會如此浪費水），等他轉過身，傑克又睡著了。槍客感到胸中一陣熟悉的起伏，這種感覺他只有在卡斯博身上才能感受到。卡斯博與羅蘭同年，但看起來卻比羅蘭年輕許多。

他的煙灰落在草地上，他索性把香煙丟進火堆裡。他看著火堆，黃色的火焰是如此乾淨，與鬼草的火焰大不相同。空氣涼爽怡人，他背對著火堆，躺了下來。

在遠方，透過通往群山的峽谷，他聽見永無休止的沉重雷聲。他沉沉睡去，做了一個夢。

2

蘇珊．戴嘉多，他的摯愛，就要死在他的眼前。

他看著蘇珊，他的雙手各被兩個村民抓著，脖子上像隻狗似的繫著生銹的巨大項圈。事情不是這樣的，他甚至不在現場，但是夢境自有邏輯，不是嗎？

她要死了。他可以聞到她頭髮燒焦的味道，聽見村民喊著『查汝樹』，還可以看見自己瘋狂的模樣。蘇珊，窗邊的美麗女孩，馬伕之女。她曾經飛過水滴草原，她的影子半人半馬，來自古老神話的神奇生物，狂野而又自由！他們曾經一起飛過玉米田！現在，村民朝她丟著玉米殼，玉米殼還沒碰到她的髮梢就著了火。『查汝樹！查汝樹！』眾人喊著，他們是光明與真愛的敵人；不知何處，女巫咯咯笑著。女巫的名字叫莉亞，蘇珊讓火焰烤得焦黑，她的皮膚裂了開來，然後……

她在喊什麼？

『男孩！』她尖叫著，『羅蘭，那個男孩！』

他猛然轉身，使得抓著他的人也跟著一起轉。項圈扯著他的脖子，他聽見自己喉嚨裡發出嘶啞、窒息般的聲音。空氣中有一股甜膩的烤肉味。

傑克從高掛在火刑堆上的窗戶裡俯看著他；蘇珊，那個教他成人的女孩，也曾坐在那扇窗戶旁，唱著老歌：〈Hey Jude〉、〈輕鬆上路〉（Ease on Down the Road），還有〈無心之愛〉。他從窗戶裡俯瞰一切，就像教堂裡的聖人石膏像。他的雙眼是大理石做的，前額插了一根鐵釘。

槍客感到一陣窒息、撕裂的尖叫從他的下腹部一路向上蔓延，告訴自己已到了瘋狂邊緣。

『嗯嗯嗯嗯嗯……』

3

羅蘭感到烈焰焚身，哼了一聲，在黑暗中倏然坐起身；梅吉斯的夢魘餘悸猶存，像脖子上的項圈一般勒得他無法呼吸。他在睡夢中翻來覆去，不小心把一隻手放進了即將熄滅的火堆中，他把手拿到眼前，感到夢境漸漸離去，只留下傑克那副懾人的表情，如石膏般蒼白，猶如魔中之聖。

『嗯嗯嗯嗯……』

他環視神祕漆黑的柳樹林，雙槍已出套，蓄勢待發。在最後的營火光芒下，他的雙眼猶如兩個赤紅的槍孔。

『嗯嗯嗯嗯……』

傑克。

槍客起身狂奔。一輪苦澀的明月已升起，就著月光，他可以看見男孩滲著露水的足跡，他循著足跡進了柳樹林，低身在林裡狂奔，涉過水泉，爬上遠方的堤岸，在潮濕的水氣中滑行（即使是現在，水氣仍讓他的身體感到快活無比），讓柳條打在臉上。這裡的樹林更茂密，遮住了月光，樹幹高聳的陰影隨風搖曳。現在，草叢的高度及膝，撫摸著他，好像在哀求他慢下腳步，享受清涼，享受人生；腐爛了一半的枯樹枝撫著他的小腿肚、他的睪丸。他停了一會兒，抬起頭，嗅著空氣。一陣幽靈般的微風吹來，助他一臂之力。當然，男孩的味道很臭，他們兩人都很臭。槍客的鼻翼張大，活像人猿。男孩年紀較輕，身上的汗味較淡，那股味道微弱、油膩，但槍客絕不可能弄錯。他闖進一堆亂草與刺藤，砍下樹枝，躍過柳樹與漆樹交垂而成的隧道，苔蘚拍著他的肩膀，就像死屍軟綿綿的手，灰黑的捲曲藤蔓發出陣陣幽嘆，緊纏著槍客不放。

他奮力爬過最後一片擋路的柳樹叢，來到一片空地；那片空地仰望著星辰與山脈的頂峰，頂峰閃著頭蓋骨似的白色光芒，高不可及。

空地上有一圈黑色的石柱，在月光下看起來就像一個超現實的捕獸器。圓圈的中心是一個石桌……一個祭壇。祭壇極為古老，放在一塊粗重的玄武石台上，凸出地表。

傑克站在祭壇前，身體前後顫晃，雙手在兩側抖動著，彷彿充滿了靜電。槍客猛然出聲叫他的名字，傑克發出一陣模糊的叫聲，好像不認得槍客。傑克的左肩遮住了視線，看不清他的臉，但仍能看見他的表情既恐懼又喜悅，此外還有些別的。

槍客走進圓圈，傑克放聲尖叫，雙手胡亂的揮動著。現在他的臉龐毫無遮掩，槍客在他的臉上看見恐懼與某種痛苦的歡娛交戰著。

槍客感到那東西碰到了他——神諭之靈，夢淫女妖。他的胯下充滿了光亮，柔軟卻又堅硬的光亮。他覺得頭昏眼花，舌頭腫了起來，就連口中的唾液對舌頭也太過刺激。

不知為何，他從口袋裡拿出那塊半腐爛的下巴骨，自從在驛站的地窖裡發現了會說話的魔鬼，找到那塊下巴骨後，他就一直把它帶在身邊。他沒有多加思考，但他從不害怕以純粹的直覺行事；以直覺行事向來就是他最擅長的，也是最適合他的。他把下巴骨僵硬、古老的笑容舉在眼前，然後直挺挺的伸出另一隻手，舉起小指與拇指，比出叉子的形狀，那是個古老的符號，可以抵抗邪惡之眼。

慾望的電流像一道布幔般迅速退去。

傑克再度尖叫。

槍客走向他，把下巴骨舉在傑克的眼前，傑克的眼神裡滿是天人交戰的痛苦。

接下來是一陣痛苦的嗚咽聲。傑克努力想把視線移開，但卻無能為力。有那麼一會兒，他彷彿要四分五裂——不只是心理，就連身體也彷彿要扯裂開來。接著，突然間，他的雙眼翻白，倒了下來，身體軟綿綿的倒在地上，一隻手幾乎要碰到了撐著祭壇的玄武岩臂。槍客跪下一隻腳，扶他起身。他的身體輕得驚人，經過漫長的沙漠之旅，他已經極度脫水，猶如十一月的枯葉。

『看著，傑克——仔細看。』

在他的四周，羅蘭可以感到石柱中央的妖魔因為嫉妒憤怒而咆哮不已——到手的獎賞竟然飛了。槍客一走出圓圈，那股憤怒的妒意便瞬間消逝。他抱著傑克回到紮營處。還沒回到營地，男孩就停止了無意識的抽搐，進入深沉的睡眠。

槍客在灰色的餘燼上稍稍駐足。照在傑克臉上的月光讓他再次想起了教堂的聖像，那陌生的潔白石膏像。他緊緊抱住男孩，用乾裂的雙唇在他的臉頰上留下一吻，發覺自己愛上了男孩。這麼說或許不太正確。也許事實上，他第一眼看見男孩的那一刻就愛上了他（就像他第一眼看見蘇珊．戴嘉多就愛上她一樣），只是現在才肯承認事實，因為它的確是個事實。

他似乎可以聽見黑衣人在天際的某處嘲笑著他。

傑克在叫他：槍客就是這樣醒來的。他把傑克綁在附近的硬灌木上，而現在，傑克既飢餓又生氣。從太陽的角度判斷，現在已經將近九點半了。

『你幹嘛把我綁起來？』傑克生氣的問，槍客則忙著鬆開嵌在毛毯裡的厚實繩結，『我又不會逃跑！』

『你就是逃跑了，』槍客說，傑克臉上的表情讓他微微一笑。『我還得出去把你抓回來。你在夢遊。』

『我夢遊？』傑克一臉狐疑的看著他，『我從來沒有夢……』

槍客突然摸出了下巴骨，放在傑克面前；傑克閃了開來，他的臉痛苦的皺成一團，舉起了手臂。『看到了吧？』

傑克點點頭，一臉迷惑。『發生了什麼事？』

『現在沒時間好好談，我必須出去一會兒，也許一整天都不會回來。所以孩子，聽著，這件事非常重要。如果太陽下山我還沒回來……』

傑克臉上閃過一絲恐懼。『你要丟下我！』

槍客只是瞪著他瞧。

『不！』過了一會兒，傑克說，『我想，如果你要丟下我，早就一走了之了。』

『看來你還有點頭腦。聽著，仔細聽著。我不在的時候，我要你待在這裡，待在營地裡。不要亂跑，就算你覺得到處晃晃是全天下最好的主意，也不准亂跑。如果你有什麼奇怪的感覺——不管是多麼古怪的感覺——你就拿起這塊骨頭，握在手裡。』

傑克的臉上閃過極度的厭惡，還混雜著一抹困惑。『我不行……我就是不行。』

『你可以，也許你還必須那麼做，尤其是中午之後。這非常重要。也許你第一次握住它的時候會覺得很難受，或是頭痛，但一下子就會好，懂嗎？』

『懂。』

『你會照我說的做嗎？』

『會，但是你為什麼必須要走？』傑克衝口而出。

『我就是必須走。』

槍客再次瞥見男孩內心深處鋼鐵般的堅強，那堅強的精神如謎般難解，就像男孩曾說他來自一個奇怪的城市，那裡的建築物高得驚人，甚至可以拂過天際。男孩讓他想起的，與其說是卡斯博，不如說是另一位密友，艾倫。艾倫很安靜，一點也不像小博老愛吹牛出風頭，而且艾倫很可靠，什麼也不害怕。

『好吧！』傑克說。

槍客小心翼翼的把下巴骨放在營火的灰燼旁。下巴骨在草叢裡咧嘴而笑，像一塊風化的化石在經過五千年的黑夜後，終於重見天日。傑克不願正眼看著下巴骨，他的臉色蒼白，十分可憐。槍客心想，如果把男孩催眠，或許能從他口中問出一些有用的訊息，不過最後還是作罷。他很清楚，石圈裡的靈魂是個魔鬼，很可能也是個神諭。這個魔鬼沒有形體，只有一股無形的性慾，還有未卜先知的能力。一個念頭突然閃過，也許它是希薇雅．匹茲頓的鬼魂，那個怪力亂神的女人讓塔爾城走入了絕境……不，不是，不是她。石柱圈十分古老，跟石柱圈裡住的東西比起來，希薇雅．匹茲頓只算得上是乳臭未乾。那東西蒼老……而且狡猾，但是槍客非常了解情形，並不認為傑克會用得著下巴骨；神諭光是對付他都來不及了，不會有時間騷擾傑克。他必須知道一些事情，儘管此行危機重重，但為了傑克，為了自己，他一定要查個究竟。

槍客打開煙袋，在裡頭東翻西找，推開乾燥的菸草，摸出一個小紙包。他把紙包在指間轉來轉去，裡面的東西很快要派上用場了。他心不在焉的看著天空，接著打開紙包，拿出裡頭的東西：一顆白色的小藥丸，舟車勞頓，藥丸的邊緣都已經磨損了。

傑克好奇的看著藥丸。『那是什麼？』

槍客發出簡短的笑聲。『根據寇特的說法，古代的眾神在沙漠上小便，結果就做出了梅斯卡靈。』

傑克看起來十分迷惑。

『這是一種藥，』槍客說，『但這種藥不會讓你睡著，只會讓你暫時覺得精力充沛。』

『就像ＬＳＤ。』男孩立刻接口，然後又是一臉迷惑。

『ＬＳＤ是什麼？』

『我不知道，』傑克說，『就是突然想到，我想那應該是來自……呃，你知道……我過去的記憶。』

槍客點點頭，但卻不是很相信。他從來沒聽過有人把梅斯卡靈叫做ＬＳＤ，就連馬登的舊書裡也沒提過。

『那藥會傷害你嗎？』

『從來沒有。』槍客知道自己在避重就輕。

『我不喜歡。』

『無所謂。』

槍客在水袋前蹲下，喝了一口水，把藥吞下。一如往常，他的嘴裡立刻有了反應：彷彿裝了太多口水。他在熄滅的火堆前坐下。

『藥效什麼時候發作？』傑克問。

『還要過一會兒。安靜。』

於是傑克便安靜了下來，看著槍客照著老規矩，冷靜的擦著槍。

他把槍放回槍套，然後說：『傑克，把你的襯衫脫下來給我。』

傑克不情願的從頭上脫掉了褪色的襯衫，露出瘦巴巴的肋骨，然後把襯衫交給羅蘭。

槍客拿出藏在牛仔褲縫線裡的針，再從槍套裡的空彈藥匣中拿出絲線，開始縫起襯衫上一隻破了大洞的袖子。等他縫好，把襯衫還給傑克時，他感到梅斯卡靈開始發作了——他的胃一陣翻滾，全身的肌肉緊繃。

『我必須走了，』他站起來，『時候到了。』

男孩原想起身，臉龐蒙上了一層擔憂的陰影，但隨即又坐了下來。『小心，』他說，

『拜託你。』

『別忘了下巴骨。』槍客說。他經過傑克身邊時，很自然的把手放在傑克頭上，拍亂了那玉米色的頭髮。這個動作讓槍客自己嚇了一跳，發出一陣短促的笑聲。傑克露出困惑的微笑，目送他走進柳樹叢林裡。

5

槍客往石圈的中央走去，不慌不忙，途中還停下腳步，喝了一口冷冽的泉水。他看見自己的倒影映在小池塘裡，四周綴著苔蘚與蓮葉。他盯著倒影看了好一會兒，著迷不已，就像愛上自己水中倒影的納西瑟斯⑩一樣。藥效開始發作，他的每一個念頭、每一個知覺，彷彿都有無窮的弦外之意，他的思考邏輯因而變得遲緩。他停了下來，站起身，往糾結凌亂的柳樹林裡望去。陽光斜射，成了一道金黃灰濁的光芒；灰塵與飛揚的微粒在空中交舞，他看了一會兒，然後再度動身。

那藥常常讓他很不安：他的自尊心太強（又或者是太單純），不喜歡讓藥物牽著鼻子走，也不喜歡太多愁善感。情感總讓他渾身不舒服（有時甚至會觸怒他），就像拿貓的鬍鬚搔癢一樣，但這次他卻覺得十分平靜，這倒挺不錯的。

他走進空地，直直走向石圈。他站在石圈中，讓心神自由奔馳。來了，現在藥效來得更

⑩ Narcissus，希臘神話中的美少年，因為愛上自己水中倒影所以憔悴而死，最後化為水仙。

急、更快。草地綠得觸目驚心，要是他彎下腰，用雙手搓揉草地，也許手指與掌心都會染上一片鮮綠。他突然興起一股淘氣的念頭，想要真的彎下腰揉揉青草，但最後還是努力克制了下來。

但神諭卻悄然無聲。風平浪靜，沒有肉慾，什麼也沒有。

他走向祭壇，在祭壇旁站了一會兒。現在，清楚思考已經近乎不可能；他覺得嘴裡的牙齒變了形，成了一塊塊小小的墓碑，立在潮濕的粉紅土地上。這個世界太亮了。他爬上祭壇，躺了下來。他的腦袋成了一片叢林，長滿了奇怪的思想植物，他從沒見過，也從沒想過，就像一片繞著梅斯卡靈之泉長出的柳樹林。天空是水，他懸在空中，感到暈眩不已，覺得自己遙遠又渺小。

他想起了一行古老的詩句，不是兒歌，不是。他的母親很怕這種藥，但也知道這種藥十分必要（就像她既怕寇特，但又需要寇特來管教孩子）。那首詩來自住在沙漠北方的曼寧人。曼寧人裡，有一族仍然跟機器住在一起，那些機器通常都不能發動……但有時機器會突然動起來，把人給吃了。那首詩不停的重複，一次又一次，讓他想起了小時候他曾有一個雪球（那首詩跟雪球一點關係也沒有，純粹是藥力使然），裡頭的雪花也是落個不停，神祕而又帶點玄妙。那首詩是這樣的：

在凡人不可到達之處，
一滴地獄，一抹奇異……

垂在祭壇上的樹長了臉，他看著那些臉，看得出了神：這裡有條龍，是青綠色的，還在扭動著；這裡有個木仙子，她的雙臂是樹枝，在對他招手；這裡有個活的骷髏頭，上頭佈滿了黏液。好多好多臉，好多好多臉。

空地上的草忽然倒了下來，彷彿有一陣無形的風吹過。

我來了。

我來了。

他隱約感到一股肉慾。他心想，我已離開了多遠。我從與蘇珊躺在甜美的水滴草原，來到此地。

她壓在他身上，她的身體是風，胸脯是芳香的茉莉、玫瑰與忍冬。

『說出妳的預言，』他說，『告訴我我必須知道的事。』他的嘴裡充滿了金屬的味道。一陣嘆息，一陣微弱的嗚咽。槍客的生殖器勃起堅硬。在他的上方，越過樹葉上的臉孔，他看見群山——堅硬、野蠻，長滿利齒的群山。

靈體朝他壓去，與他搏鬥。他感到雙手緊緊握拳。她對他施了咒語，讓他起了幻覺，看到了蘇珊。在他上方的是蘇珊，可愛的蘇珊．戴嘉多在水滴草原上一座廢棄的牧園小屋裡等待著他，她的長髮垂在背後，披散在兩肩上。他搖搖頭，但蘇珊的臉龐卻揮之不去。

茉莉花、玫瑰、忍冬、老牧草……愛情的香味。愛我。

『快說預言，』他說，『說實話。』

求求你，神諭哭泣著。別這麼冷漠，這裡總是這麼冷……那雙手滑過他的身體，挑逗他，點燃他的慾火，拉扯他。一道芳香的黑色裂縫，潮濕而又溫暖……

不，是乾燥、冰冷、毫無生機。

發發慈悲，槍客。啊！求求你，行行好！發發慈悲吧！

妳會對那個男孩大發慈悲嗎？

什麼男孩？我不認識什麼男孩，我需要的不是男孩。噢！求求你。

茉莉、玫瑰、忍冬，老牧草與夏日苜蓿的鬼魂。古甕裡傾瀉而出的香油。縱情肉慾。

『等等，』他說，『先告訴我有用的資訊。』

現在，求求你，現在就要。

他讓理智奮力對抗情感，用力推開她；懸在身上的靈體僵了一下，彷彿在尖叫。他的腦袋裡彷彿有人在拔河，他的理智就是拔河的繩索，灰白又充滿了纖維。四周沉寂許久，只有他沉靜的呼吸聲，此外就是隱約的微風陣陣吹拂，吹得樹上綠色的臉孔變來變去、擠眉弄眼。鳥兒默不作聲。

她的手鬆了開來，再度傳來嗚咽聲。動作得快，否則她就要走了。事已至此，多做逗留只有白費力氣，也許還會逼她步上死亡。槍客感到她漸漸冷了下來，準備離開石圈。狂風掃著草地，草兒東倒西歪。

『預言，』他說，接下來這句話更是冷峻無情：『實話實說。』

一陣帶著嗚咽、疲倦的嘆息。他差一點就要心軟，對她大發慈悲，但是他想起了傑克。昨天要是他晚了一步，傑克可能就會小命不保，或是發瘋了。

沉睡吧。

『不！』

那就半睡半醒吧！

她的要求很危險，但也許是必須的。槍客抬眼看著樹葉裡一張張的臉，那兒正上演著一齣戲，娛樂槍客。一個個世界在他眼前興亡更迭，閃爍的沙地上建起了帝國；帝國裡，機器日夜不停的辛勤運轉，是狂亂而抽象的電子運轉。帝國衰亡、傾倒，然後再度興起。車輪原本像安靜的流水般順暢轉動著，但卻愈轉愈慢，然後開始發出嘎吱嘎吱的聲響，接著發出刺耳的尖叫，最後終於停止。風沙堵塞了街道上的不銹鋼排水溝，街道呈放射狀，籠罩在漆黑的夜空之下，夜空上繁星點點，就像一顆顆冰冷的珠寶。一陣微弱的變換之風吹過一切，帶來十月底的肉桂香味。槍客看著世界不斷前進。

半睡半醒。

三。三是你的命運之數。

三？

是的，三是神祕的，三是你追尋的中心，之後還會有另一個數字，不過現在你要知道的數字是三。

什麼意思？

『我們的所見有限，預言之鏡從而蒙塵。』

把妳知道的全部告訴我。

第一個是黑髮的年輕人。他站在搶劫與謀殺的邊緣。魔鬼染指了他，魔鬼的名字叫做海洛因。

那是什麼魔鬼？我從沒聽過，我的師長也未曾告訴我。

『我們的所見有限，預言之鏡從而蒙塵。』槍客，還有其他的世界，也有其他的魔鬼。湖海深廣，留心門道。留心玫瑰，留心未知的門道。

第二個呢？

她乘著輪子來。除此之外，我什麼也看不見。

第三個呢？

死神，但不是找你的。

黑衣人呢？他在哪裡？

就在附近。你很快就能與他交談。

他會說什麼？

那座塔。

那個男孩呢？傑克？

……

告訴我關於那個男孩的事！

那個男孩是帶你通往黑衣人的大門，黑衣人是帶你通往三的大門，三是帶你通往黑塔的大門。

怎麼會？怎麼可能？為什麼一定要這樣？

『我們的所見有限，預言之鏡從而蒙塵。』

下地獄吧。

我沒去過地獄。

別把我當三歲小孩，妳這東西。

……

我該怎麼稱呼妳？星辰裡的婊子？風裡的淫婦？

有些人以來到古老之地的愛維生，儘管是在這麼悲傷邪惡的時代裡；但槍客，有些人嗜血維生，就我所知，甚至是以年輕男孩的血維生。

他可以倖免於難嗎？

可以。

要怎麼做？

停步，槍客。熄滅營火，回到西北方。在西北方，以子彈營生者仍有用武之地。

我曾以父親的佩槍與馬登的背叛起誓。

馬登已不在，黑衣人已蝕去他的靈魂。這你已經知道。

我有誓約在身。

那麼你就死定了。

現在我隨便妳了，賤貨。

6

如飢似渴。

黑影懸在他身上，包圍他。他突然感到一陣狂喜，摻雜著銀河般的疼痛，如同古老的恆星在崩潰時發出紅光般遙遠明亮。兩人交合達到高潮時，他的眼前突然間有許多臉孔不請自來：希薇雅．匹茲頓；艾莉，那個來自塔爾城的女人；蘇珊；還有許多許多人。

終於，經過了一段無止盡的時間後，他推開她，恢復清醒，極度疲累，憎惡欲嘔。

不，還不夠！不……

『讓我走吧，』槍客說。他坐起身，還沒來得及站穩身子，就跌下了祭壇。她試探般的觸碰他。

（忍冬、茉莉、香甜的玫瑰油）

他兇暴的推開她，跪了下來。

他踉蹌的走向石圈的邊緣，蹣跚的走出石圈，感到肩上輕鬆了許多。他深深吸了一口氣，全身顫抖，發出嗚咽般的聲音。他知道自己為什麼要受到這種屈辱嗎？他不知道，但他心想，也許有一天他會知道。他邁開步伐，離開石圈時，感到她站在監牢的鐵條前，目送他離去。他心想，不曉得多久之後，才會有人穿過沙漠，發現飢渴孤獨的女妖。有那麼一會兒，時間的可能性讓他感到自己如滄海之一粟。

7

『你生病了！』

槍客搖搖晃晃穿過樹林，走進營地，傑克一看見他便站了起來。原本他縮在小火堆的餘燼旁，膝上放著下巴骨，淒涼的啃著兔子骨；現在他衝向槍客，臉上的表情是如此憂傷，讓羅蘭感到一陣醜陋、沉重的預感，覺得自己即將面對背叛。

『不，』他說，『我沒生病，我只是很累，累壞了。』他疲累的指指下巴骨。『你可以把那放下了，傑克。』

男孩立刻把下巴骨用力丟開，然後把雙手在襯衫上擦一擦。他的上唇上下掀動著，好像在咆哮，槍客心想，男孩自己一定完全沒察覺。

槍客坐了下來——幾乎是跌了下來，他的關節疼痛，腦袋則因為梅斯卡靈的副作用，而感到混亂遲鈍；他的鼠蹊部也隱約感到陣陣疼痛。他不假思索，小心的捲起了菸草，動作緩慢，傑克在一旁看著。槍客突然有股衝動，想把自己所經歷的一切全部告訴他，想要尊男孩為『丁主』⑪，也就是對男孩敞開心胸，然後聽男孩的指示行事，但是他很快就打消了這個念頭。他心想，自己的腦袋或是靈魂八成崩潰了。對一個孩子敞開心胸，然後聽他的命令行

⑪ dinh，貴族語，有許多意義，其中一個意義即為領袖。

事？這個主意真是太瘋狂了。

『咱們今晚睡在這兒，明天開始爬山。晚一點我會出去，看能不能射點東西當晚餐。我們必須養精蓄銳，我現在要睡了，好嗎？』

『當然。你愛倒在哪兒就倒在哪兒。』

『你說什麼？』

『我說你要睡就睡吧！』

『啊……』槍客點點頭，躺了下來。『愛倒在哪兒就倒在哪兒』，槍客心想，這說法還真是貼切。

他醒來時，小小的草地上已籠罩著漆黑的夜色。『生火，』他把火石與火刀丟向傑克，『你會用嗎？』

『會，我想我會。』

槍客走向柳樹叢，聽見男孩的聲音，倏然停步。

『點亮黑暗，我主何方？』男孩低語著，羅蘭聽見火刀噹噹作響，聽起來就像機關小鳥發出的叫聲。『許我沉睡，允我歇息。燃起營火，賜我光亮。』

從我這兒學的，槍客心想，不禁全身起了雞皮疙瘩，幾乎要像隻落水狗似的全身顫抖。從我這兒學的，那些字我根本不記得我曾經說過，我會這麼不小心嗎？啊，羅蘭，你會在這個可悲的醜陋世界中，這麼不小心的說出如此真實美好的詩句嗎？到底是為了什麼？

不過是幾個字罷了。

是啊，但卻是古老的字句，美好的字句。

『羅蘭？』男孩喊，『你還好嗎？』

『很好啊！』他粗暴的說，強烈的煙味刺著槍客的鼻子，『你曾經生過火。』

『是的。』男孩簡單的回答，羅蘭不用回頭也知道男孩在微笑。

槍客邁開步伐，轉向左方，這次他沿著柳樹林的邊緣走著。他走到一個長滿濃密草叢的上坡空地，然後走回陰影處，安靜的站著。他聽見微弱但清晰的柴火爆裂聲，表示傑克重新生起營火，他忍不住微微一笑。

他靜靜駐足了十分鐘、十五分鐘、二十分鐘。三隻兔子經過，趁其不備，槍客拔出槍來，射下兔子，剝下兔皮，清好內臟，帶回營地。傑克已經在低低的營火上燒起了水。

槍客對他點點頭。『做得好。』

傑克開心得紅了臉，靜靜交還火石與火刀。

燉煮兔肉時，槍客就著最後一絲光亮，回到柳樹林。在第一片水池附近，他開始砍起長在池畔沼澤的硬樹藤，打算在營火熄滅，傑克入睡後，把樹藤編成繩索，也許將來能派上用場。不過他的直覺是山脈應該不難爬。他感到命運之手再度操弄一切，但卻一點也不覺得驚奇。

他把樹藤帶回傑克等待的地方，手上的樹藤一路流出綠色的樹液。

他們在日出時起床，半小時後整裝完畢。槍客希望能趁用餐時再獵一隻兔子，但時間太短，沒有兔子上門。食糧所剩不多，傑克拿起來十分輕鬆。這個男孩變得更堅強了，誰都看得出來。

槍客扛著剛剛裝滿泉水的水袋，把三條樹藤編的繩子繞在腰上。他們刻意繞開石圈（槍客擔心男孩會害怕，但是等他們爬上一塊大石頭，經過石圈上方時，傑克只是瞥了石圈一眼，然後抬頭看著一隻逆風飛翔的鳥兒）。沒多久，樹林的高度與密度又漸漸降低。樹幹扭曲，樹根似乎痛苦的與大地爭鬥著，努力想獲得一絲水氣。

『一切都好蒼老，』休息時，傑克悶悶不樂的說。『這個世界裡就沒有什麼年輕的東西嗎？』

槍客微微笑，用手肘碰了一下傑克。『你很年輕。』他說。

傑克露出疲倦的微笑。『山會很難爬嗎？』

槍客好奇的看著他。『山很高，你覺得不會很難爬嗎？』

傑克回望著他，眼中起了一陣霧，看來十分迷惑。

『不覺得。』

他們繼續前進。

8

太陽爬到了天頂，但比起兩人橫渡荒漠的日子，日正當中的時間短了許多；沒多久，太陽就繼續前進，把影子還給兩人。石塊凸出起伏的地面，就像許多安樂椅埋在地底，只有扶手露出地表。矮小的草地變得枯黃。最後他們終於在路上看到一道煙囪似的深溝，他們爬上一塊斑駁隆起的岩石，越過了深溝。古老的花崗岩佈滿一條條斷層，形成了石階。一如兩人的直覺，至少一開始，山路並不難行。他們停在岩頂四呎寬的斜坡上，回頭望著荒漠。荒漠環繞著高地，就像一隻巨大的黃色爪子。更遠處，荒漠發出刺目的白光，逐漸隱沒在陣陣熱浪中。槍客想起自己差點命喪荒漠，不覺感到一陣微微的驚異。兩人站立的地點十分涼爽，從這裡望去，荒漠看來雖然龐大無比，但卻還不到致命的程度。

他們又繼續爬山，攀上稻草般片片剝落的岩石，低著頭走上傾斜的石坡，石坡上石英與雲母閃閃發光。岩石摸起來十分溫暖，但空氣明顯涼爽許多。傍晚時分，槍客隱約聽見雷聲，但是雨下在山的另一側，高聳的山脈遮住視線，槍客看不見雨。

等天色漸黑，他們的身影漸漸轉成了紫色，便在一塊凸出的岩石下紮營。槍客把毛毯掛在岩石上方，鋪在地上，搭成了一個臨時的穴屋。他們坐在穴屋口，看著天色漸漸暗下來，為世界披上了大衣。傑克把腳伸出懸崖外晃動著。槍客捲起了傍晚抽的煙，半開玩笑的看著傑克。

『可別在睡夢中跌下去了，』他說，『否則你醒來時就到了地獄。』

『我不會，』傑克認真的回答，『我媽媽說……』他停了下來。

『她說什麼？』

『她說我睡覺時像死人一樣。』傑克把話說完。他看著槍客，槍客看見男孩因為努力忍住淚水，嘴唇不由自主的顫抖著——他只是個男孩，他心想，感到一陣心痛襲來，就像有時喝了太多冰水，會突然感到額前一陣疼痛一樣。他只是個男孩。為什麼？真是個傻問題。如果有個男孩因為身體或內心受了傷，想問寇特為什麼（寇特是個古老、滿臉刀疤的戰爭機器，槍客之子的啟蒙恩師），寇特會這麼回答：『為什麼』是個彎曲的符號，不可能拉直……別管為什麼，給我站起來就對了，膿包！站起來！時候還早哩！

『我為什麼在這裡？』傑克問，『為什麼我忘了來這裡之前的每件事？』

『因為黑衣人拉你來到這裡，』槍客說，『因為那座塔。那座塔是一種……力量的中心，在時間裡。』

『我不懂！』

『我也不懂，』槍客說，『但是有事情發生了，只有在我的時間裡。我們有個說法：「世界前進了」，但是現在前進的速度更快了。時間發生了一些事情，愈來愈弱了。』

他們坐著，不發一語。一陣微弱但卻銳利的微風吹過他們的雙腿，在一道岩縫裡呼呼作響。

『你從哪裡來的？』傑克問。

『從一個已經不存在的地方。你知道《聖經》嗎？』

『當然，耶穌跟摩西。』

槍客微微一笑。『沒錯。我的故鄉有個跟《聖經》有關的名字──新迦南，奶與蜜之地。在《聖經》裡的迦南，葡萄大到必須用雪橇運送。我們種的葡萄沒那麼大，但是仍然是個甜美的土地。』

『我知道尤里西斯，』傑克猶豫的說，『他也在《聖經》裡嗎？』

『也許，』槍客說，『我不是《聖經》專家，不能確定。』

『但是其他人……你的朋友……』

『沒有其他人，』槍客說，『我是最後一個。』

小小的弦月升起，狹長的光芒照在兩人坐著的亂石上。

『它漂亮嗎？你的國家……你的故鄉？』

『它很美，』槍客說，『那裡有田野、森林、河流、晨霧，不過那些東西只稱得上是漂亮，還不足以形容那裡的美。我的母親曾說，真正的美是秩序、愛與光明。』

傑克沒答腔，只悶哼了一聲。

槍客抽著煙，想起了往事——那些在中央大禮堂度過的夜晚，數以百計的人影穿著華服，跳著緩慢、穩重的華爾滋，或是輕快如漣漪的波康舞。他懷裡抱著艾琳．莉特，他猜想父母親八成是想把他們湊成一對。艾琳的眼睛比最貴重的寶石還要閃亮，水晶燈照亮了交際花新做的頭髮，也照亮了她們帶點憤世嫉俗的調情賣俏。禮堂很大，是一座年代久遠的光明之島，而整個中央之地也一樣古老。在中央之地裡，有接近百座城堡。他已有數不清的日子沒再見到它，最後一次離開時，他曾經感到無比心痛，但他仍然狠下心，轉過頭，踏上追尋黑衣人之旅。即使是在那時，城牆也已經傾倒，庭院裡野草叢生，中央禮堂的大樑上棲息著蝙蝠，畫廊裡迴盪著燕子輕柔的撲翅聲與低喃。寇特曾在田野上教導他們箭術、槍術與馴鷹術，而今那片田野已成了荒煙蔓草。哈克斯曾坐擁偌大的廚房，指揮那片熱氣蒸騰、香味四溢的國度，如今已成了遲緩變種怪的巢穴，變種怪從黑暗的櫥櫃裡、樑柱的陰影中探頭出來，窺視著他。充滿辛辣烤肉香味的溫暖蒸氣成了黏稠濕冷的苔蘚，角落長出了巨大蒼白的蕈類，就連遲緩變種怪也不敢在那兒紮營。巨大的橡木地窖門戶洞開，傳出無比刺鼻的臭味，那股氣味彷彿在沉重的訴說著死亡與腐敗：美酒成了酸醋，酒香成了刺鼻的酸氣。羅蘭毫不猶豫的轉過頭，面向南方，離開這一切，但卻感到無比心痛。

『那裡發生了戰爭？』傑克問。

『更厲害，』槍客說著，丟掉了手裡悶燒的煙蒂。『那裡發生了革命。我們贏了每一場戰役，卻是最後的輸家。那場戰爭沒有贏家，也許唯一的贏家是啃食腐肉的禿鷹，大概有好幾年都不愁沒東西吃了。』

『真希望我曾經住在那裡。』傑克露出渴望的神情。

『真的嗎？』

『真的。』

『該睡了。』

現在，四周一片黝黑，男孩成了一個模糊的身影；他轉過身，蜷起身子，毛毯在身上鬆鬆的飄動著。之後約有一小時，槍客坐著，守護著他，清醒的回想著陳年往事。默想往事對他來說很新奇，甜美又帶點悲傷，但他仍然不覺得有什麼實際的用處：除了神諭的提議外，傑克的問題仍然無法解決——而打道回府根本是不可能的。也許這個情形真可稱得上是悲劇，但槍客並沒有察覺，他只知道宿命是永遠也逃不開的。最後，他又恢復了本性，沉沉睡去，沒有做夢。

第二天，他們走向V形的山隘，山路漸漸崎嶇了起來。槍客慢慢前進，仍然不覺得趕。腳下死硬的岩石沒有留下黑衣人的足跡，但槍客知道他曾經走過這條路——不只是因為他和傑克曾經在山腳下，遠遠看著黑衣人在山路上跳躍爬行著，像隻渺小的甲蟲。他的氣味印在每一波寒冷下沉的空氣中。那是種油膩、諷刺的氣味，就像鬼草的臭味一樣刺鼻。

傑克的頭髮長了許多，在曬黑了的脖子底部微微翹起。一路上他非常堅強，每一步都走得十分穩健，越過山谷或攀上突出的岩架時，也沒有明顯的懼高之色。他甚至有兩次爬上槍客爬不到的地方，然後固定繩索，讓槍客能拉著繩索，慢慢往上爬。

次日早晨，他們爬過一片潮濕的雲朵，雲朵遮住了兩人下方陡峭的山坡。地上有著一塊塊石格子，較深的石格子裡開始出現堅硬、粗糙的雪塊。雪塊像石英般閃閃發光，質地乾燥如沙。那天下午他們在雪塊裡發現一個腳印。傑克著了魔似的盯著腳印看了好一會兒，然後害怕的抬起頭，好像以為腳印會化成黑衣人一樣。槍客拍拍他的肩膀，然後指指前方。『走吧，時候不早了。』

過了一會兒，他們就著最後一絲天光，在一片寬敞、平坦的岩架上紮營。岩架位在一道峽谷的東北方，那道峽谷極深，直直切入山脈的中心。空氣極為寒冷，他們可以看見自己吐出的氣息成了陣陣白煙。紫紅色的夕照餘暉裡傳來潮濕的雷聲，令人覺得極不真實，甚至有些瘋狂。

槍客以為傑克可能會開始問他問題，但傑克卻什麼也沒提，幾乎一躺下就睡著了。槍客也跟著入睡。他再次夢到傑克是一個額頭插了釘子的石膏聖像，嚇得醒了過來，嚐到了稀薄的高山空氣。傑克睡在他身邊，但卻睡得不太安穩；他翻來覆去，自言自語，做著惡夢。槍客不安的躺了下來，再度睡去。

10

傑克看到腳印後一個禮拜，他們與黑衣人打了個短短的照面。在那一瞬間，槍客覺得自己幾乎可以了解黑塔的意義，因為那一瞬間猶如永恆般漫長。

他們繼續往東南方走，大概已走過了巨大山脈的山腰，正以為山路真的要開始變得難走（在兩人上方，沾染冰雪的岩架與令人驚叫的山峰探向天際，讓槍客感到暈眩欲嘔），沒想到兩人卻沿著狹窄的山隘，緩緩下降。一條佈滿岩礫的曲折道路帶領他們走向峽谷的底部，峽谷底是一條小溪，小溪兩岸佈滿冰雪，從高處猛然落下。

那天下午，男孩停下腳步，回頭看著槍客，槍客正在小溪裡洗臉。

『我聞到他了。』傑克說。

『我也是。』

在他們前方，山脈彷彿使出了最後的奮力一搏，阻止兩人前進——他們眼前出現了一道高聳入雲的花崗岩壁。槍客以為小溪馬上就要轉彎，眼前馬上就要出現巨大的瀑布與高不可及的光滑岩壁，換言之，就是走進了死路。但一切都只是高山的稀薄空氣讓人產生了錯覺，兩人又走了一天，才來到了巨大的花崗岩壁前。

槍客再度感到那股急迫的期望，感到一切終於在他的掌握之中。過去他也曾經歷這種感覺許多次，但他仍然必須努力自持，才能保持冷靜，不急躁的加快腳步。

『等等！』男孩突然停了下來。在他們面前，小溪幾乎來了個直角轉彎，在一塊砂岩巨石之前冒著泡沫。整個上午他們都在山脈的陰影中走著，峽谷愈變愈窄。

傑克顫抖得非常厲害，臉色蒼白。

『怎麼了？』

『我們回去吧，』傑克悄聲說，『我們趕快回去。』

槍客一臉木然。

『拜託好不好？』男孩的表情扭曲，下頷因為努力克制情緒而顫抖不已。儘管四周有厚厚的岩壁阻隔，他們仍然可以聽到陣陣雷聲，雷聲就像在土地上工作的機器一般，從不止息。兩岸峽谷高聳，他們只看得見一小片天空。冷暖流交會，互相衝擊，激起了洶湧的氣旋，天空成了詭異的灰色。

『拜託，拜託！』男孩舉起一隻拳頭，好像要往槍客的胸膛擊去。

『不行。』

男孩的臉上充滿了驚奇。『你會殺了我。他先殺了我，現在換你殺我。我想你早就知道了。』

槍客知道自己就要說謊，但還是說了出口：『你不會有事的，』接著撒了一個更大的謊：『我會照顧你。』

傑克的臉蒙上一層陰影，一語不發。他勉強伸出一隻手，和槍客手牽著手，隨著小溪轉了個彎。在另一側，他們終於面對面瞧見了那道高聳的岩壁，也與黑衣人正面交鋒。

他站在兩人上方，頂多只有二十呎遠，在他的左方，一道瀑布從巨大粗糙的石洞中傾瀉而出，水花四濺。無形的風掀起他的連帽長袍，袍子隨風飄蕩。他一手持杖，一手伸向兩人，比出嘲諷的歡迎手勢。他看起來像個先知，而在洶湧的天空下，他站在凸出的岩壁上，簡直成了末日先知，他的聲音就是聖經先知耶利米（Jeremiah）的聲音。

『槍客！你還真是實現了古老的預言！日安，日安，日安！』他大笑著，鞠了個躬，笑聲混雜著瀑布的怒吼，迴盪在山谷中。

槍客不假思索，拔出雙槍。男孩縮在他的右後方，一個渺小的身影。

羅蘭的雙手還來不及握穩槍，便急躁的射出了子彈——金屬質地的回音在四周高聳的山谷裡來回彈跳，混雜著風聲與水流聲。

第一發子彈擊下一陣花崗岩碎屑，落在黑衣人的頭上；第二發落在帽子的左方；第三發落在右方。他乾乾淨淨的閃過了三發子彈。

黑衣人笑了起來，笑聲飽滿、痛快，彷彿在恥笑逐漸遠去的槍聲回音。『這麼容易就要殺了你的答案啦，槍客？』

『下來，』槍客說，『照我的話做，我們就會有數不盡的答案。』

又是一陣嘲諷的大笑。『我不怕你的子彈，羅蘭，我怕的是你腦袋裡對答案的想法。』

『下來。』

『我想我們還是等越過山脈再聊，』黑衣人說，『等越過山脈，我們大可以促膝長談。』

他的眼神輕輕掃過傑克，然後再補上一句：

『就我們兩人。』

傑克微微嘀咕一聲，害怕的退了一步。黑衣人轉身，長袍在灰濛濛的空氣中飛揚著，就像蝙蝠的翅膀，他消失在湧出滾滾溪水的岩洞中。槍客奮力自持，才壓下了衝動，沒有朝著黑衣人的背影開槍。這麼容易就要殺了你的答案啦，槍客？

四周只有風聲與流水聲，這些聲音在這個荒涼之地已有千年之久，但就在今日，黑衣人佇立於此。經過了十二年，羅蘭終於再度與他短兵相接，再度與他交談，甚至聽到黑衣人放聲大笑。

等越過山脈，我們大可以促膝長談。

男孩抬起頭看著他，全身顫抖。在那一瞬間，槍客看到了艾莉，那個塔爾城的女人。她的臉與傑克的臉重疊，額頭上的疤痕像一個沉默的指控。槍客突然對兩人感到厭惡至極（直到事後，槍客才想到艾莉前額的刀疤和夢裡插在傑克額前的釘子是在同一個地方）。傑克或許是察覺到他的厭惡，喉嚨裡發了聲牢騷，但隨即撇撇嘴，把聲音吞了回去。他是個有天分的孩子，假以時日，或許還能成為槍客。

就我們兩人。

槍客感到體內某個不知名的深淵裡，湧出一股巨大邪惡的乾渴，再多的水、再美的酒，都不能稍解這股乾渴。世界顫抖著，幾乎就在他的指梢，而出於本能，他仍然努力對抗著墮落，但他的心裡非常清楚，努力是沒有用的，最後，一切都只能任由命運擺佈。

已是正午時分。日光如雲朵般四處飄散，他抬起頭，讓他行將粉碎的正直最後一次沐浴在陽光下。他心想，背叛的代價不是銀子，而是人命。

『要不就跟我走，要不就留下。』槍客說。

男孩的回應是一抹冷漠、毫無笑意的笑容——與他的父親如出一轍，但他毫不自知。『要是我留下來，我會活得好好的，』他說，『一個人在荒山裡活得好好的。有人會來救我，他們會帶著蛋糕跟三明治，還有裝在保溫瓶裡的咖啡。你覺得呢？』

『要不就跟我走，要不就留下。』槍客再說了一次，突然間，他對傑克的情感消失了。眼前的小人兒不再是傑克，而只是個普通的男孩，像個不具人性的器具，隨時可以移走，也隨時可以利用。

四周吹著狂風，一片寂靜。不知什麼東西發出了尖叫，他與男孩都聽見了。

槍客開始往上爬，過了一會兒，傑克也跟著往上爬。兩人一起經過了冷冽如鋼的瀑布，爬上瀑布旁陡峭的岩石，站在黑衣人曾經佇立的地方，然後一起走進黑衣人消失的洞穴。黑暗吞噬了兩人。

chapter four

遲緩變種怪

The Slow Mutants

1

槍客慢慢跟傑克說話，聲調起伏，像在說著夢話：

『那天晚上我們有三個人：卡斯博、艾倫，還有我。我們不應該在那兒，因為我們都還沒成年，就像俗話說的「還在襁褓之中」。如果我們被逮到，寇特一定會剝了我們的皮，但是我們沒被逮到。我想在我們之前，也沒人被逮到過。男孩總是會偷偷穿上父親的褲子，在鏡子前裝模作樣一番，然後悄悄把褲子掛回去；而父親也總是假裝沒發現褲子掛的方法不太一樣，或是假裝沒看見男孩鼻下用鞋油畫出來的鬍鬚。你懂嗎？』

男孩什麼也沒說。自從進入山洞，看不見陽光之後，他一句話也沒說，反而是槍客滔滔不絕的說著，興奮又狂熱，想要填滿沉默。一進入山底的洞穴，他便不再回頭眺望光亮之處，但傑克卻頻頻回首。傑克的臉頰像一面柔軟的鏡子，映著漸漸消逝的天光：先是淺淺的玫瑰色，再來是琉璃杯般的乳白色，接著是傍晚最後一抹餘暈，然後成了一片漆黑。槍客點亮火把，兩人繼續前進。

終於，他們停下來紮營。他們聽不見黑衣人的回音，也許他也停下來休息了，又或許他沒有點燈，就這樣繼續往前飄去，穿過漆黑如夜的石窟。

『每年大禮堂都會舉辦一次播種夜方舞會；有些老一輩的人把這種舞稱作卡瑪拉舞，也就是米的意思，』槍客繼續說。『大禮堂正式的名稱是「先祖堂」，不過我們都把它叫做大禮堂。』

水滴聲隱隱傳入兩人耳中。

『它是一種求愛的儀式，就像所有春天的舞會都是求愛的儀式。』槍客輕蔑的笑了笑，冰冷的石壁把笑聲變成了水鳥般的喘息聲。『書上說，從前這個舞會是在慶祝春天的到來，有時候春天又叫做「新地時節」或是「新卡瑪拉」，不過文明世界來臨了，你知道的……』

他一時詞窮，停了下來，不知道該怎麼描述『文明』這個毫無特色的辭彙帶來了多少變化：它扼殺了浪漫的真情，徒留貧瘠的淫慾，讓整個世界只能靠著奢華的慶典，苟延殘喘。播種夜方舞會上，模仿男女求愛的幾何舞步取代了更真實、更瘋狂、更混亂的真愛，他只能憑著直覺，模模糊糊的猜測真愛的模樣。空洞的華麗取代了真實的熱情，而從前，或許就是那股真實的熱情建起了帝國，讓帝國永續不墜。在梅吉斯，他在蘇珊．戴嘉多的身上找到了真愛，但最後卻只能再次痛失真愛。也許他會這麼告訴男孩：從前有個君王叫做艾爾德，他的血脈雖然已經稀薄，但仍在我的體內奔流。不過孩子，君王已不復見，光明的世界裡再也沒有君王了。

『他們搞了個糜爛的玩意兒，』槍客終於開口。『一齣戲，一場遊戲。』他的聲音裡滿是不自覺的厭惡，就像是一個苦行僧，也像是一個隱士。如果燈光再明亮一些，就能看見他的臉上充滿了嚴肅與悲傷，最純粹的譴責。過了這麼多年，他的本性仍然沒有稍加消減淡化，從他的臉上，仍然可以一眼看出他是個缺乏想像力的人。

『但那場舞會，』槍客說。『播種夜方舞會……』

男孩沒有說話，也沒有問問題。

『那裡掛滿了水晶燈，沉重的水晶玻璃上鑲滿了電燈泡。燈火通明，那是座光明之島。

『我們溜進一座舊陽台，那些陽台太老舊，不安全，用繩索隔了開來。不過我們是初生之犢不畏虎。對我們來說，什麼都是危險的，但那又怎樣？我們不是長生不死嗎？我們真覺得我們是長生不死的，就連我們談著將來要怎麼死得轟轟烈烈時，也覺得自己是長生不死的。

『我們站得比每個人都高，俯瞰一切。我記得我們沒說話，只忙著用雙眼將景色一飲而盡。

『槍客與女伴圍著一張大石桌用餐，看著眾人跳舞。也有幾個槍客在跳舞，但並不多，而且都是年輕的槍客。我好像還記得，替哈克斯行刑的槍客也在跳舞。老一輩的槍客只坐著，在炫目的燈光下，那文明的燈光下，他們似乎有些不自在。他們備受敬畏，是守護者，但是在帶著溫柔女伴的騎士群中，他們就像馬伕一樣格格不入……

『有四個圓桌，上面放滿了美食佳肴，不停的轉動著。廚僮來回忙和著，從晚上七點鐘一直忙到凌晨三點鐘。圓桌就像時鐘，烤豬、牛肉、龍蝦、雞肉、烤蘋果的香味陣陣撲鼻，圓桌每轉一次，香氣就變換一次。還有冰品跟糖果，還有一大串一大串燃著火焰的烤肉。

『馬登坐在我的父母親身旁，即使我身在高處，仍然可以一眼認出他們。母親跟馬登翩翩起舞，緩緩旋轉，眾人紛紛讓出舞池，在兩人舞畢時，鼓掌叫好。眾槍客沒有鼓掌，但是父親慢慢站起身，向母親伸出一隻手，而她也走向他，面帶微笑，伸手與他交握。

『這一刻是如此莊嚴，就連我們躲在這麼高的地方，也感同身受。那時父親已控制共業群雄（ka-tet），也就是整個「槍客群雄」（the Tet of the Gun）⑫；他就快要成為「基列丁主」，統治整個基列地，也幾乎可說是統治了整個內世界。眾人都心知肚明，而馬登更是比其他人都清楚……或許只有嘉珀麗．費利斯比他更清楚吧。』

男孩終於開口，看來似乎有些猶豫：『她是你的母親？』

『是的。池湖之女嘉珀麗，艾藍之女，史蒂芬之妻，羅蘭之母。』羅蘭兩手一攤，擺出一個略帶嘲諷的手勢，好像在說：就這樣了，不然還要怎樣？然後把手放回大腿上。

『我的父親是最後一個光明之王。』

槍客低頭看著雙手，男孩一語不發。

『我還記得他們的舞姿，』槍客說。『我的母親與馬登，也就是槍客參事。我還記得他們的舞姿。他們緩緩繞著對方，時分時合，跳著古老的求愛舞步。』

他看著男孩，微微一笑。『但是那什麼意思也沒有，你知道的。因為每個人都曉得誰將掌控大權，而我的母親也全心全意的愛著那個掌控大權的人。不是這樣嗎？舞曲結束時，她走向了他，不是嗎？而且還握住了他的手。賓客鼓掌了嗎？那些俊俏的男孩跟溫柔的女伴有沒有鼓掌叫好，讓整間禮堂迴盪著熱烈的掌聲？有沒有？有沒有？』

黑暗中隱約傳來苦澀的水滴聲。男孩一語不發。

『我還記得他們的舞姿，』槍客輕聲說。『我還記得他們的舞姿。』他抬頭看著看不見

⑫『Tet乃貴族語，意指一群人。Ka-tet即指命運（或『業』，ka）與共者。

的石洞頂，突然間他好想對著石洞頂尖叫、破口大罵、盲目的咒罵它——沉重的花崗石既盲又啞，裝載著他們渺小的生命，就像石做的內臟裡住著寄生蟲一樣。

『怎麼會有人如此心狠手辣，持刀殺了我的父親？』

『我累了。』男孩說，然後再度沉默。

槍客也陷入沉默。男孩躺下來，一隻手枕在岩石與臉頰之間。兩人前方微小的營火搖曳不定。槍客捲起了菸草。往事歷歷在目，他彷彿還能看見那盞水晶燈，聽見賓客鼓掌歡呼，歡呼聲迴盪在空洞的土地上；那片土地一望無際，無助的站在灰色的時間之海中。回憶那座光明之島讓他心痛萬分，他希望自己從來沒看過它，也從來沒看見父親戴綠帽的那一幕。

他一邊吞雲吐霧，一邊低頭看著男孩。我們真是愛繞大圈子，他心想。我們繞來繞去，最後又回到了起點，終而復始，就像他們終會重見天日一般。

還有多久才能重見天日？

他沉沉睡去。

等到他的鼻息變得緩慢、沉重、穩定，男孩便張開雙眼，看著槍客，臉上的表情愛惡交織。最後一絲營火躍入一隻瞳孔，過了一會兒便淹沒其中，而他也跟著入睡了。

2

在一成不變的荒漠裡，槍客已失去了大部分的時間感，而在這個不見天日的山底隧道，槍客失去了剩下的時間感。兩人無從辨別時刻，而時間的概念也失去了意義，逐漸淡去。從某方面來說，他們脫離了時間，一天可能是一週，而一週也可能是一天。他們走路、睡覺、吃著填不飽肚子的食物，唯一的夥伴就是雷鳴般的洶湧流水聲，流水在岩石裡鑽出了一條小路。他們跟著流水走，喝著帶淡淡礦物鹽味的溪水，希望水裡不會有什麼東西讓他們生病或是丟了性命。有時候槍客覺得自己看見水底下飄著光芒，像是屍體發出的燐光，但又覺得那只是他的腦袋還無法忘情光亮，才會有這樣的錯覺；話雖如此，他還是警告男孩不要踩進水裡。

他腦袋裡的測距儀帶領他們從容的前進。

流水旁的小路（那確實是一條小路，光滑且微微凹陷）不停往上走，通往流水的源頭。每隔一段距離，就會看到連著勾環的石柱，也許石柱曾用來繫牛車或是馬車。每根石柱上都有個鋼做的大酒壺，酒壺裡裝著電燈，但卻早已失去生命，毫無光亮。

在第三次睡前休息時，男孩稍微四處遊蕩了一會兒。槍客可以聽見傑克小心的走著，腳下的鵝卵石咯咯作響，彷彿在交談著。

『小心，』他說，『你看不見路。』

『我走得很慢，那是……哎呀！』

『什麼東西？』槍客半蹲伏著，一手扶著槍柄。

一陣短暫的靜默，槍客努力張大雙眼，但卻徒勞無功。

『我想應該是鐵軌。』男孩說著，不是很有把握。

槍客站起身，往傑克的聲音走去，一隻腳在前方探路，免得踩進陷阱。

『你看。』一隻手伸了出來，抓過槍客的臉。男孩頗能適應黑暗，甚至比羅蘭適應得更好。槍客點亮微弱的火光後，看到男孩的瞳孔放得極大，幾乎失去了顏色。這座石造的子宮裡沒有燃料，他們帶來的燃料也很快就燃成灰燼。有的時候，兩人幾乎忍不住要不停的點亮火把。他們發現，人對光也可以像對食物一樣飢餓。

男孩站在一面彎曲的石牆前，石牆上排著平行的金屬條，直直往前沒入黑暗。每支金屬條上都有許多黑色的節點，也許曾經是導電體。而在金屬條的旁邊與下方，還有閃亮的金屬軌道鋪在離石牆只有幾呎遠的地方。這些軌道上曾經跑著什麼樣的東西？槍客只能想到光滑的電子彈，那些電子彈以可怕的探照燈為眼，在這永無止盡的黑夜中穿梭。他從來沒聽過這種東西，但是消逝的世界留下了許多遺物，也留下了許多魔鬼。槍客曾經遇過一個隱士，隱士仗著擁有一台古老的加油機，把一群可憐的養牛人家迷得團團轉，幾乎成了一教之主。隱士蜷伏在加油機旁，一隻手貪婪的抱著加油機，同時滔滔不絕、瘋狂的講著道。有時候他會把加油鋼管放在兩腿之間，加油鋼管仍然閃閃發亮，接著一條腐爛的橡皮管。加油機上清清楚楚的刻著幾個字母（不過已有些銹蝕）：『AMOCO，無鉛』；至於那些字母是什麼意思，恐怕已無人知曉。Amoco成了雷神的圖騰，那群養牛人家宰殺綿羊當作獻祭的牲禮，而敬神的儀式則是發出引擎的聲響：隆！隆隆！隆隆隆！

槍客想起了廢棄的大船。他只看過毫無意義的廢船從曾經是大海的沙地裡露出頭來。現在又多了鐵軌。

『等睡醒，我們跟著鐵軌走。』

男孩沒有說話。

槍客熄滅營火，兩人入睡。

槍客醒來時，男孩已經起床，坐在一條鐵軌上，盯著他瞧，不過當然什麼也看不見。

他們跟著鐵軌走，就像盲人一樣，羅蘭帶路，傑克跟在後頭。他們的腳緊緊貼著鐵軌行走，也像盲人一樣。右方從不間斷的洶湧水流聲是他們的旅伴。他們沒有說話，這次持續了三個清醒期。槍客完全不想清楚思考，也不想計畫。他睡覺時沒有做夢。

在第三次清醒步行的時候，他們差點撞上了一台手搖車。

槍客的前胸撞上了手搖車，而走在另一側的男孩則是正中額頭，驚呼了一聲，跌坐在地。

槍客立刻點亮火把。『你沒事吧？』這句話聽來嚴厲、憤怒，連他自己都忍不住皺起了眉頭。

『沒事。』男孩小心翼翼的捧著頭。他搖搖頭，確定自己是真的沒事。兩人轉身看看到底撞到了什麼東西。

那是塊方形的金屬板，沉默的坐在鐵軌上，金屬板的正中央有個可以前後扳動的把手，把手下連著齒輪。槍客不曉得那玩意是做什麼用的，但男孩一看就知道了。

『那個是手搖車。』

『什麼？』

『手搖車，』男孩不耐煩的說。『跟舊漫畫書裡畫的一樣，你看。』

他奮力爬上手搖車，走向把手，用力扳下，但他得用上全身的重量，才能勉強扳動把手。手搖車在鐵軌上前進了一點點，沉默而不朽。

『很好！』一個微弱的機器語音讓兩人嚇得跳了起來。『很好，再推……』機器語音停了下來。

『有點費力。』男孩說著，好像在替機器道歉。

槍客也爬上了手搖車，站在男孩身旁，用力推下把手。手搖車乖乖前進了一會兒，然後停了下來。『很好，再推一次！』機器語音鼓勵著。

他感到腳下的驅動軸開始轉動。這個工作讓他很愉快，機器語音也讓他很愉快（不過他希望車子趕快動起來，再也不要聽到機器語音）。除了驛站的抽水器，多年來，這是他看見的第一台仍能運作的機器，但那東西也讓他感到不安。它能帶他們更快到達目的地。他毫不懷疑，兩人發現這台手搖車，一定也在黑衣人的算計之中。

『不錯吧！』男孩說，他的聲音充滿了厭惡。萬籟俱寂，羅蘭可以聽見五臟六腑在體內運作的聲音，還有水滴聲，此外就是一片寂靜。

『你站一邊，我站另一邊，』傑克說。『你先推，等到手搖車轉順了，我再幫忙。你先推，我再推，然後就這樣一路下去，懂嗎？』

『懂了。』槍客說，但他的雙手仍無助、絕望的握著拳頭。

『但是你要先把手搖車推順。』男孩再說了一次，看著他。

槍客腦袋裡突然躍出了大禮堂的畫面，那是播種夜方舞後一年左右。那時，經過革命、內戰、外患的相繼蹂躪，大禮堂已是一片荒蕪，徒留遍地的碎屑。接著又出現了艾莉，那個塔爾城的刀疤女子，子彈打得她飛了出去，奪去她的性命，毫無理由……除非反射也是個理由。接著是卡斯博．艾爾古德的臉，就連死的時候他臉上還帶著笑，吹著那天殺的號角……然後他看見了蘇珊的臉，她的臉因為哭泣而變得扭曲醜陋。這些全都是我的老友，槍客心想，露出了可怖的微笑。

『我來推。』槍客說。

他推起了手搖車。等到機器語音開始說話（『很好，再推一次！很好，再推一次！』），他的手就沿著架著把手的鐵架往下摸，最後終於摸到了他在找的東西：一個按鈕。他按下了按鈕。

『再見，夥伴！』機器語音開心的說著，然後愉快的安靜了好幾個小時。

3

兩人搖著手搖車駛進了黑暗，有車代步，兩人不必再摸索前進，速度快多了。機器語音再度開口，一次要他們吃吃『香脆好滋味』，另一次又說只有『拉奇思』能讓人在辛勞一天後飽餐一頓。第二次報完訊後，機器語音便不再作聲。

手搖車年久失修，走起來原本有些蹣跚，但卻愈走愈順。男孩想盡點力，槍客偶爾也讓他幫幫忙，但大部分都是槍客一個人搖車，他的手臂上下大幅起伏著，扯著胸膛的肌肉。地底河流是他們的伴侶，有時候緊靠著兩人的右方，有時又較遠。有一次，水流突然轟隆作響，如雷聲般空洞，彷彿兩人經過了宏偉的教堂前廳；又有一次，水流聲幾乎一下子完全消失。

車行快速，風打在他們臉上，彷彿要取代視線，讓他再一次墜回時間的框架之中。槍客估計他們的時速大概有十到十五哩，一路上都是上坡路，坡度極小，幾乎無法察覺，槍客不知不覺就耗了極大的體力。兩人一停下來，便呼呼大睡。糧食幾乎再度見底，但兩人都不擔心。

對槍客來說，高潮即將到來的緊張感幾乎無法察覺，但也像推動手搖車的疲憊感一樣真實（也一樣愈來愈強烈）。他們即將到達最初的終點……至少對槍客來說是如此。他覺得自己像個演員站在舞台的中央，再過幾分鐘就要開幕了。他反覆默唸第一句台詞，雖然看不見台下的觀眾，但卻能聽見觀眾翻動著劇目表，一一入座。他的胃裡有一團緊繃、整齊的期待，他樂見推動手搖車的疲憊感助他入眠。而等到他真的睡著，他睡得極為深沉，就像死了一樣。

男孩的話愈來愈少。但在他們某次停下來睡覺時（不久後他們就遭到遲緩變種人攻擊），他有些羞澀的問起槍客的成年禮。

『我想多知道一些。』他說。

『你為什麼還想知道？』他問道，覺得十分有趣。

槍客的背靠著把手，嘴裡叼著所剩無多的香煙。他原本又要像平常一樣沉沉睡去，讓腦袋不再思考，男孩的問題驚醒了他。

男孩的聲音出奇的頑固，好像在掩飾自己的困窘。『我就是想知道。』他停了停，然後又說：『我總是想知道長大成人是怎麼一回事，我敢打賭，大人的世界裡八成都是謊言。』

『我可不說謊，』槍客說。『我想我應該是在那件事不久之後才算長大成人，就是你聽過的那件事……』

『你跟你的老師搏鬥，』傑克出神的說。『那就是我要聽的。』

羅蘭點點頭。是呀，當然，也就是他挑戰『成年之線』的日子，那種故事是每個男孩都想聽的。要聽就聽吧！『父親送我離開後，我才真正成年。我的成年是在兩個地方完成的。』他頓了頓。『第一次是我抓到一個非人者，吊死他。』

『非人者？我不懂。』

『你可以感覺到他，但卻看不見他。』

傑克點點頭，好像懂了。『他是隱形的。』

羅蘭挑起眉毛，他從來沒聽過『隱形』這個詞。『是這樣的嗎？』

『是的。』

『那就這樣吧！總之有些人不希望我抓到他，以為要是我抓到他，他們就會受到詛咒，不過那傢伙就是犯了強暴癮。你知道強暴是什麼嗎？』

『知道，』傑克說。『我想隱形人要犯案一定很容易。你怎麼抓到他的？』

『以後再說吧！』但槍客知道，不會再有以後。兩人都知道，不會再有以後。『兩年後，我把一個女孩留在一個叫做「君王鎮」的地方，雖然我並不願意……』

『你當然願意，』男孩說，儘管語調輕柔，聲音裡的不屑仍然十分明顯。『因為你得去找那座塔，對吧？就像我爸電視節目裡牛仔說的一樣：「得上馬囉！」』

羅蘭覺得自己的臉在黑暗中脹紅了起來，但說話時，聲音仍然十分平靜。『我想那是最後一個階段。我說的是，那是我成年的最後一個階段。成年是不知不覺的。』

他略帶不安的發現，他並沒有說出男孩真正想聽的事情。

『我想成年禮只能算是長大成人的一個階段，』他有些勉強的說。『它是一種形式，幾乎成了固定的儀式，就像舞會一樣。』他不太自在的笑了笑。

男孩沒說話。

『你必須在戰場上證明自己。』槍客說起了故事。

4

時值炎炎夏日。

那一年，『滿地時節』像吸血鬼的愛人似的降臨大地，殘殺土地與佃農的作物，讓基列城變得蒼白、荒蕪。在西方幾哩處，接近文明世界的邊境之地，戰火已經燃起。所有的軍情報告都是壞消息，而在襲擊城中心的熱浪之下，這些報告全成了一片慘白，無關緊要。牛群在牛圈裡伸著舌頭，目光呆滯；豬隻毫無慾望的叫著，對母豬提不起一點性趣，也不在乎為了秋天而磨利的刀刃。人民一如以往，抱怨著課稅與徵兵，但對這齣空洞的政治受難劇，卻隱隱流露出漠不關心的模樣。城中心像一張碎呢地毯，經過清洗、踩踏、抖動、懸掛、曬乾，已是磨損殆盡。在世界的胸前，繫著最後一顆寶石的絲線即將斷裂。一切分崩離析。地球在日蝕來臨前的夏日奮力呼吸著。

男孩在這座石城上方的長廊裡走著，這座石城是他的家。他感覺到這一切，但並不了解。他也是危險而又空洞，等待著被填滿。

自從吊死廚師後，已過了三年。從前，那個廚師總是有辦法替肚子餓的男孩找到點心。羅蘭長高了，肩膀與臀部也更強壯厚實了。現在他十四歲，只穿著一件褪色的丹寧褲，看起來已經有幾分將來的模樣：瘦削、修長、腳程快。他還是處男，但西鎮的兩個年輕妓女曾對他拋過媚眼，那時他覺得有些心動，而現在，那股感覺更強烈了。就連在這個涼爽的走道裡，他也感到身上滿是汗水。

前方就是母親的房間，他不帶好奇的走過去，只打算經過門口，然後就往樓頂走去，準備迎接微風的吹拂與手淫的樂趣。

他走過門前，忽然有個聲音叫住他：『你，孩子。』

是參事馬登。他的穿著十分隨便凌亂，令人感到頗為可疑——下身是一件黑色的馬褲呢長褲，幾乎緊得跟緊身褲一樣，上身則是一件白襯衫，半敞著領口，露出他光滑無毛的前胸。他的頭髮蓬亂。

男孩安靜的看著他。

『進來，進來！別站在走廊上！你的母親想跟你說話。』他咧著嘴笑，但他臉上的線條卻有一種更深、更諷刺的幽默。在那抹笑容之下——還有在他的眼中——只有冷漠。

事實上，他的母親並不想見他。她在房中央的大廳裡，坐在大窗旁的低背椅上，大窗俯瞰中庭白熱的石頭。她穿著寬鬆、不正式的晨衣，晨衣不停滑下來，露出一側雪白的肩膀；她只看了男孩一眼——一抹短暫、閃亮的悲傷微笑，就像映在小溪裡的秋日陽光。在接下來的談話中，她總是低頭看著自己的手，而不是看著兒子。

現在他很少見到她，而搖籃曲的鬼魂

（裘西，奇西與哲西）

幾乎已經完全從他的腦中消失。但她是他鍾愛的陌生人。他感到自己對父親最親近的參事，馬登，開始萌出了一股混亂的恐懼與初生的敵意。

『你好嗎？小羅。』她輕聲問道。馬登站在她身旁，一隻沉重、令人不安的手放在她潔白的肩膀與脖子間，微笑的看著母子兩人。那抹微笑讓他棕色的眼睛幾乎成了深深的黑色。

『很好。』他說。

『你的功課怎樣？凡耐高興嗎？還有寇特？』提到寇特時，她的嘴唇突然顫抖了一下，好像嚐到了什麼苦的東西。

『我在努力。』他說。他們都知道，他不像卡斯博那麼聰明，也不像潔米反應那麼靈敏。他的資質駑鈍，得靠拚命用功才跟得上大家。就連艾倫的成績也比他好。

『還有大衛？』她知道他對那隻獵鷹的情感極深。

男孩抬頭看著馬登，馬登仍然像父親般的看著一切。『過了壯年。』

母親的臉似乎皺了一下。有那麼一會兒，馬登的臉似乎沉了下來，在她肩上的手也似乎抓得更緊了。然後她往窗外望去，看著白熱的天光，一切又恢復正常。

這是個字謎，他心想。就像一場遊戲。誰在跟誰玩？

『你的額頭上有個疤。』馬登說，他仍然微笑著，一隻手隨意指指寇特最近一次（感謝您今天的教誨）

捧人的痕跡。『你想變成跟你父親一樣的鬥士，還是你只是反應遲鈍？』

這次她的臉真的皺了起來。

『都有。』男孩說。他直直盯著馬登，痛苦的微笑著。即使在房裡，仍然十分炎熱。

馬登突然不再微笑。『你可以去屋頂了，孩子。我想你在那兒有事要做。』

『我的母親還沒叫我走，奴隸！』

馬登的臉扭曲著，彷彿讓男孩拿了馬鞭抽打一樣。男孩聽見母親發出可怕、悲傷的喘息，喊著他的名字。

但男孩臉上仍然掛著痛苦的微笑，他走上前。『奴隸，你願意效忠於我嗎？以你的主人，我的父親為名。』

馬登瞪著他，一臉不可置信。

『滾，』馬登輕聲說，『滾去玩你自己吧！』

男孩露出極為可怖的微笑，離開房間。

他關上門，走回原來的方向時，聽見母親哭了起來。那聲音像報喪女妖般淒厲，然後令人不敢相信的是，他居然聽見父親的奴僕動手打了母親，叫她閉上烏鴉嘴。

叫她閉上烏鴉嘴！

然後他聽見馬登的笑聲。

男孩帶著微笑，走向試鍊。

5

潔米從商店裡出來，看見羅蘭走過練武場，便跑上前去，打算告訴他有關西方叛亂與流血事件的最新傳聞，但是等他走到羅蘭身邊時，卻沒把話說出口。他們從小即相識，曾經互相挑戰、互相搏鬥，也曾一起在這塊出生之地探險過千百遍，真可說是莫逆之交。

羅蘭大跨著步走過他身邊，瞪著前方，對他視而不見，臉上咧著痛苦的微笑。他走向寇特的小屋，小屋的百葉窗拉了下來，以抵擋野蠻的午後熱浪。寇特總在下午小睡，好在傍晚精力十足的到下城的花街柳巷尋歡作樂。

潔米一眼就知道將要發生什麼事，他又懼又喜，不知要跟著羅蘭，還是去找其他的夥伴。

然後他清醒了過來，跑向大樓，尖叫著：『卡斯博！艾倫！湯瑪斯！』在炙人的熱浪中，他的尖叫聲聽來微不足道。憑著男孩特有的直覺，他們全都知道羅蘭會是第一個挑戰『成年之線』的人，但這也實在是太快了一些。

羅蘭臉上可怕的笑容刺激著他，比任何戰事、叛亂、巫術都更強烈。即使長滿蒼蠅的爛萵苣頭張開沒牙的嘴說話，也不會讓他如此驚訝。

羅蘭走向老師的小屋，一腳把門踹開。門往後敞開，打在粗糙樸素的灰泥牆上，彈了回來。

他從來沒進過小屋。一進門先看到樸素的廚房，廚房裡涼爽陰暗。一張桌子、兩張直椅、兩個櫥櫃、一張褪色的羊毛地毯。地毯上流下兩道黑色的足跡，一道從放在地上的冷氣機通往掛著刀具的長桌，另一道則從長桌通往餐桌。

這就是公眾人物的隱私之地。暴烈的午夜酒客，褪色的避難所。這個酒客粗暴的疼愛了三個世代的男孩，還讓一些男孩成了槍客。

『寇特！』

他一腳踢開餐桌，餐桌飛過房間，撞上長桌，牆上架的刀具像閃著亮光的小木片一一落下。

另一個房裡傳來沉重的騷動，一聲半睡半醒的咳嗽。羅蘭沒有進房，知道那是個陷阱，知道寇特早就清醒，睜著閃亮的獨眼站在門邊，等著擰斷闖入者的脖子。

『寇特，我找你，奴隸！』

他說著貴族語，寇特打開了門。他穿著單薄的短內褲，身材矮壯，一雙弓形腿，從頭到腳都是傷疤，全身筋肉糾結。他的肚子圓鼓鼓，向外突出，羅蘭知道那是彈簧鋼刀。寇特滿是坑疤的臉上露出一隻獨眼，瞪著羅蘭。

男孩行了個正式的禮。『不必再教我了，奴隸，今日換我教你。』

『你太早了，愛哭鬼，』寇特若無其事的說著，但他說的卻是貴族語。『至少早了兩年。我只問一次：你要不要反悔？』

男孩只露出可怕、痛苦的微笑。寇特曾在血染滿天的沙場上，看過那樣的笑容，那抹微笑就是答案——也許是他唯一相信的答案。

『真是太可惜了，』寇特心不在焉的說。『你是最有前途的學徒——可說是二十年來首見的奇葩。見到你被打倒，走上盲目的道路，實在是令人悲傷。但世界前進了，壞日子就要來臨了。』

男孩沒有說話（就算說話，恐怕也難以說出什麼條理），但那抹可怕的微笑第一次稍稍和緩了下來。

『不過，血統還是血統，』寇特說，『不管西方有沒有叛亂或是巫術。孩子，我是你的奴僕，我聽從你的命令，遵命行事——即使未來不會再有機會。』

而寇特，那個曾經掌摑他、踢他、嘲笑他、稱他是梅毒之眼的寇特，跪下了一腳，低頭行禮。

男孩驚訝的摸摸他如皮革般粗糙但卻脆弱的頸子：『起身，奴隸，以愛為名。』

寇特慢慢起身，在那龐大身軀的無情面具下，也許藏著痛苦。『這是徒勞無功。反悔吧，傻孩子。我違背我自己的誓言。反悔，待日後再續。』

男孩一語不發。

『很好，如果你真要如此，那就如此吧！』寇特的聲音變得不帶情感，公事公辦。『一小時後，武器自選。』

『你會帶你的棍子嗎？』

『我一向都會帶。』

『曾有多少人從你手中奪去你的棍棒，寇特？』這個問題等於是在問：有多少男孩曾經走進大禮堂後的廣場，然後回來成為見習槍客？

『今天不會有人奪去我的棍棒，』寇特緩緩說道。『我感到十分惋惜。我只再問你一次，孩子。操之過急與失敗受辱的處罰一樣重。你不能等嗎？』

男孩想起了馬登俯看著他，那抹微笑，還有門後的毆打聲。『不！』

『很好。你選擇什麼武器？』

男孩沒有回答。

寇特微笑著，露出一排尖牙。『一開始就挺聰明的。一小時後見面。你了解你可能再也見不到你的父親、你的母親，或是共業的夥伴？』

『我知道流放是什麼意思。』羅蘭輕聲說。

『走吧，沉思你父親的容顏，對你有益而無害。』

男孩頭也不回的走了。

6

穀倉的地窖陰涼、潮濕，充滿蜘蛛網與地下水的氣味。太陽從狹長的窗戶透進來，光線裡佈滿灰塵，但這裡卻一點也沒有日照的炎熱。男孩把獵鷹大衛養在這兒，而大衛似乎也挺舒服的。

大衛已不再在空中狩獵。牠的羽毛已在三年前失去了閃亮的猛禽光澤，但雙眼仍然如往昔一般銳利、專注。有人說，你不能跟獵鷹做朋友，除非你也成了半隻獵鷹，獨行於曠野之中，沒有朋友，也不需要朋友。獵鷹不在乎愛，也不在乎道德。

現在大衛已是隻年邁的獵鷹，而男孩則希望自己是隻正值青年的獵鷹。

『嗨！』他輕聲說，把手伸向繫著獵鷹的木架。

獵鷹走上男孩的手臂，一動也不動的站著，頭上沒有罩著布幔。男孩伸出另一隻手，從口袋裡摸出一把肉乾。獵鷹靈巧的從他的指間啄食肉乾，轉眼間肉乾便消失了蹤影。

男孩開始小心翼翼的撫摸獵鷹。寇特要是看到了，也許不會相信，但是寇特也不相信男孩的時候已經到了。

『我想你今天會死，』男孩邊說邊撫摸著獵鷹。『我想你今天會成為犧牲品，就像之前我們拿來訓練你的小鳥一樣。你記得嗎？不記得了啊？沒關係。過了今天，我就會變成獵鷹，每年的今天我都會朝天空放槍，懷念你。』

大衛站在他的手臂上，安安靜靜，眼睛眨也不眨，對於生死漠不關心。

『你老了，』男孩沉思的說。『而且或許也不是我的朋友。就在短短一年前，你恐怕寧可吃掉我的眼珠，也不願吃掉那些小小的肉絲，對不對？寇特一定會笑。但如果我們夠靠近……夠靠近那個小心的男人……只要他不起疑心……大衛，你要哪一個？年老還是友誼？』

大衛沒有回答。

男孩替獵鷹罩上布幔，在大衛棲息的木架尾端找到掛著的繫腳帶，帶著牠離開了穀倉。

7

大禮堂後的廣場其實並不是個廣場，只是一個綠色的長廊，以雜亂、厚實的樹籬為牆。長廊用來進行成年禮的年代已不可考，遠遠早於寇特與他的前輩馬克。在這個地方，一個表現過頭的男孩一刀刺死了馬克。教師從東端進入，許多男孩也以成人的身分從長廊的東端離開；東端面對大禮堂，面對光明世界的文明與陰謀。未成年的男孩都是從西端進入，也有更多男孩帶著滿身的傷痕與血污，從西端黯然離去，永遠也無法成人。西端面對農場與農場後方的小屋；小屋之後是雜亂的蠻族森林，森林之後是加蘭，加蘭之後是莫汗荒漠。通過成年禮的男孩從黑暗與無知邁向了光明與責任，失敗的男孩只能引退，永遠無法翻身。長廊像操場一般光滑翠綠，長度剛好五十碼，正中央有一塊削平的土地，那就是『成年之線』。

長廊的兩端通常都擠滿了緊張的觀眾與家屬，因為通常成年禮都有固定的時間：一般都是在滿十八歲的時候（如果到了二十五歲還未行成年禮，通常就從此沒沒無聞，再也無法成年），但今天卻只有潔米．德柯瑞、卡斯博．艾爾古德、艾倫．強斯，以及湯瑪斯．惠特曼。他們擠在屬於男孩的長廊西端，目瞪口呆，全都嚇壞了。

『你的武器呢？笨蛋！』卡斯博焦急的低聲說，『你忘了帶你的武器！』

『我沒忘記帶我的武器。』羅蘭說。他暗自懷疑，也許他瘋狂的行徑已經傳進了中央大樓裡、傳進母親的耳裡——傳進馬登的耳裡。他的父親狩獵去了，要過幾天才會回來。他覺得有些遺憾，因為他原以為可以在父親身上找到體諒，甚至是贊同。『寇特來了嗎？』

『寇特在此。』聲音從長廊遙遠的另一端傳來，寇特出現了，穿著短汗衫，一條厚實的皮帶環在前額，以免汗珠滴進眼裡。他繫著骯髒的腰帶，好讓背打直，一隻手拿著鐵樹木做的棍子，棍子一頭尖，一頭則十分鈍，形狀像個小鏟。他唸起了長長的對答文，所有艾爾德王的子孫從小就必須熟記這串對答文，以在成人之日與主試者對答。

『你來此地可是為了嚴肅的目的，孩子？』

『我來此地是為了嚴肅的目的。』

『你是否已遭到父家放逐，方來此地？』

『是的。』而且再也不能重返父家，除非他打敗寇特。要是寇特打敗他，他就永遠無法重返家門。

『你是否已帶著自選的武器前來？』

『是的。』

『你的武器是什麼？』這是教師的特權，他有機會依照對手的武器，調整戰鬥計畫，改用彈弓、長矛或是弓弩。

『我的武器是大衛。』

寇特只微微頓了一頓。他很驚訝，也可能很迷惑，這對羅蘭很有利。或許很有利。

『所以你要與我為敵，孩子？』

『是的。』

『以何人之名?』

『以我父親之名。』

『說出他的姓名。』

『史蒂芬．德斯欽，艾爾德之血脈。』

『那就速速放馬過來吧!』

寇特走進長廊，耍著長棍。眾男孩看著他們的頭兒走向寇特，紛紛不安的發出嘆息。

我的武器是大衛，老師。

寇特懂嗎?就算他懂，他是不是完全理解他話中的玄機?如果他懂，那麼很可能大勢已去。羅蘭靠的是出其不意，還有那隻獵鷹殘存的精力。牠會呆坐在男孩的手臂上，毫不關心，眼睜睜看著寇特的鐵樹木棍朝他襲來，還是逃向熾熱的高空?

兩人一步步靠近對方，但仍然分據成年之線的兩側，此時，男孩用麻木的雙手揭開了獵鷹的布幔。布幔掉在綠色的草地上，寇特停了下來。羅蘭看到這位年老戰士的眼眸落在獵鷹身上，因為驚訝與恍然了解而張得老大。現在他懂了。

『噢，你這小笨蛋。』寇特幾乎是用鼻息發出不屑的聲音，羅蘭突然因為寇特的嘲諷而怒火中燒。

『攻擊他!』他喊著，舉起手臂。

大衛像一顆無聲的棕色子彈飛了出去，長滿粗硬短毛的雙翅拍動著，一下、兩下、三下，然後撲向寇特的臉，鷹爪胡亂的抓著，鷹爪狂亂的啄著，鮮紅的血滴在熾熱的空氣中飛濺。

『嗨！羅蘭！』卡斯博開心的尖叫著。『第一滴血！第一滴血要濺在我的胸前！』他拍著胸膛，力道大到足以留下一個禮拜都退不掉的瘀青。

寇特踉蹌的後退了幾步，失去了平衡。他舉起鐵樹木棍，胡亂在頭部附近揮打著，但卻徒勞無功。大衛像一團飛舞的羽毛，難以捉摸。

此時，羅蘭像隻弓箭似的衝向他，一隻手像箭頭似的直直伸在前方，手肘則緊緊夾在身旁。這是他的機會，而且很可能是唯一的機會。

但是，寇特仍然快他一步。大衛遮住了他百分之九十的視線，但他再次舉起了鐵樹木棍，像鏟子的一端往上，冷酷的做了唯一能扭轉情勢的舉動：他重重朝自己的臉打了三下，臂上的二頭肌無情的收縮著。

大衛跌了下來，渾身是傷，痛苦的扭動著，一隻翅膀狂亂的拍打著地面，那雙冷酷的掠奪者之眼兇狠的盯著寇特鮮血淋漓的臉孔。現在，寇特瞎了的那隻眼睛盲目的凸出眼窩。

男孩乘勢追擊，踹了寇特的太陽穴一腳。一切應該就此結束，但卻不是如此。寇特的臉呆了一會兒，然後他猛然往前一撲，想抓住羅蘭的腳。

羅蘭往後一滑，跌倒在地，四腳朝天。他聽到遠方傳來潔米驚慌的尖叫聲。

寇特準備撲在他身上，結束戰局。羅蘭已失去優勢，兩人都心知肚明。師生互望了一會兒，寇特居高臨下，左臉淌著滴滴鮮血，瞎了的眼睛閉了起來，只留下一道白色的隙縫。今天晚上寇特是去不成妓院了。

不知什麼東西狠狠啄著男孩的手。是大衛，牠已快要失去知覺，只能胡亂的用嘴到處撕扯。想不到他居然還活著。

男孩把牠當成一顆石頭，一把抓起，不理會尖銳的鷹喙在手腕上啄出一條條血痕。寇特張開雙臂衝向他，像一隻張翅的老鷹，男孩丟出手上的獵鷹。

『嗨！大衛！殺了他！』

然後寇特的身軀遮住了陽光，倒向他。

8

大衛夾在兩人之間，羅蘭感到一隻長滿老繭的手摸向他的眼窩。他把那隻手扭開，同時舉起大腿，阻止寇特用膝蓋攻擊他的胯下。他的手像流星槌似的往寇特樹般粗壯的脖子上連砍三下，就像擊在長了肋骨的石頭上一樣。

接著，寇特發出了一聲沉重的悶哼，身體顫抖著。羅蘭隱約看見一隻手努力想撿起掉在地上的棍子，他腳一彎，踢開了棍子，不讓寇特得逞。大衛一隻爪子緊緊勾著寇特的右耳，另一隻爪子則毫不留情的連續猛擊著寇特的臉頰，毀了右半邊的臉。溫熱的鮮血濺在男孩的臉上，聞起來像削斷的銅片。

寇特的拳頭擊打大衛，第一拳打斷了背脊，第二拳打歪了脖子，但那隻鷹爪仍然緊抓著不放。現在耳朵已經不見蹤影，只有一個紅色的洞穴鑽進寇特頭蓋骨的一側。第三拳打飛了大衛，寇特的臉上終於沒有東西擋住了。

寇特的臉一露出來，羅蘭便使出全身的力氣，對著寇特的鼻梁奮力一擊，打斷了那根纖細的骨頭。血花四濺。

寇特的手盲目的往羅蘭的臀部亂抓，想扯下羅蘭的褲子，綑住他的雙腳。羅蘭翻身滾了開來，找到寇特的棍子，站起身。

寇特也站了起來，咧嘴笑著。難以置信的是，兩人就這樣分站成年之線的兩側，互望著對方，但卻交換了位置，現在寇特站在羅蘭開始比試時的那一側。那張年老戰士的臉滿是鮮血，未瞎的那隻眼憤怒的在眼眶裡轉動；鼻梁粉碎，整隻鼻子歪了一側，極為可怖；兩邊的臉頰垂了下來，皮開肉綻。

羅蘭舉著寇特的棍子，蓄勢待發。

寇特做了兩個假動作，然後向他直撲而來。

羅蘭已做好準備，寇特這一招並沒有嚇到他，而兩人也都知道，這一招實在是拙劣至極。鐵樹木棍劃出一道平坦的弧形，擊中寇特的頭蓋骨，發出一記悶響。寇特倒向一旁，看著男孩，臉上的表情有些慵懶、茫然，嘴裡微微淌出一道唾液。

『投降，否則就是死路一條。』羅蘭說。他的嘴裡彷彿塞滿了濕棉花。

寇特微微一笑。他幾乎已完全失去了意識，之後大概還必須在小屋裡休養一個禮拜，進入黑暗的昏迷狀態，但現在，他那無情無影的生命使出全力，努力保持清醒。羅蘭的眼神充滿殺氣，寇特知道自己必須投降告饒，即使兩人之間隔著一道血幕，他仍然清楚了解，不告饒就是死路一條。

『我投降，槍客。我帶著微笑投降。今日你記起了父親的臉龐以及眾前輩。你已完成了一大壯舉！』

寇特閉上了眼。

槍客羅蘭搖了搖寇特，力道輕微，但卻十分堅定。現在，其他人已圍在他身旁，想要拍拍他的背，把他舉在肩上，但他們卻縮了回去，覺得十分害怕，也察覺到羅蘭與他們之間出現了一條新的鴻溝。但這種感覺卻又不是那麼陌生，因為羅蘭與他們之間向來都有條鴻溝。

寇特的眼睛再度張開。

『鑰匙，』羅蘭說。『老師，那是我與生俱來的權利，我需要它。』

他與生俱來的權利就是槍，不是父親加了檀木的沉重雙槍，但仍然是槍，只有少數人有此特權。通過試鍊後，他現在必須離開父親的懷抱，住在一間棚屋中。在棚屋裡的沉重地窖中，掛著他的見習武器：用鋼與鎳打造而成的沉重槍枝。不過這些槍也曾陪伴他的父親度過見習生涯，而現在他的父親大權在握——起碼名義上是如此。

『你真有這麼急嗎？』寇特喃喃的說著，猶如夢囈。『真有如此急迫？是啊，我想也是如此。你如此急切，原應誤事，但你仍然得勝。』

『鑰匙。』

『獵鷹那一招挺不錯的。武器挑得好。你花了多久時間訓練那個混蛋？』

『我從沒訓練過大衛，我只是跟牠交朋友。鑰匙。』

『在我的皮帶下，槍客。』他再度閉上眼。

槍客往寇特的皮帶下摸去，羅蘭感到寇特的肚子重重壓著他，那壯碩的腹肌現在已鬆弛沉睡。鑰匙掛在黃銅環上，他把鑰匙緊緊抓在手中，努力扼制住想把鑰匙扔上天慶祝勝利的瘋狂渴望。

他站起身，終於轉頭面對其他男孩，但寇特的手卻摸向他的腳。有那麼一會兒，槍客以為寇特要做困獸之鬥，緊張了起來，但寇特只是抬頭看著他，伸出一隻結痂的手指召喚他。

『我現在要去睡了，』寇特平靜的低語。『我要走過這條走道，也許一直走到盡頭的空地也不一定。我不再教你了，槍客，你已經超越了我，甚至比你父親早了兩年，而你的父親曾是最年輕的槍客。但請聽我的忠告。』

『什麼？』羅蘭不耐煩的說。

『把你臉上的表情擦乾淨，豬頭。』

讓羅蘭意外的是，自己竟然聽命行事。

寇特點點頭，然後低聲說了一句話：『稍安勿躁。』

『什麼？』

寇特講起話來十分吃力，也因為如此，他的話聽來字字鏗鏘有力。『讓傳言與傳說走在你的前方。有些人會為你散佈傳言與傳說。』他的眼神輕輕彈過槍客的肩膀。『或許是些笨蛋。讓你的影子有長髮蒙面，黑上加黑。』他露出怪異的微笑。『時間久了，傳言甚至能讓魔法師也中了魔法。你懂我的意思嗎，槍客？』

『是的，我想我懂。』

『這是我最後一次以師長的身分給你忠告，你願意接受嗎？』

槍客用腳跟搖晃身體，成了一個蹲踞的沉思身影，而沉思正是他成人後最常有的姿態。他抬頭望向天空。天色漸漸變暗，漸漸變紫。白天的熱氣逐漸退去，西方的積雲預言了即將下雨。尖牙般的閃電刺在山丘平坦的側腰上，山丘離此地有數哩之遙。山丘之後是群山，群山之後是血腥與瘋狂的噴泉。他十分疲累，甚至連骨頭也累透了。

他回頭看著寇特。『老師，今晚我要埋葬我的獵鷹，然後到下城去通知妓院，免得有人擔心。也許我會稍稍安慰一、兩個姑娘。』

寇特的嘴唇微微張開，露出一個痛苦的微笑，然後沉沉睡去。

槍客站起身，轉向其他人。『弄個擔架，帶他回屋，然後找個護士來。不！兩個護士，好嗎？』

眾男孩仍然看著他，不敢輕舉妄動，還以為羅蘭頭上會冒出火焰般的光環，或是羅蘭的五官會有什麼神奇的變化。

『兩個護士。』槍客再說了一次，然後微微一笑，眾男孩也緊張的報以微笑。

『你這天殺的趕馬人！』卡斯博突然咧嘴一笑，大喊了起來：『你還真是吃乾抹淨，連骨頭都不留給我們啃呀！』

『世界不會明天就前進，』槍客微笑著唸出那句古老的格言，『艾倫，你這蠢屁股！快去辦事啊！』

艾倫趕緊出發去找擔架，湯瑪斯和潔米則一起往大禮堂和醫院走去。

槍客和卡斯博對看著。他們一直都是最親近的——又或者應該說，他們是最親近的，但仍然有著迥異的性格。小博的眼裡出現了一道冒險而無畏的光芒，槍客很想叫他等個一年或者十八個月，再接受試驗，免得最後敗下陣來，必須從西方引退，可是他勉強忍住了衝動。他們曾患難與共，槍客擔心自己提出的雖然是忠告，但臉上會忍不住露出驕矜的表情。我已經開始算計了，他心裡這麼想著，感到微微的不安。接著他想起了馬登，想起了母親，於是他對身邊的摯友露出了欺瞞的微笑。

我將成為第一個，他猛然驚覺這個事實，不過在此之前，這個念頭也曾浮現在他的腦海裡好幾次。我已經成為第一個。

『我們走吧！』他說。

『樂意之至，槍客。』

他們從長廊的東端離開，長廊四周樹籬圍繞。湯瑪斯已經領著護士回來。護士穿著紗般輕薄的白色夏袍，胸前繪著紅十字，看起來活像幽靈。

『要我幫你埋葬大衛嗎？』卡斯博問。

『好，』槍客說，『好極了，小博。』

之後，等到黑暗帶著急湍的雷陣雨一同來臨，等到巨大、鬼魅似的雷聲像二輪彈藥車般滾過天空，閃電用藍色的火焰洗過下城扭曲的街道，等到馬兒站在馬棚裡，低著頭兒，垂著尾巴，槍客便找了個女人，與她同眠。

槍客的第一次短暫而又美好。結束時，他們並肩躺著，沒有說話，冰雹開始滂沱而下。樓下，有人在遠方隨興的彈著〈Hey Jude〉。槍客沉思了起來。就在那冰雹喧鬧的沉默裡，就在他即將沉沉睡去時，他第一次想起，自己可能是碩果僅存的最後一個。

9

槍客並沒有把故事全部告訴傑克，但也許不知不覺也說了大半。他已經發覺男孩的領悟力特別強，與艾倫相差無幾。艾倫有一種特別的能力，有點像是移情作用，又有點像是心電感應，這種能力他們稱為『靈知之力』。

『你睡著了？』槍客問。

『沒有。』

『你懂我說的嗎？』

『懂？』男孩的語氣裡滿是驚訝與輕蔑。『懂？你在開玩笑嗎？』

『沒有。』但槍客卻起了防禦之心。他從來沒跟別人說過成年禮的事情，因為他對他的成年禮有種矛盾的情緒。當然，拿獵鷹當武器是完全可以接受的，但那也是個騙局，而且也是一種背叛。第一個背叛。告訴我——我真的準備要將這個男孩丟向黑衣人？

『好吧，我懂，』男孩說。『那是一種遊戲，不是嗎？大人一定要玩遊戲嗎？一定要把每件事都拿來當玩遊戲的藉口嗎？人真的會成長，還是只是虛長歲數？』

『你什麼也不明白，』槍客說，努力壓住悶燒的怒火，『你只是個孩子。』

『是啊，但是我知道你把我當作什麼。』

『是什麼？』槍客繃著臉問道。

『一張撲克牌。』

槍客突然很想找塊石頭往男孩的頭上砸去，但他只是冷靜的說話。

『去睡吧！小孩需要睡眠。』

他的腦袋裡迴盪著馬登的聲音：滾去玩你自己吧！

他僵硬的坐在黑暗中，既震驚，又害怕（這還是他此生第一次感到害怕），害怕之後他可能會厭惡自己。

10

在兩人下一次的清醒期中，鐵路轉了向，更接近那條地下的小溪，兩人也碰上了遲緩變種怪。

傑克看見第一個變種怪，大聲尖叫了起來。

槍客的頭原本直視著前方，雙手則忙著替手搖車打氣，一聽見傑克的尖叫，他的頭立刻扭向右方。在兩人下方，有一團像是腐爛南瓜燈的青色東西，微微呼吸著。他第一次意識到臭味——微弱、噁心、潮濕。

那團青色的東西是張臉——也許說那是張臉還嫌太仁慈。在那張扁平的鼻子上，聚著昆蟲般的複眼，毫無感情的窺視著他們。槍客感到他的腸胃與私處傳來一陣熟悉的顫動，微微加快了搖動手搖車的速度。

那張閃著光亮的臉龐消失了。

『那到底是什麼東西呀？』傑克爬向槍客。『那到底……』兩人經過三個微微發亮的怪東西，傑克嚇得話只說了一半。那三隻怪物站在鐵軌與那條看不見的河流間，注視著他們，動也不動。

『那是遲緩變種怪，』槍客說，『我想他們應該不會打擾我們。也許他們跟我們一樣嚇壞了……』

一隻怪物站起身，蹣跚的向兩人走來。那張臉有如飢餓的白痴，而那虛弱裸露的身體已變形成了一團扭曲糾結的觸手與吸盤。

男孩再度尖叫，縮到槍客的腳邊，像一隻嚇壞了的小狗。

一隻怪物伸出觸手，攀上了手搖車平坦的車底，渾身散發著潮濕黑暗的濃烈臭氣。槍客放開手把，掏出手槍，往那張飢餓白痴面孔的前額放了一槍。怪物掉下車，如沼澤火焰般的微弱光亮漸漸消失，有如月蝕。子彈射出的光亮鮮明刺眼，烙在他們黑暗的視網膜中，不情不願的慢慢淡去。在這不見天日的地方，火藥的餘味顯得熾熱、野蠻、格格不入。

還有其他的變種怪，為數更多。沒有一隻變種怪敢光明正大的朝他們前來，但仍然慢慢聚到軌道旁，猶如一群安靜、可怖的觀光客。

『你可能必須幫我搖車，』槍客說，『你行嗎？』

『我行。』

『那可要準備好了。』

傑克站在他身邊，他的身體做好了準備，眼睛只在變種人經過時稍稍注意一下，不四處亂瞟，也不多看不必看的地方。傑克的恐懼突然間賦予他一種超自然的能力，好像他自我防衛的本能湧出了毛孔，成了一道防護網。槍客心想，難道他也有靈知之力？這似乎不太可能。

槍客繼續搖著手搖車，但並沒有加快速度。他知道，遲緩變種怪可以聞到他們的恐懼，但是他懷疑，光是恐懼，是不是就足以刺激變種怪。畢竟，他與傑克都是來自光明的生物，而且四肢健全，沒有變種。他心想：牠們一定很痛恨我們，接著又暗忖，不知牠們是不是也一樣痛恨黑衣人。他並不認為如此，又或許黑衣人像一片黑影般飛過這黑暗的洞穴，黑中之黑，無人發覺。

傑克發出一聲喉音，槍客轉過頭，看來幾乎是漫不經心。四個變種怪正搖搖晃晃的向手搖車襲來，其中一個就快要爬上手搖車了。

槍客放開把手，再度拔槍，同樣一副昏昏欲睡、漫不經心的模樣。他一槍打在領頭變種怪的頭上，變種怪發出一陣似嘆息又似嗚咽的聲音，齜牙咧嘴。牠的手軟綿綿的，像魚一樣，毫無生氣；手指黏成了一團，就像浸在半乾泥巴裡的手套一樣，十個手指全糊成了一團。一隻屍體般的手抓住了傑克的腳，用力扯了起來。

傑克在這座花崗石做的子宮裡放聲尖叫。

槍客一槍打在變種怪的胸膛，變種怪咧開的嘴裡開始流出了口水。傑克就快要掉下車去了，槍客抓住他的手臂，卻差點自己也失去了平衡。怪物出人意料的有力。槍客再往變種怪的頭放了一槍，怪物的一隻眼睛像蠟燭般熄滅，但仍然頑強的拉著傑克。槍客與怪物各拉著傑克的一側，像是個沉默的拔河競賽，傑克的身體不停的抽搐扭動。遲緩變種怪死命扯著傑克，就像在扯著如願骨⓭一樣，而牠的願望想必就是飽餐一頓。

手搖車慢了下來，其他變種怪漸漸靠了過來——有瘸了的、跛了的、瞎了的。也許牠們只是希望能尋得一個救主，治癒牠們，帶牠們離開這永恆的黑暗，猶如耶穌讓拉撒路死而復活一般。

傑克沒救了，槍客無比冷漠的想著。一切正如那個人的計畫。放手繼續前進，或者留下來等死。傑克沒救了。

他使出吃奶的力氣，奮力拉起傑克的手臂，然後往變種怪的肚子開了一槍。時間突然靜止了下來，變種怪的手好像抓得更緊，傑克又開始往車外滑去。接著死氣沉沉的泥巴手套鬆了開來，遲緩變種怪掉下手搖車，趴倒在地，臉上還咧著笑。

『我以為你要丟下我，』男孩啜泣著，『我以為……我以為……』

『抓緊我的皮帶，』槍客說，『能抓多緊就抓多緊。』

傑克的手摸進他的皮帶，緊緊抓住。

槍客再度平穩的搖起了車子，手搖車漸漸加速。遲緩變種人紛紛往後退去，看著他們

⓭鳥禽胸部的叉形骨，西方習俗中，兩人執叉骨拉扯，取得較長一段者可如願以償。

離去，一張張臉孔不成人形（如果說是人形，也是醜陋得可憐），一張張臉孔發出微弱的螢光，就像承受著驚人黑暗壓力的深海怪魚，一張張臉孔既無憤怒，也無恨意，只隱約有一種半夢半醒的痴呆懊悔。

『牠們要散去了，』槍客說，下腹部與私處緊繃的肌肉微微放鬆了下來。『牠們……』

遲緩變種人在鐵軌上放了石頭，擋住了去路。石塊堆得很草率，也許只要一下子就能清掉，但仍然讓他們停了下來，而且也逼他們必須下車搬石頭。傑克哀號了一聲，全身發抖的往槍客身邊擠去。槍客放開把手，手搖車無聲的滑向石塊，然後撞在石塊上，砰的一聲停了下來。

遲緩變種人再次接近，看起來好像漫不經心，好像只是因為在黑暗的夢境裡迷了路，經過此地，找人問路罷了。就像一群受了詛咒的街頭遊民，被困在古老的岩石之下，永遠無法翻身。

『他們會抓到我們嗎？』男孩靜靜的問。

『休想。安靜一下。』

他看著石塊。當然，變種人力氣很小，搬不動大石頭，沒辦法真的擋住他們的路，只能讓他們暫時停下車，讓某個人……

『下車，』槍客說，『你去搬石塊，我掩護你。』

『不要，』男孩低聲說，『拜託。』

『我不能把槍交給你，我也不能同時搬石頭又開槍。你必須下車。』

傑克的眼睛害怕的轉動著，他的身體隨著翻騰的思緒顫抖了一會兒，然後他爬到車邊，開始用瘋狂的速度把石塊丟到左右兩方，頭抬也不抬。

槍客拔出佩槍，靜靜等候。

兩隻變種怪蹣跚的朝傑克襲來，軟綿綿的觸手就像麵糰一樣。槍客的佩槍克盡職責，在黑暗中織出了紅白相間的光亮長矛，將針刺般的疼痛穿進了槍客的眼裡。男孩尖叫著，繼續將石塊丟向兩旁。巫術般的閃光跳躍飛舞。現在視線更加不清了，情況真是糟得不能再糟。一切都成了陰影與殘像。

其中一隻變種怪已奄奄一息，身上的光芒幾乎已完全消失，但突然間迴光返照，伸出殭屍般的橡皮觸手抓住傑克，佔去半個頭顱的複眼潮濕的轉動著。

傑克再度尖叫，轉身與變種怪搏鬥。

槍客不假思索，立刻開槍，免得零星的視線讓槍法失了準頭。傑克與變種怪的頭只有分毫之差，而倒下的是變種怪。

傑克狂亂的丟著石頭。一群變種怪在那條看不見的界線外遊蕩著，一步步接近，現在更是近在咫尺。其他變種怪也跟了上來，愈聚愈多。

『好了，』槍客說，『上車，快！』

男孩一動身，變種怪便朝他們蜂擁而來。傑克連滾帶爬的上了車，槍客已經搖起了車子，全速前進。雙槍已入套，他們必須趕快逃，這是他們唯一的機會。

詭異的觸手拍打著手搖車的金屬表面。現在，傑克用雙手抓著槍客的皮帶，他的臉緊緊貼著槍客狹窄的背部。

一群變種怪衝向鐵軌，臉上滿是愚蠢、漫不經心的期待。槍客的腎上腺素激增，車子沿著軌道，朝黑暗處飛馳而去，迎頭撞上了四、五個可憐的變種怪。變種怪飛了出去，像從根部折斷的爛香蕉。

他們不停前進，進入無聲、飛奔、預言著死亡的黑暗。

過了猶如一世紀般漫長的時間後，傑克抬起頭，迎向車子飛奔帶來的狂風，他十分害怕，但卻又急著知道情形。子彈射出時留下的閃光像幽靈般在他的視網膜中徘徊。除了黑暗，什麼也看不見，除了隆隆作響的水流聲，什麼也聽不見。

『牠們走了，』男孩說，突然間擔心起鐵軌會在黑暗中走到盡頭，逼迫他們跳下軌道，粉身碎骨。他曾經搭過車子。有一次，他那毫無幽默感的父親以時速九十哩在紐澤西高速公路狂飆，被一個警察攔下；埃爾默．錢伯斯拿出駕照，順便掏出二十塊，以為花錢好辦事，但最後還是吃了一張罰單。但他從來沒有這樣搭過車：前後有狂風、黑暗與恐懼包圍，水流聲像是咯咯的笑聲——黑衣人的笑聲。槍客的手臂拚命搖著車，像是一座瘋狂人體工廠裡的活塞。

『牠們走了，』男孩怯生生的說，狂風將他的話語從口中扯去。『現在可以慢下來了。我們甩開牠們了。』

但是槍客沒有聽見。他們搖搖晃晃的駛進了陌生的黑暗之中。

11

他們平安無事的前進了三『天』。

12

在第四個清醒期中（過了一半？三分之二？他們並不知道——只知道還沒累到必須停下來），從他們的下方傳來一陣刺耳的重擊聲；鐵軌漸漸轉向左方，手搖車斜了一側，兩人的身體也跟著斜向右方。

前方有道光亮——那道光亮極為微弱、陌生，讓人一開始以為是個全新的元素，不是土、風、火，也不是水。那道光線沒有顏色，要不是他們發現自己再不用靠摸索，就能知道自己的手臉在哪兒，恐怕根本無法察覺光線的存在。他們的眼睛變得對光線非常敏感，在光源外超過五哩處便注意到光芒。

『終點，』男孩緊張的說，『終點到了。』

『不對，』槍客的語氣出奇的肯定，『不是終點。』

而那也的確不是終點。他們見到了光亮，但卻還沒重見天日。

他們走向光源，這才發現左方的石壁已經坍塌，地上除了他們行進的鐵軌，還有其他的鐵軌交錯，成了一張複雜的蛛網。鐵軌在光線的照射下發出錚亮的光芒。一些鐵軌上停著許多黑色的篷頂貨車、載客馬車，還有一輛改裝的驛馬車。這些車輛猶如困在地底海草的幽靈西班牙帆船，槍客不由得緊張了起來。

光線更強了，有些刺眼，但增強的速度不快，他們的眼睛還來得及慢慢適應。他們從黑暗中漸漸進入光明，就像潛水夫從深海一步步升上海面。

在前方，一座巨大的停車棚聳立在黑暗中，一步步接近兩人。大約有二十四個入口直直切入停車棚，閃著一塊塊黃色的光芒，隨著他們慢慢靠近，入口從玩具窗戶般的大小，漸漸成了二十呎高。他們沿著中間的路線走進了一個入口。入口上方寫著許多字，文字槍客猜測大概有許多不同的語言版本。他發現自己居然認得最後一行字，嚇了一大跳；那行字是貴族語的古老語源，上頭寫著：

十號軌道通往地表與西點。

裡面的光線更明亮；鐵軌在換軌處交會融合。在這裡，有些交通號誌燈還沒壞，閃著永恆的紅燈、綠燈、黃燈。

手搖車經過了聳立的石墩。曾有數以千計的車輛經過，黑煙在石墩上結了厚厚的一層殼。接著他們來到一個像是中央總站的地方。槍客讓手搖車慢慢滑行停止，然後兩人四下張望了一番。

『這裡好像是地下鐵。』傑克說。

『地下鐵？』

『別在意，你不會知道我在說什麼。連我自己都不知道我在說什麼，再也不知道了。』

傑克爬上碎裂的水泥地。兩人看著眼前的景物：有幾座沉默、廢棄的書報亭，一間靴子店，一間武器舖（槍客看見左輪手槍與步槍，突然渾身充滿了勁；走近一瞧，他發現槍管裡都灌了鉛，不過他還是挑了把弓，往背上一甩，然後拿了一筒箭，但那筒箭過於沉重，幾乎毫無用處），一間女裝店。不知何處，一台抽風機不停的換著氣，千年以來從沒停過——但也許撐不了多久了。抽風機的某個部分發出刺耳的嘎吱聲，讓人想起，就算是再怎麼嚴格控制條件，永恆運轉仍然只是痴人說夢。空氣有一種機械的氣味。傑克的鞋子與槍客的靴子發出呆板的回音。

傑克喊道：『喂！喂……』

槍客轉過身，走向他。傑克站在書報攤前，呆若木雞。書報攤的深處，有一具木乃伊癱坐著。木乃伊穿著藍色的金邊制服，看來應該是列車服務員的制服。這具死屍的大腿上放著一份陳舊但卻保存完好的報紙，槍客一碰便碎散成灰。木乃伊的臉像一顆古老、乾枯的蘋果，槍客小心翼翼的碰了碰木乃伊的臉頰。臉頰上蒙了一層淺淺的灰塵，拍掉灰塵後，便能一眼看透臉上的腐肉，瞧見木乃伊的口腔。一顆金牙在木乃伊的嘴裡閃閃發光。

『毒氣，』槍客喃喃說道，『古代人製造了一種毒氣，會造成這種後果。凡耐說的。』

『就是那個教書的？』

『是的，是他。』

『我敢打賭古代人一定用毒氣打仗，』傑克陰沉的說，『用毒氣殺死其他的古代人。』

『我想你沒說錯。』

四周大約還有十幾具木乃伊，但只有兩、三具穿著藍色的金邊制服。槍客心想，毒氣釋放時，大概避開了交通往來的尖峰時期。也許在許久之前，車站曾經是個軍事目標，而攻擊車站的軍隊早已消逝，發動戰爭的原因也無人記得。

這個念頭讓他的心情一沉。

『我們最好繼續前進，』他說著，然後開始回頭走向十號軌道跟手搖車，但傑克仍然叛逆的站在他身後。

『我不走。』

槍客轉過頭，十分驚訝。

傑克的臉扭曲、顫抖。『除非我死，否則你得不到你想要的東西。我寧可自己一個人留下來，放手一搏。』

槍客點點頭，默不作聲，為了自己接下來要做的事痛恨自己。『好吧，傑克，』他和善的說，『日日長春，好夢連連。』他轉過身，走向石墩，輕輕鬆鬆便跳進手搖車。

『你跟別人有約定！』傑克在他身後大吼，『我知道！』

槍客沒有回答，只是小心翼翼的把弓放在凸出手搖車地板的T型柱上，免得弄壞。

男孩緊握拳頭，五官痛苦的扭曲著。

你要糊弄這個男孩還真容易，槍客告訴自己。一次又一次，他那神奇的直覺——他的靈知之力——讓他有了這種念頭，但一次又一次，你說服他把這個念頭置之不理。他想不上當都難，畢竟，你是他唯一的朋友。

突然間他有了個非常簡單的想法（幾乎像是靈光一閃），也許他必須做的，就是立刻停步，轉頭把男孩帶在身邊，全心全意照顧他。要到達那座塔，不必靠這種屈辱至極的方法，不是嗎？等男孩長大點，等到他們兩人都能像便宜的發條玩具一樣，一腳踢開黑衣人，再去追尋黑塔。

當然，他自嘲的想著。當然。

他猛然驚覺到一個冷酷的事實，也就是回頭只有死路一條——甚至比死更糟：與後方的遲緩變種人一起困在地底墓穴中，全身腐爛，只留下父親的雙槍在他們永垂千古，徒留腐朽的光輝，成了受人膜拜的圖騰，就像那台教人難以忘懷的加油機。

拿出點膽量，他虛偽的告訴自己。

他抓住把手，開始搖起手搖車。手搖車漸漸駛離石墩。

傑克尖叫了起來：『等等！』然後抄近路，朝手搖車狂奔而來。槍客有股加速的衝動，想丟下傑克一個人與不可預料的未來共處。

然而，他在傑克跳上車時接住了他。傑克緊緊靠著他，心臟在薄薄的襯衫下急速跳動著。

13

終點已十分接近。

現在，水流的聲音十分大，就連他們的夢中也充滿了隆隆水聲。槍客一時興起，讓男孩搖車，自己則朝黑暗中射出幾支壞箭，箭上繫了長長的白絲線。

弓箭也不是很好，雖然保存得十分完好，但拉力與準頭都很差，槍客知道再怎麼修補也是沒用的。弓身太過老舊，就算換上新的弓弦也無事於補。弓箭在黑暗中飛得不遠，但他射出的最後一支箭回來時卻有些濕潤光滑。傑克問槍客離水流還有多遠，槍客只有聳聳肩，但私下卻覺得這支爛弓的射程應該不超過六十碼——要真能射到六十碼，還算是走運。

隆隆的水流愈來愈大，愈來愈近。

在經過車站後的第三個清醒期，一道幽靈般的光芒又再度出現。他們已進入一條長長的隧道，隧道裡滿是一種奇怪的燐光石頭，潮濕的牆壁閃閃發亮，閃著數以千計的微弱星光。傑克把這些石頭叫做『畫石』。在燐光的映照之下，眼前的景物令人毛骨悚然，猶如鬼屋一般駭人，極不真實。

石壁隧道將洶湧的水流聲傳向兩人，石壁成了天然的音響，將水流聲放得更大。但奇怪的是，水流聲從未稍有改變；就連兩座的石壁往後退去，通路更加寬敞，槍客覺得應該快要到達十字路口，水流聲毫不改變。上升的坡度更加明顯了。

鐵軌像箭一般在這道新的光芒中穿梭。對槍客來說，一團團『畫石』就像裝著沼氣的試管，有時在『收割潮節日』的市集上，會有人拿著沼氣試管兜售，對傑克來說，它們看起來像是無數的霓虹燈管。但是就著燐光，兩人都可以看見石穴的盡頭是兩道尖銳的懸崖，懸崖指向一道黑暗的峽谷，峽谷之下則是河流。

鐵軌繼續前進，爬上一座有億萬年古老的高架橋，越過那不可知的深淵。在對岸，在極為遙遠的前方，有一道針孔般微小的光芒，不是燐光，也不是螢光，而是真真實實的日光。光芒微弱，猶如黑衣上的一個針孔，但卻有無比龐大的意義。

『停車，』傑克說，『停一會兒，拜託。』

槍客毫不遲疑的停下車。水流的聲音湍流不歇、震耳欲聾，從下方與前方傳來。潮濕石塊發出的人工光亮突然變得十分可憎。他第一次感到一股幽閉恐怖之感朝他襲來，而那股想脫身離開這座活死人墓的欲望無比強烈，幾乎教人無法漠視。

『我們繼續前進，』傑克說，『這就是他要的嗎？要我們開著手搖車駛過……那裡……然後掉下去粉身碎骨？』

槍客知道黑衣人的目的並不在此，但仍然說道：『我不知道他要什麼。』

他們下了車，小心翼翼的走向懸崖邊緣。腳下的岩石往上坡前進，然後突然急轉直下，土地與鐵軌分離，只留下鐵軌懸空穿過一片漆黑。

槍客跪下來，往下窺視。他可以隱約看見一個複雜驚人的鐵道網絡漸漸消失在洶湧的水流中，支撐著那道越過峽谷的優雅鐵軌拱橋。

他的腦海中可以想像時間與水聯手將堅硬的鋼鐵銹蝕殆盡。還剩下多少支撐力？一點點？幾乎沒有？一點也沒有？他突然再次想起了木乃伊的臉，想起他的手指輕輕一碰，那看似飽滿的肌肉便碎散成末。

『我們現在開始用走的。』槍客說。

他原以為傑克又會躊躇不前，但沒想到他搶先槍客一步，走向鐵軌，冷靜沉穩的走上焊接而成的鋼板。槍客跟在他身後穿越峽谷，要是傑克不小心踩錯了步伐，他可以立刻接住。

槍客感到身上微微發著汗。高架橋已是腐朽不堪。水流在峽谷底下湍流不止，微微晃動著那片看不見的鐵軌網絡，讓高架橋也跟著震動。我們是特技演員，他心想。媽媽，看哪！底下沒有網，我在飛。

他再次跪下，檢查他們腳下的枕木。枕木斑剝銹蝕（他的臉感到了原因——清新的空氣，風化的一大幫手，他們現在一定非常接近地表），只要拳頭重重一擊，金屬鐵道便微微震動。有一次他聽見腳下傳來令人警覺的嘎吱聲，覺得鐵軌就快要坍塌，不過他很快就繼續前進，離開了危險的地方。

當然，傑克比他輕了一百多磅，一定安全許多，除非路況愈來愈糟。

在他們身後，手搖車已沒入一片黝黑之中。左方的石墩大約突出二十碼，比右方的石墩突出更多，但也已經離他們遠去，現在他們兩人懸空爬在峽谷上。

一開始，那道針孔般的日光好像遙不可及（甚至好像他們靠近多少，那道光便後退多少——要真是如此，這魔術也還真是神奇），但漸漸的，槍客發現那道光愈來愈大，愈來愈清楚。他們仍然在光線的下方，但鐵軌漸漸往上走，愈來愈靠近光線。

傑克發出一聲驚呼，突然間蹣跚的歪向一邊，雙手像風車似的緩緩揮著大圓圈。他彷彿在鐵軌的邊緣走了好一會兒，然後才繼續走回軌道中央。

『好險，』他不帶感情的輕聲說，『那裡有個洞。要是不想提早下去見閻王，我勸你跨過這個洞。老師說，邁開大步走。』

那是個遊戲，不過在槍客的世界裡，這個遊戲叫做『媽媽說』，他還記得小時候常跟卡斯博、潔米、艾倫一起玩；不過他什麼也沒有說，只靜靜跨過了破洞。

『回去，』傑克不帶微笑的說，『你忘了說：「我可以嗎？」』

『求您諒解，我一時忘了。』

男孩原先站立的枕木幾乎已完全毀壞，只留下殘餘的木屑掛在腐朽的鉚釘上，慵懶的往下方掀動著。

往上，再往上。這路程猶如夢魘，顯得比實際上來得漫長；空氣似乎變得像太妃糖一般濃稠，槍客覺得自己像在游泳，而不是在走路。一次又一次，他的心思不聽使喚，陷入瘋狂的沉思，不停幻想著自己墜入河流的情景。他的腦袋鉅細靡遺的幻想著所有的情節：扭曲、坍塌的金屬發出刺耳的尖叫，他的身體一斜，滑出軌道，伸手想抓住不存在的把手，靴子的跟敲在腐爛的鋼鐵上，發出一陣短暫的聲響——然後往下墜落，不停的翻滾，他的膀胱不聽使喚，鼠蹊部感到一陣溫熱。風打在他的臉上，吹得他怒髮衝冠，像滑稽的漫畫人物，吹得他閉上了眼睛。黑暗的河水湧向他，愈來愈急，淹沒了他的尖叫……

腳下的金屬發出刺耳的尖叫，他調整重心，不慌不忙的走過。在這個關鍵時刻，他不去想那道峽谷，不去想他們已走了多遠，不去想還有多遠，不去想男孩將成為犧牲品，也不去想他終於要出賣他的榮譽。等到榮譽的買賣成交時，會有多麼輕鬆啊！

『三塊枕木不見了，』男孩冷靜的說，『我要跳了。這裡！就在這裡！唷呵呵！』

就著日光，槍客暫時能看見他的身影：一隻古怪、駝背的展翅老鷹，雙臂往外伸展，彷彿要是鐵軌塌了，有可能振翅飛走一樣。他著地時，整個高架橋跟著他醉醺醺的晃動著。他們腳下的金屬鐵軌尖聲抗議，在下方深處，傳來東西墜落的聲音，一開始是個爆裂聲，接著是一陣水花聲。

『你跳過去了嗎？』槍客問。

『是呀！』男孩說，『可是軌道很爛，大概就像某些人也是滿腦子爛主意。我覺得它撐不住你。撐得住我，但是撐不住你。回去，馬上回去，不要管我。』

他的聲音很冷漠，但卻潛藏著激動的情緒，他的心跳急速，就像那一次他跳進手搖車，槍客接住他的時候一樣。

槍客一個大步，跨過軌道斷掉的地方。一個大步。媽媽，我可以嗎？是的，你可以。傑克無助的顫抖著。『回去。我不希望你把我害死。』

『看在耶穌基督的分上，快走！』槍客兇暴的說，『如果我們兩個站在這兒促膝長談的話，就要一起掉下去見閻王了。』

傑克搖搖晃晃的走了起來，他的雙手在前方顫抖著，十指張開。

他們往上走去。

沒錯，鐵軌現在腐朽得更厲害了。不時會有一塊、兩塊，甚至連續三塊枕木不見蹤影，槍客一再感到他們會發現軌道間的空隙太大，逼他們不得不打道回府，或是逼他們顫巍巍的在深淵上平衡著身體，走上兩條細細的軌道。

他的眼光直直盯著那道日光。

那道光芒現在有了顏色——藍色——而且愈靠近就愈柔和，讓『畫石』的光芒黯然失色。還有五十碼，還是一百碼？他不能確定。

兩人前進著，他低下頭看著腳，一塊一塊跨過枕木，等他再抬起頭，前方的光亮已是大如洞穴，不只是道光線，而是個出口。他們就快要抵達了。

剩下三十碼，不超過三十碼，短短九十呎。就快到了。也許他們就快要抓到黑衣人了，也許在那道明亮的陽光下，他心中的邪惡花朵會枯萎凋零，而什麼事都有可能。

陽光被遮住了。

他抬起頭，嚇了一跳，像一隻鼹鼠從洞裡探出頭來往外瞧，看見一個人影遮住了光線，吞噬了光線，只有幾抹諷刺的藍光從肩線與胯下露出來。

『哈囉，孩子們！』

黑衣人的回聲傳到他們耳裡，石壁成了天然的喉嚨，將笑聲放大，讓笑聲裡的嘲諷之情有了深厚的弦外之意。槍客胡亂摸索，想找出下巴骨，但下巴骨已不見蹤影，遺落在某處，耗盡了神力。

黑衣人在兩人上方放聲大笑，笑聲在兩人身旁相撞，像撞進了堅實石穴的浪花一般在空中迴盪。傑克放聲尖叫，搖搖欲墜，又成了一座風車，雙臂在稀薄的空氣中旋轉著。

腳下的金屬軌道碎裂散落，軌道像在做夢似的慢慢扭曲，斜了一側。傑克撲倒在鐵軌上，一隻手揮動著，猶如黑暗中的海鷗，往上，往上，然後他一個翻身，吊掛在深淵之上；

他掛在那兒，黑色的雙眸瞪著槍客，茫然卻又若有所知。

『救我！』

隆隆作響，震耳欲聾：『遊戲玩完了。來吧，槍客，不然就永遠抓不到我。』

牌已全部掀起，只剩下最後一張。男孩垂掛著，一張活的塔羅牌，倒吊人，腓尼基的水手，純真而又迷失，即將淹沒在地獄之海中。

那就等吧！再等一會兒。

『我要走了嗎？』

他的聲音如此巨大，教人難以思考。

『救我！救我！羅蘭！』

高架橋開始繼續扭動，發出刺耳的尖叫，逐漸解體，就快要——

『我要離開你了。』

『不！你不可以！』

槍客突然一躍而上，打破了原先麻痺的四肢；他跨出真真正正的一大步，越過吊掛著的傑克，一落地便朝著那道光芒直奔而去，那道光芒將帶著他走向那座塔，那座塔冰凍在他的心靈之眼中，靜靜的在黑暗之中沉睡……

四周一片寂靜。

人影不見了，就連他的心跳也不見了；高架橋繼續塌落，跳著落入深淵前的最後一支舞，漸漸崩解，槍客的手摸到了滿是岩石、映著亮光的詛咒之唇，在他身後，在可怖的沉默之中，男孩從他的下方深處開口說話。

『那我走了。除了這裡，還有別的世界。』

高架橋崩碎解體，完全瓦解。槍客爬上岩壁，迎向光亮，迎向微風與新的天道，然後用力扭過頭，突然間希望自己像羅馬的兩面神雅努思——但身後空無一物，只有墜落的沉默，因為男孩墜落時沒有叫喊。

接著羅蘭起身，努力爬上佈滿岩石的懸崖，懸崖上是一片青綠的草原，黑衣人叉開雙腿站著，雙臂在胸前交疊。

槍客蹣跚的站著，臉色像幽靈般蒼白，雙眼睜大，在額下游動著，襯衫上沾滿了最後一次奮力爬行時留下的白色塵埃。他突然想起，未來也許還會發生更加屈辱的事情，讓這次的事件顯得微不足道，但這件事仍會成為揮之不去的夢魘，追著他跑過長廊，穿過城市，隨他入夢。傑克的臉會追著他，而他會努力在性愛、殺戮中埋葬他的臉，但無論他逃到天涯海角，最後都只會發現那張臉在燭火上瞪視著他。他變成了傑克，傑克變成了他。他把自己變成了狼人。他會在深沉的夢中變成傑克，說著傑克古怪的城市語言。

這就是死亡。是不是？是不是？

他慢慢走著，蹣跚的走向岩石遍布的山丘，走向黑衣人等待之處。此處，鐵軌在理智的陽光照射下，早已腐朽殆盡，好像從來未曾存在過。

黑衣人用雙手的手背卸下連衣帽，笑著。

『好啦！』他喊道，『不是終點，而是起點的終點，是吧？你有進展了，槍客！你有進展了！噢，我真是太崇拜你了！』

槍客以目眩的速度掏出佩槍，連發十二槍。子彈射出的光芒足以蔽日，爆炸的聲響打在兩人身後滿佈岩石的懸崖上，重重反彈回來。

『哎呀呀，』黑衣人笑著說，『噢，哎呀呀呀！我們兩個一起創造了不少神奇的魔法，你跟我。你殺了我就等於殺了你自己。』

他往後退去，面對著槍客，臉上咧著笑，對著槍客招手呼喚。『來，來，來。媽媽，我可以嗎？是——的——你——可——以。』

槍客穿著破靴，跟著黑衣人進入談判之地。

chapter
five

槍客與黑衣人

The Gunlsinger and The Man in Black

1

黑衣人帶著他來到一片殺戮之地，與他長談。槍客一眼就看出這是什麼地方：髑髏地，骷髏聚集之地。曬白的骷髏頭溫柔的抬眼瞪視著他們——牛、土狼、鹿、兔子、誤入歧途的人類。在這裡，一隻母雉雞在吃東西的時候命喪黃泉，成了一架雪白的木琴；在那裡，一具微小、纖弱的鼴鼠骨，也許是讓野狗給戲殺的。

髑髏地是一個碗狀盆地，陷在漸漸下降的山坡裡，在較低處，槍客可以看見約書亞樹與矮樹叢。頭頂的天空是溫柔的藍色，比槍客過去十二個月來看見的都要溫柔。而在不太遠的遠方，隱約可以看見一個像海的東西。

我在西方，卡斯博，他疑惑的想著。如果這裡不是中世界，也一定很接近了。

黑衣人坐在古老的鐵樹圓木上，他的靴子沾滿了灰白的塵土與此地令人不安的骨灰。他再度戴上了連衣帽，但槍客仍可以清楚看到他方正的下頦，以及下巴的陰影。

黑影中的嘴唇扯出一抹微笑。『去撿柴，槍客。山脈這一側的坡度比較和緩，但是在這個高度，寒意仍然可能在你的肚子裡捅上一刀，而這裡正是個死亡之地，不是嗎？』

『我要殺了你。』槍客說。

『不，你不會。你不能，但是你能撿柴，好懷念你的以撒。』

槍客不懂這句話的意思。他一語不發的離開，像個廚僮似的撿柴去。撿到的柴不多。這一側沒有鬼草，而那塊鐵樹圓木已風化成了石頭，生不了火。最後他一隻手抱著可能生得了火的樹枝回來，樹枝上沾滿了骨灰，看來彷彿沾過了麵粉。太陽已落到最高的約書亞樹後，映著血紅的光芒，帶著邪惡的漠然窺視著兩人。

『好極了，』黑衣人說，『你真是太優秀了！真是有條理！真是機靈！我尊敬你！』他咯咯笑了起來，槍客把柴枝丟在腳邊，發出一聲巨響，揚起一陣骨灰。

黑衣人並沒有受到驚嚇，只是開始排起了柴枝。槍客在一旁看著象形符號（這次不是餘燼）慢慢成形，看得入了迷。柴枝排成了一座精巧的雙煙囪，約有兩呎高。黑衣人將一隻手伸向天空，搖落了寬鬆的衣袖，露出纖細、漂亮的手臂，然後迅速將手放下，叉出食指與無名指，那是個古老的符號，象徵邪惡之眼。一道藍焰閃過，柴火點燃了。

『我有火柴，』黑衣人愉快的說，『但是我想你也許會喜歡看我變變魔術。槍客，行行好，幫我們兩人做做晚飯吧！』

他長袍上的縐褶一抖，一隻拔了毛、清了內臟的圓胖兔子屍體就掉在地上。

槍客一語不發的將兔子叉起，烤起了兔肉。一陣香氣升起，太陽落下。紫色的陰影貪婪的飄過黑衣人終於與他面對的盆地。兔子漸漸烤成了焦黃色，槍客也開始覺得飢腸轆轆，但等到肉烤好了，肉汁飽滿，他卻沉默的把整隻兔子交給了黑衣人，自己則從快要見底的背包裡摸出最後一條肉乾。肉乾很鹹，弄疼了他的嘴，嚐起來像眼淚。

『真沒用。』黑衣人說，假裝一副又好氣、又好笑的模樣。

『無所謂。』槍客說。他因為缺乏維他命，嘴裡破了幾個小洞，鹹味讓他痛得齜牙咧嘴。

『你怕肉被施了法術?』

『是的，沒錯。』

黑衣人滑下了連衣帽。

槍客靜靜的看著他。從某方面來說，連衣帽下的臉讓他有些失望。那張臉英俊、尋常，沒有疤痕或扭曲之處，完全看不出他曾經歷盡滄桑、刺探偉大的祕密。他的長髮深黑，蓬亂糾纏，前額很高，雙眼漆黑明亮。他的鼻子沒有什麼特色，雙唇豐滿、性感。他的膚色蒼白，就像槍客一樣。

槍客終於開口：『我以為會是個更老的人。』

『為什麼?我幾乎是長生不老的，就像你一樣，羅蘭——至少目前是這樣。我原本可以用你比較熟悉的臉孔現身，但是我選擇用我——啊——與生俱來的臉孔面對你。槍客，看哪!落日。』

太陽已經西沉，西方的天空充滿了陰沉的暖爐火光。

『你恐怕要有很久一段時間看不見日出了。』黑衣人說。

槍客想起了山脈底下的峽谷，然後抬頭看看天空。天空中，星辰像時鐘裡的發條彈簧一般，盤據了整個星空。

『無所謂，』他輕聲說，『現在我已經無所謂了。』

2

黑衣人的雙手飛也似的洗著牌。紙牌很大一疊，背面的花紋呈迴旋狀。『槍客，這是塔羅牌——但也不完全是塔羅牌，我在裡頭加了點自己發明的東西。現在仔細看好。』

『看什麼？』

『我要預言你的未來。我會翻開七張牌，一次翻一張，然後把翻開的牌跟其他牌放在一起。基列地還未衰敗時，我就曾經算過這玩意兒，那些女士也在西草坪打九柱球時算過，但是我倒不記得曾經算出有你。』他的聲音裡又出現了嘲諷。『你是世界上最後一個冒險者，最後一個聖戰者。你一定很高興吧，羅蘭！你重新開始步上旅程，但卻不曉得你離黑塔有多近，你頭昏腦脹。』

『什麼意思？重新開始？我從來沒停步過。』

黑衣人開心的大笑了起來，但卻不肯說到底是什麼讓他覺得這麼好笑。『那就幫我算命吧。』羅蘭厲聲說。

第一張牌翻了開來。

『倒吊人。』黑衣人說。黑暗籠罩大地，彷彿替他戴回了連衣帽。『不過這是第一張牌，旁邊還沒有其他牌，所以它代表力量，而不是死亡。你，槍客，你就是倒吊人，越過「那爾」深淵，奮力往目標邁進。你已經讓一個同伴墜入深淵，不是嗎？』

槍客一語不發。第二張牌也翻了開來。

『水手！注意那明朗的眉毛、無鬚的雙頰、受傷的眼眸。他溺水了，槍客，但是沒有人對他拋出救生索。他是男孩傑克。』

槍客臉一皺，還是沒說話。

第三張牌翻了開來。一隻狒狒跨在一個年輕人的肩上，咧著嘴。年輕人抬著頭，一臉驚恐。槍客仔細端詳，發現狒狒手上拿著鞭子。

『囚犯。』黑衣人說。火堆在狒狒胯下男子的臉上搖曳著不安的火光，讓那張臉彷彿在無言的恐懼中蠕動扭曲著。槍客彈開目光。

『他真是件令人心煩的小事，不是嗎？』黑衣人說，一副快要忍俊不住的模樣。

他翻開第四張牌。一個戴著頭巾的女子坐著紡紗。在槍客迷濛的眼中，卡片上的女子好像在陰險的笑著，但同時又在啜泣著。

『陰影之女，』黑衣人說，『槍客，你是不是覺得她有兩張臉呢？沒錯，她是有兩張臉。至少有兩張臉。她打破了藍色的盤子！』

『什麼意思？』

『我不知道。』槍客覺得他的敵手說的是實話，至少這一次是實話。

『你為什麼告訴我這些？』

『別問！』黑衣人嚴厲的說道，但他臉上卻掛著微笑。『別問，看就好。把它當作沒有意義的儀式，把它當作無聊的儀式，如果這樣會讓你覺得好過些，就像做禮拜。』

他竊笑了一陣，然後翻開第五張牌。

一個咧著嘴的收割人用骨瘦如柴的指頭抓著鐮刀。『死神，』黑衣人簡短的說，『但不是找你的。』

第六張牌。

槍客看著牌，感到內心一陣奇異、蠕動的期待，但又混合著恐懼與喜悅，他無法形容這種情緒。這種感覺讓他既想嘔吐，又想手舞足蹈。

『黑塔，』黑衣人輕聲說，『這是黑塔。』

第五張牌放在正中央，其餘四張牌放在四個角，就像衛星繞著恆星。

『那張牌要放在哪兒？』槍客問。

黑衣人把黑塔放在倒吊人上面，蓋住了整張倒吊人。

『那是什麼意思？』槍客問。

黑衣人沒有回答。

『那是什麼意思？』他啞著聲音問。

黑衣人沒有回答。

『去死吧！』

沒有回答。

『那你去死吧！第七張牌是什麼？』

黑衣人翻了第七張。太陽在燦爛的藍天中升起，小天使與小精靈圍繞著太陽，太陽底下則是一片赤紅的田野。是玫瑰還是血？槍客無法分辨。也許，他心想，兩者都有。

『第七張牌是生命，』黑衣人輕聲說，『但不是你。』

『要放在哪裡？』

『你不必知道，』黑衣人說，『我也不必知道。我不是你要找的那個尊者，羅蘭，我只是他的使者。』他隨意將牌彈進營火的餘燼中。紙牌燒焦、彎曲，閃出一道火光後便燒成了灰燼。槍客覺得他的心發出一陣哀鳴，然後凍結成冰。

『睡吧，』黑衣人，『也許還會做夢⑭……諸如此類。』

『我的子彈殺不了你，但我的手也許可以。』槍客說。他以迅雷不及掩耳之勢猛然起身，越過營火，衝向黑衣人，雙手伸在前方。黑衣人微笑著，在他的視線中漸漸膨脹，然後消失在一條響著回音的長廊。天地間充滿了諷刺的笑聲，他倒了下來，奄奄一息，昏昏欲睡。

他做了夢。

3

宇宙空虛，無物移動，無物存在。

槍客漂浮著，困惑不已。

『咱們要有光。』黑衣人冷淡的聲音說著，於是有了光。槍客有一種超然物外之感，覺得光是好的。

『讓上方有星光綴滿夜空，下方有海洋奔流。』

一切如其所言。槍客漂過無盡的海洋。天上有無盡的星光閃爍，但卻認不出有哪一顆星曾在他漫長的一生中為他指路。

『土地，』黑衣人召喚，於是有了土地；海水像電流般不停震盪著，從中間一分為二，露出了土地。那片土地赤紅、不毛、龜裂，閃著貧瘠的光澤。火山不停的噴著岩漿，就像一個醜陋的青少年臉上長滿了巨大的面皰，像棒球般坑坑疤疤。

『好，』黑衣人說，『再接再厲。現在咱們要有些植物、樹木、草地與田野。』

一切如其所言。恐龍到處遊蕩，咆哮吼叫、互相殘殺，陷在冒著氣泡與臭氣的焦油坑中。廣闊的熱帶雨林遍佈四處，巨大的蕨類伸出鋸齒狀的葉子，朝著天空搖擺，一些葉子上還爬著雙頭甲蟲。槍客將這壯闊的景色看在眼裡，但卻覺得自己也十分偉大。

『現在該人類上場，』黑衣人輕聲說，但槍客卻開始墜落……往上墜落。這片遼闊豐饒土地上的地平線開始彎曲了起來。是的，有人說地平線是彎的，他的老師凡耐曾經聲稱在世界前進之前，早就有人證明過了，但是——

前進再前進，上升再上升。大陸在他驚奇的眼前成形，接著隱沒在浮雲之中。大氣層像一層胎膜似的包著世界，而太陽正從地球的肩上升起——

他尖叫出聲，用一隻手臂遮住眼睛。

『要有光！』

那聲音已不是黑衣人。它巨大、洪亮，充滿了空間，充滿了空間之間的空間。

『光！』

⑭Perchance to dream. 語出莎士比亞《哈姆雷特》一劇。

墜落，墜落。

太陽萎縮。一顆刻著運河的紅色行星從他身邊呼嘯而過，身邊瘋狂的繞著兩顆衛星。遠處是一圈旋轉的碎石與一顆巨大的行星，行星上有氣體翻騰，因為太過巨大，無法維持形體，整個行星成了扁圓形。更遠方是一個帶著環的星球，那顆星球圍著冰晶結成的腰帶，像寶石一般閃著光芒。

『光！要有……』

出現了其他的星球，一顆、兩顆、三顆。

此外就是一片漆黑。

『不。』槍客說，他的聲音幾乎隱沒在一片黑暗之中。那片黑暗比黑更黑，比暗更暗。除此之外，在這片黑暗面前，即使是人心最黑暗的一面也猶如正午，即使是這座山脈下的黑暗峽谷也不過是光明下的一抹污痕。『住手，拜託，住手，住手——』

『光！』

『住手，住手，拜託……』

星辰開始萎縮。整片星雲聚集在一起，變成了發亮的污點。整個宇宙似乎聚到了他身旁。

『拜託住手住手住手——』

黑衣人的聲音在他耳裡如絲綢般柔聲說道：『那就背棄誓言吧！把黑塔拋到九霄雲外。走上屬於你的道路，槍客，開始努力拯救你自己的靈魂吧！』

他奮力鼓起了勇氣。儘管全身顫抖、孤獨無依，四周黑暗圍繞，終極的意義湧向他，令他驚恐不已，但他仍然鼓起了勇氣，說出了那個問題最終的答案：

『絕不！』

『那麼就要有光！』

於是就有了光，那光像槌子似的擊在他身上，一道巨大、原始的光。在這樣巨大的光亮中，意識毫無生存的機會，但在意識消失之前，槍客清楚看見了某個東西，某個他認為如宇宙般極為重要的東西。他奮力將它抓在手中，然後潛進自我，在自我之中尋找庇護之處，免得那道光刺瞎他的雙眼，毀滅他的理智。

他逃離光芒，逃離光芒的意義，於是甦醒過來。我們也是如此，就連我們之中最偉大的人也是如此。

4

仍是夜晚，但他無法立刻確定是同一個夜晚，或是另一個夜晚。他從之前一躍而起、追殺黑衣人的地方挺起身，看著華特．歐汀（羅蘭身邊有些人這麼稱呼黑衣人）原先坐著的鐵樹圓木。他已不見蹤影。

一陣巨大的絕望向他湧來——天啊，前功盡棄，一切又要從頭開始——然後黑衣人從他身後說話：『在這裡，槍客。我不喜歡你那麼靠近我，你會說夢話。』他吃吃的笑了起來。

槍客無力的跪在地上，轉過身。營火已燃盡，只剩下紅色的餘火與灰色的灰燼，留下槍客熟悉的腐朽圖形。黑衣人坐在餘燼旁，意猶未盡的舔著嘴邊兔肉留下的油漬，看來貪婪醜陋。

『你表現得不錯，』黑衣人說，『你的父親就沒辦法看到那個幻象。他可能會嚇得清醒過來，滿口胡言亂語。』

『那是什麼？』槍客問。他的話語模糊顫抖。他覺得自己要是想站起來，他的雙腳可能會垮下來。

『宇宙。』黑衣漫不經心的說。他打了個飽嗝，把骨頭丟進火堆裡，骨頭發出光亮，隨即暗去。風吹過髑髏地上方，發出哀號、呻吟。

『宇宙？』槍客茫然的說。對他來說，這個詞是完全的陌生，他的第一個想法是黑衣人在吟詩。

『你要黑塔。』黑衣人說，這句話聽來像是個問句。

『是的。』

『嗯，你到不了的。』黑衣說，毫不掩飾的露出殘酷的微笑。『沒有人會在乎你是把你的靈魂當了，還是乾脆賣了你的靈魂，羅蘭。我曉得宇宙的景象幾乎要把你逼瘋。你離黑塔還有半個世界，但黑塔就可以殺了你。』

『你不了解我。』槍客靜靜的說，笑容從黑衣人的唇邊消逝。

『我一手創造你的父親，也親手將他毀滅。』黑衣人冷酷的說。『我以馬登的身分接近你的母親——你一直都這麼懷疑，是吧？——然後佔有她。她像一根柳枝一樣屈服在我面前……不過（這也許會讓你感到安慰）她並沒有折斷。大局已定，我是黑塔統治者派到最遠的使者，而地球已經握在君王赤紅的手中。』

『赤紅？為什麼是赤紅的？』

『別管它。咱們不要談他，不過要是你繼續追問下去，你知道的事情會比你想知道的更多，曾經傷害過你的東西將會再次傷害你。這不是序幕，而是序幕的結束。你最好記得這一點……但你不會記得的。』

『我不了解。』

『是的，你不了解，你從來都不了解，也永遠不會了解。你沒有想像力，你的想像之眼已經瞎了。』

『我看見的是什麼？』槍客問，『我最後看見的是什麼？到底是什麼？』

『你覺得那是什麼？』

槍客沉默不語，陷入沉思。他想抽煙，但卻找不到煙。黑衣人並沒有施展黑魔術或是白魔術，裝滿他的煙袋。之後他會在他的聚寶袋裡找到更多煙，但之後似乎離現在非常遙遠。

『那裡有光，』槍客終於開口，『很好的白光，然後……』他停下來，瞪著黑衣人。黑衣人傾身向前，臉上充滿了一種陌生的表情，那表情太強烈，無法隱瞞或否認。那表情彷彿是敬畏，又彷彿是驚奇，也許敬畏與驚奇已合而為一。

『你不知道，』槍客說，微笑了起來，『噢！起死復生的偉大魔術師，你不知道。你是個騙子！』

『我知道，』黑衣人說，『但是我不知道……那是什麼。』

『白光，』槍客再說了一次，『然後……一葉草。一葉草充滿了一切，而我是那麼渺小，那麼微不足道。』

『草，』黑衣人閉上眼，他的臉看來扭曲憔悴，『一葉草，你確定？』

『是的，』槍客皺起眉，『但卻是紫色的。』

『羅蘭，史蒂芬之子，請聽我說。你願意聽我說嗎？』

『是的。』

於是黑衣人說了起來。

5

（黑衣人說）宇宙為『大全』（the Great All），它是一個深奧的悖論，有限的凡人之心無法理解。就像活人的腦袋無法理解死人的腦袋（儘管它自以為能夠理解），有限的凡人之心無法理解無限的宇宙之心。

單單是宇宙存在的事實，就難倒了實用主義者與浪漫主義者。曾有一段時間（但是在世界前進之前數百個世代），人類達成了重大的科技成就，足以從現實的巨大石柱上鑿下幾許碎片。但即使如此，科學（你也可以把它稱為『知識』）的虛偽光芒只在少許已開發國家中閃耀。一間公司（或是一個陰謀集團）是其中的領導者，它自稱為『北方中央正電子』。然而，知識突飛猛進，但智慧卻在原地踏步。

『槍客，比我們偉大數倍的前人打敗了腐敗之疾，他們把它稱為癌症。他們幾乎戰勝了年齡，在月球上漫步……』

『我不相信。』槍客斷然說。

黑衣人只是微微一笑，回答道：『你不必相信，但事實就是如此。他們創造或是發現了一百個其他不可思議的小玩意，但是這麼豐富的資訊卻只帶來一點點的智慧，或許可說是根本沒有帶來智慧。沒有偉大的詩詞歌頌神奇的人工授精——用冷凍的精子懷孕——或是以太陽能運轉的車子。幾乎沒有人抓到現實的真正原理：新的知識永遠只帶來更多令人敬畏的謎題。對腦部的生理知識更多，只讓人覺得靈魂更不可能存在，但正因為人類對靈魂的追尋，靈魂又似乎確實存在。你了解嗎？你當然不了解，你已經到達了理解的極限。但是沒有關係，那不是重點。』

『那重點到底是什麼？』

『宇宙最大的祕密不是生命，而是尺寸。尺寸包含了生命，而黑塔包含了尺寸。好問的孩子問道：爸爸，天空上有什麼？父親說：黑暗的太空。孩子問：太空後有什麼？父親說：有銀河。孩子問：銀河後面呢？父親說：另一個銀河。孩子問：在其他的銀河後面呢？父親說：沒有人知道。

『你懂了嗎？尺寸打敗了我們。對魚來說，池塘就是宇宙。要是有人把魚釣出池塘，讓魚兒離開了銀色的存在邊界，進入全新的宇宙，而在全新的宇宙中，空氣讓魚兒溺斃，藍色的光線讓魚兒瘋狂；在全新的宇宙中，巨大而無鰓的兩足動物把牠丟進令牠窒息的箱子裡，讓牠蓋著潮濕的水草等死，你覺得魚兒會有什麼想法？

『或者你可以拿起鉛筆尖，把它放大，然後發現一個驚人的事實：鉛筆尖不是實心的，而是由無數的原子組成的，那些原子迴旋、自轉著，像億萬個惡魔行星。我們覺得是實心的東西，事實上只是一張鬆散的網，要是沒有重力，便會四分五裂。如果以原子實際的尺寸來看，原子之間或許相隔了億萬里之遙。原子本身又是由原子核、自轉的質子與電子組成。接下來是什麼？速子[15]？沒了？當然不是。宇宙是無窮無盡的，要說宇宙有終點，那可真是天底下最大的笑話。

『如果你跌出宇宙的邊界，你會發現一圈籬笆，上頭寫著：「此路不通」嗎？不會。你也許會發現某個堅硬又帶點弧度的東西，就像小雞從雞蛋裡看見的一樣。如果你到了宇宙的終點，啄破那層殼（或是找到門），會有多巨大、洶湧的光芒照耀在你身上？又或許你從裂縫望出去，會發現整個宇宙不過是一葉草中一顆原子的一部分？又或許你會覺得燃燒一根樹枝就是燃燒一個永恆？你會覺得存在不只有一個無限，而是有無數個無限？

『也許你會發現我們的宇宙只是一個計畫裡的小步驟，就像一葉草裡的一顆原子一樣。有沒有可能我們感知的每件事，從微小的病毒到遙遠的馬頭星雲（Horsehead Nebula），都包含在一葉草裡，而若以某種陌生的時間計算，那葉草只活了一季之久？要是那葉草被鐮刀割下呢？要是它開始枯萎，我們的宇宙和我們的生活是不是也會跟著腐敗，讓萬物枯黃、焦褐、乾枯？也許已經開始了。我們說世界前進了，也許我們真正的意思是它開始乾涸了。

『槍客啊，想想看，這樣的念頭會讓我們顯得多麼渺小！如果上帝看照一切，祂真的會為了無數蜉蝣之中的一群蜉蝣主持正義嗎？如果燕子比獨自漂流在廣闊太空裡的一顆氫原子還要小，那麼在燕子墜落時，祂的眼睛會看見嗎？如果祂真的看見……那麼這樣一個上帝會是個什麼樣的上帝？祂住在哪裡？怎麼可能會有人住在無窮之外的地方？

『你穿越了莫汗荒漠來找我，想想看莫汗荒漠裡的沙子，再假設荒漠裡的每粒沙子都裝了萬億個宇宙──不是世界，而是宇宙；而在每個宇宙裡又裝了無數個宇宙。我們從可憐的草葉上居高臨下，看著這些宇宙；只要抬起靴子，也許就能讓無數的世界灰飛煙滅，而這樣的連鎖效應是沒有止盡的。

『尺寸，槍客……尺寸……

『但是現在再進一步假設。假設所有的世界、所有的宇宙，聚集在一個交會點，一個入口，一座塔。在那座塔裡，有一座樓梯，那座樓梯或許可以直通上帝。槍客，你敢爬上樓梯，到達頂端嗎？有沒有可能在無窮的現實之上，存在著一個房間？……

『你不敢。』

那幾個字在槍客的腦海中迴盪著：你不敢。

6

『曾有人敢上去。』槍客說。

⑮ Tachyon，一種假設快於光速的基本粒子。

『是誰？』

『上帝。』槍客輕聲說，他的眼睛閃著光芒。『上帝敢……或者是你曾經說過的那個君王……或者……那間房根本就是空的，預言者？』

『我不知道。』恐懼掠過了黑衣人溫和的臉孔，猶如鷲鳥的翅膀一般溫柔、黑暗。『此外，我不問問題。問問題可能是不智之舉。』

『怕被打死？』

『也許是怕……算帳。』

黑衣人沉默了一會兒。這個夜晚非常漫長。銀河在他們頭上蔓延著，發出耀眼的光芒，但在它燃燒的燈火之間，卻有著令人恐懼的空洞。

『生火，』他說，『我很冷。』

『自己生火，』黑衣人說，『今晚管家休息。』

7

槍客打了一會兒瞌睡，醒來時發現黑衣人貪婪、病態的盯著他瞧。

『你幹嘛盯著我？』他突然想起從前寇特說過的一句話，『你在看你姊姊的屁股啊？』

『我看的當然是你。』

『那就別看了。』他攪動營火，弄亂了整齊的象形圖案。『我不喜歡。』他望向東方，看看是否有破曉的跡象。

『你這麼快就在找光啦！』

『我生而為光。』

『啊，沒錯！我竟然忘記這件事，真是太失禮了！但是我們還有好多事情要討論，你跟我，因為我的君王與主人是這麼跟我說的。』

『誰是君王？』

黑衣人微微一笑。『那麼我們是不是該說實話了，你跟我？不要再說謊了吧！』

『我以為我們一直都是坦誠以對。』

但黑衣人卻當作沒聽見槍客的話，自顧自的繼續說下去。『我們是不是該像兩個男人一樣坦誠以對？不是朋友，而是兩個地位相同的人。這可是難得的機會，羅蘭。只有地位相同的人才會說實話，我是這麼認為的。朋友跟情人永遠互相欺騙，因為他們陷在情感的網中，那可真是累人啊！』

『嗯，我可不想累壞你，所以我們就坦誠以對吧。』但事實上，這個晚上他說的都是實話。

『先告訴我，為什麼這個夜晚如此漫長。』

『當然是法術啊，槍客！我的君王施展法術，延長了這個夜晚，直到我們的會談結束。』

『會有多長？』

『很長。除此之外我沒別的可以告訴你，我自己也不曉得。』黑衣人站在營火旁，低頭看著營火，火光在他臉上繪出圖形。『問吧，我知無不言。你抓到我了，這很公平，但卻是我始料未及的。不過你的旅程才剛開始。問吧，很快它就會帶我們進入正事。』

『你的君王是誰？』

『我從來沒見過他，但是你一定會見到他。只是在你見到他之前，你必須先見過「長生不老客」。』黑衣人和善的微微一笑。『槍客，你必須殺死他，但是我想那不是你想問的問題。』

『要是你從來沒見過你的君主，你又是怎麼認識他的？』

『他進入我的夢中。他化為一個年輕人來找我，那時我活在一個遙遠的國度，窮困、無名。數個世紀以前他將責任託付予我，承諾我將有所回報，不過在我封神以前，我必須先完成許多任務。遇到你，我就能封神，你就是我的高潮。』他吃吃笑了起來。『看到了吧，有人這麼看重你。』

『這位長生不老客，他有名字嗎？』

『噢！他有名字。』

『那麼他叫什麼名字？』

『力軍恩⑯。』黑衣人輕聲說，從山脈沉睡的漆黑東方，岩石崩落的巨響打斷了黑衣人的話，一隻美洲獅像女人般發出尖叫。槍客微微一顫，黑衣人也縮了一下。『但我想這也不是你想問的問題。為這麼久以後才會發生的事做打算，不是你的本性。』

槍客知道自己想問的問題是什麼，那個問題折磨了他整個晚上，也許已經折磨了他好幾年。那個問題在他的嘴邊顫抖，但他沒有問……不過他終會問出口。

「這位長生不老客是黑塔的使者？像你一樣？」

「是呀，他帶來烏雲，讓萬物染上陰影。他存在每個時代之中，但有一個人比他更偉大。」

「誰？」

「別再問了！」黑衣人吼道。他開口時嚴厲無比，但最後卻又成了哀哀懇求。「我不知道！我不想知道。誰要是談論末世界之事，誰就是在自找靈魂的死路。」

「在不老的陌生人之後，就是黑塔還有黑塔所包含的一切？」

「是的，」黑衣人低聲說，「但這些都不是你想問的。」

沒錯。

「好吧，」槍客說，然後問了那個全世界最古老的問題：「我會成功嗎？我能贏得勝利嗎？」

「槍客，如果我回答那個問題，你會殺了我。」

「我應該殺你，你必須死。」他的雙手落到雙槍磨亮的槍托上。

「槍客，殺了我並不會打開門，只會把門永遠關上。」

「我該往哪裡走？」

「往西走，往海洋走。世界的終點就是你的起點。曾有個人給你忠告……很久以前被你打

⑯Legion，亦有軍隊之意。

敗的那個人……』

『是的，寇特。』槍客不耐煩的打斷他。

『他的忠告是稍安勿躁。那是個很糟糕的忠告，因為那時我早已開始進行反叛你父親的計畫。他把你送走，等到你回來……』

『我不想聽你說那些。』槍客說，他的腦袋裡聽見母親唱著：親愛娃娃穿睡袍，帶著小盆來見媽。

『那就聽聽這個：等到你回來，馬登已經去了西方，加入反叛軍。總之大家都這麼說，所以你就相信了，不過那是他和某個女巫為你設的陷阱，你中了陷阱，真是個乖小孩！不過呢，雖然馬登離開了，但是一直有個人會讓你想到他，是不是？那個人穿著僧侶的衣服，像悔過者一般削了髮……』

『華特。』槍客低聲說。雖然他長久以來一直這麼懷疑著，但這麼露骨的事實仍然讓他驚訝不已。『也就是你。馬登從頭到尾都沒有離開。』

黑衣人吃吃笑了起來。『在下隨時為您效勞。』

『我應該現在就殺了你。』

『那可不太公平。此外，那些都已經是陳年往事了，現在是咱們敞開心房的時候。』

『你從頭到尾都沒有離開，』槍客又說了一次，震驚不已，『你只是改變了樣貌。』

『請坐，』黑衣人說，『我要跟你說故事，你要聽多少，我就講多少。我想你應該有更多故事要講。』

『我不談我自己的事。』槍客喃喃的說。

『但是今晚你必須談，這樣我們才能了解。』

『了解什麼？我的目的？你知道的，找到黑塔就是我的目的，我有誓約在身。』

『不是你的目的，槍客，是你的心思，你遲緩、沉重、頑強的心思。沒有人喜歡你的心思，從世界的歷史開始以來就沒人喜歡，甚至從開天闢地以來就沒人喜歡。

『這是談天的時刻，這是訴說歷史的時刻。』

『那就說吧。』

黑衣人揮了揮長袍寬鬆的袖子，一個用鋁箔包著的盒子掉了出來，鋁箔盒的每一面都映著即將熄滅的餘燼。

『香煙，槍客。你抽煙嗎？』

他可以抵抗兔肉，但卻抵抗不了菸草。他飢渴的手指打開了鋁箔。裡頭裝了磨細的菸草，包在綠色的葉子裡，那綠葉濕潤得驚人，他已有十年未曾見過這樣的菸草。

他捲了兩捲菸草，咬開兩端好讓香味能散出來。他拿起一根煙給黑衣人，黑衣人接下了煙。兩人從火堆裡抽出燃燒的樹枝。

槍客點燃菸草，將芳香的煙霧深深吸入肺中，閉上眼專心享受，然後徐徐吐出煙霧，心滿意足。

『感覺好不好？』黑衣人問道。

『很好，非常好。』

『好好享受吧。也許你會有很長一段時間沒煙抽了。』

槍客一語不發。

『很好，』黑衣人說，『那我就開始說了。

『你必須了解，黑塔一直都存在，一直有男孩知道它，渴望得到它，它比權力、財富、女人都還要吸引他們……那些男孩想要找到通往黑塔的門……』

8

於是對話就此展開，值得整夜不眠的對話，而對話會有多長（或者有多少是真實的），只有上帝知道。但之後，槍客卻不記得太多對話的內容……而在他無比實際的腦袋中，也沒有太多內容是重要的。黑衣人再次告訴他必須往海洋前進，海洋在西方不到二十哩處，而在那裡，他將獲得『牽引』之力。

『但這麼說也不是完全正確。』黑衣人說，把菸草丟進營火的餘燼中。『槍客，沒有人想給你任何力量，那股力量本來就存在你的身體裡。我會告訴你，一部分是因為那個男孩的犧牲，一部分是因為這是個定律，萬物的自然定律。水必須往低處流，你也必須知道這件事。你將引出三個人，我了解……但我並不在乎，而且我也不想知道。』

『三。』槍客喃喃說道，想起了神諭。

『然後好戲就上場囉！但是那時候我早就走了。再會了，槍客，我的工作已經完成了。鎖鍊仍然在你的手上，小心別讓它纏上你的脖子。』

羅蘭感到好像有個東西在外頭驅使著他，於是開口說道：『你還有話要說，是吧？』

『是的，』黑衣人說，他用深不見底的眼神對槍客微微一笑，然後朝他伸出一隻手。『要有光。』

於是就有光，而這一次，光是好的。

9

羅蘭在營火旁醒來，發現自己老了十歲。兩鬢的黑髮淡去，成了秋末灰白的蛛網。他臉上的皺紋更深，皮膚也更粗糙了。

他撿來的柴火餘燼已成了一堆岩石。黑衣人成了一具帶笑的骷髏，穿著破爛的黑袍，為這白骨之地徒增白骨，為這骷髏之地徒增骷髏。

真的是你嗎？他心想。我有所懷疑，華特．歐汀，我懷疑你到底是不是馬登。

他站起身，環視四周，然後倏然伸手觸碰前方的遺骸。那遺骸是他前一夜的夥伴（如果那真是華特的遺骸），而那一夜竟長達十年。他扯斷咧著笑容的下巴骨，漫不經心的塞進牛仔褲左後方的口袋裡——拿來取代掉進山底的下巴骨，真是再適合不過。

『你跟我說了多少謊話？』他問。他確定黑衣人說了很多謊話，但那些謊話卻是好的，因為裡頭混雜著真話。

黑塔就在前方的某處等著他——時間的交會點，尺寸的交會點。

他開始往西走，背對日出，面向海洋，知道生命中一段重大的時間來了又走了。『我愛過你，傑克！』他大聲說。

身體的僵硬感漸漸消逝，他走起路來更快了；那天傍晚他來到了陸地的終點。他坐在一片向左右無盡延伸的無人海灘上，海浪不停拍打著海岸，一下又一下。落日在海面漆上一條寬闊的愚人金。

槍客就坐在那兒，抬頭望著漸漸消逝的天光。他做著夢，看著星辰探出頭來；他並沒有停止追尋目標，他的心也沒有絲毫遲疑。他的頭髮飛舞著，那頭髮絲現在更稀薄了，而且他兩鬢飛霜。父親那對嵌了檀木的手槍掛在腰下，光滑而又致命。他很孤獨，但他並不覺得孤獨是件壞事，或者有什麼不光彩的。黑暗降臨，世界前進。槍客等待『牽引』之力的到來，做著長久以來的黑塔之夢。終有一日他會在黃昏之時到達黑塔，吹著號角，掀起無法想像的最後一戰。

黑塔

II 三張預言牌

The Dark Tower

Drawing Of The Three

先讀為快

羅蘭醒來後看到的那堆白骨真的是黑衣人嗎？
黑塔的統治者會不會派出別的使者？
而黑衣人的預言：囚犯、陰影夫人、死神，
到底是什麼樣的人？
槍客的未來混沌不明，不到七個小時後，
故事將接著從這片海灘展開……

序曲：水手

槍客從混亂的夢境中醒來，夢裡似乎只有一個影像：塔羅牌裡的水手，黑衣人就是用那付塔羅牌，預言了（或者是宣稱可以預言）槍客悲哀的未來。

黑衣人說，他溺水了，槍客，但沒有人拉他一把。他是男孩傑克。

但這不是惡夢，而是好夢。它是好夢，因為黑衣人說的是他溺水了，也就是說溺水的不是羅蘭，而是傑克，這讓羅蘭覺得如釋重負，因為像傑克一樣溺死，總比像自己（這個男人為了一個冷酷的夢想，背叛了一個信任他的男孩）這樣賴活著好太多了。

好，很好，我會溺死。他心想，聽著洶湧的海浪聲。讓我溺死。但這個聲音不是來自遼闊的海洋，而是喉嚨裡塞滿石塊般的刺耳漱口聲。他是水手嗎？如果是，為什麼陸地這麼靠近？事實上，他不是就在陸地上嗎？這感覺就好像……

冰冷的水淹過他的靴子，漫過雙腿，往胯下襲來。他的雙眼倏然睜開，但是讓他真正清醒過來的不是他冰冷的睪丸（他的睪丸突然間縮小，只剩下核桃般大），也不是他右手邊的怪物，而是他的槍……他的槍，更重要的是，他的子彈。槍濕了可以馬上拆開，擦乾，上油，再擦乾，再上油，然後再組裝起來；但要是子彈濕了，就像火柴濕了一樣，很可能再也不堪使用了。

那怪物用兩隻鉗子在地上爬行著，八成是讓海浪捲上岸的。牠在沙地上吃力的拖著潮濕、閃亮的身軀。那怪物大概有四呎長，離槍客的右方大約四碼。牠用空洞的眼神睥睨著羅蘭，張開鋸齒狀的鳥嘴，發出一陣像人話似的聲音，那古怪的口音滿懷憂傷的問著問題，甚至帶著一絲絕望：『滴答嘰？噹麼嗆？噠噠錢？德噠切？』

槍客曾經看過龍蝦。這東西不是龍蝦，不過在他看過的動物裡，只有龍蝦跟這個怪物勉強有些相像。牠似乎一點也不怕他。槍客不知道牠有沒有危險。他不在乎自己的腦袋不太清楚：他完全想不起來自己身在何方，也不曉得自己是怎麼來的，更不知道自己是真的抓到了黑衣人，又或者一切只是一場夢。他只知道要趕快離開水邊，免得海水浸濕他的子彈。

他聽見刺耳、洶湧的海浪聲，於是把眼神從怪物的身上移開（怪物停了下來，原先拖著身體爬行的兩隻鉗子舉在前方，活像一個擺出預備姿勢的拳擊手。卡斯博曾經告訴他，這個姿勢叫做『敬禮式』），轉向一波波襲來的海浪與浪濤上凝結的泡沫。

牠聽得見海浪，槍客心想。不管牠是什麼，牠都有耳朵。他努力想站起身，但他的雙腳麻木，一個踉蹌，跌落在地。

我還在做夢，他心想；但即使他的神智如此混亂，這個念頭仍然太過誘人，無法說服他。他再次努力起身，差一點就成功了，但最後還是跌了下來。海浪襲來，情況再次迫在眉睫，他必須像右手邊的怪物一樣，用兩隻手拖著身體爬上堅硬的鵝卵石地，遠離浪潮。

他前進得不夠快，並沒有完全避開海浪，但已經達成他的目的。海浪只淹到他的靴子，差一點就浸到膝上，但旋即退去。也許上一波浪潮沒有我想像中淹得那麼遠，也許……

天空裡掛著半月。一層雲霧遮蔽了明月，但仍有足夠的光線讓他看見槍套的顏色過深。至少槍濕了，但他無從得知情況到底有多嚴重，不知道彈膛或是槍套裡的子彈是不是也濕了。在檢查前，他必須先離開海水，必須……

『噠噠查？』聲音更靠近了。他只顧著煩惱海水，完全忘了海水捲上來的怪物。他轉過頭，看見牠現在只有四呎遠。牠的兩隻鉗子陷在佈滿碎石與貝殼的沙灘裡，拖著身子前進。牠抬起了佈滿鋸齒的身軀，看起來突然有點像蠍子，不過羅蘭看見牠的尾巴上沒有刺。

又是一陣刺耳的浪濤聲，這次更大聲。怪物立刻停了下來，再次舉起鉗子，擺出那獨特的『敬禮式』。

這陣浪潮更大了。羅蘭再次開始拖著身子爬上海灘斜坡，他伸出手，那帶著鉗子的怪物突然用前所未有的速度狂奔了起來。

槍客覺得右手傳來一陣灼熱的疼痛，但現在他無暇多想。他努力踢著潮濕的靴子後跟，雙手奮力爬著，總算遠離了浪潮。

『滴答嘰？』那醜惡的怪物彷彿在說著悲傷的問句：幫幫我好嗎？你看不出來我很需要幫忙嗎？羅蘭突然發現右手的食指與中指進了怪物鋸齒狀的鳥嘴，消失不見了。怪物再次襲擊，羅蘭舉起淌著血的右手，差一點又要失去剩下的無名指與小指。

『噹麼嗆？噠噠錢？』

槍客踉踉蹌蹌的站起身。怪物扯開他滴著水的牛仔褲，扯破柔軟卻又韌如鋼鐵的皮靴，然後從羅蘭的小腿肚上啄下一塊肉。

他伸出右手掏槍，但左輪手槍卻砰的一聲掉在地上，他這才發現那兩隻執行古老殺人工作的手指已經不見蹤影。

醜陋的怪物貪婪的啄著手槍。

『不，混帳！』羅蘭吼著，踢了怪物一腳，感覺就像踢在一塊石頭上——只不過這塊石頭會咬人。牠扯掉了羅蘭右腳的靴頭，把他的大腳趾扯掉了大半，最後把整隻靴子從腳上扯了下來。

槍客彎下腰，撿起左輪手槍，又掉下，他罵了聲髒話，最後總算設法握住了手槍。掏槍曾是一件無比簡單的事，根本不必思考，但現在卻突然成了雜耍一般的特技。

怪物蹲在槍客的靴子上，一邊扯著靴子，一邊問著牠困惑的問題。一陣浪打向海灘，在半月月光交織成的羅網下，浪頂的白色泡沫看來蒼白、死氣沉沉。龍蝦怪停了下來，舉起鉗子，擺出拳擊手的姿勢。

羅蘭用左手掏槍，扣下扳機三次。咔嗒，咔嗒，咔嗒。

至少現在他知道彈膛裡的子彈能不能用了。

他把左手的槍放回槍套。要把右手的手槍放回槍套，他必須用左手把槍管往下轉，然後再滑進右邊的槍套裡。槍柄上佈滿了鮮血，變得又黏又滑，右側的槍套與牛仔褲上沾了斑斑血跡，鮮血從兩隻斷指的根部汩汩流出。

他遍體鱗傷的右腳還太麻木，感覺不到疼痛，但他的右手卻如火燒般刺痛。那充滿天才、訓練有素的手指雖然已經在怪物的消化液裡分解，但卻陰魂不散，尖叫著它們還活著，正承受著烈焰焚身的苦楚。

看來我的麻煩大了，槍客漠然的想著。

浪潮退去，怪物放下鉗子，在槍客的靴子上扯出一個新的洞，然後決定靴子的主人比那層不知怎麼蛻下來的皮好吃多了。

『噠噠嗆？』牠問著，然後以驚人的速度朝槍客飛奔而來。槍客用幾乎毫無感覺的雙腳退開，發覺怪物一定多少有些智能。在槍客昏迷的時候，牠小心翼翼的靠近槍客，也許是從海灘那兒大老遠一路爬來，不確定他是什麼，也不確定他有多少能耐。如果那波浪潮沒有喚醒他，怪物也許會在他好夢正酣時啄爛他的臉。現在牠決定他不只吃起來可口，還很脆弱，很容易就能得手。

牠幾乎壓在他身上，一個長四呎、高一呎的怪物，重量也許有七十磅，嗜肉成性，就像他少年時豢養的獵鷹大衛一樣——只不過少了大衛那隱約殘存的忠誠。

槍客的左靴跟踩到一塊突出沙地的石頭，他一個踉蹌，差點又要跌倒在地。

『噠噠查？』怪物問著，似乎充滿了熱切的期待，然後一邊用那雙高傲、飄蕩的眼睛睥睨著槍客，一邊把鉗子伸向槍客……突然一陣浪潮襲來，那對鉗子再度舉成了敬禮式，不過卻微微晃動著，於是槍客發現怪物會受到浪潮的影響，而現在浪潮稍微減弱了——至少對怪物來說是如此。

他退到石塊後，趁浪潮打在海濱的卵石上，發出轟隆巨響時，彎下身來。他的頭離怪物昆蟲般的臉只有幾吋遠，怪物只要伸出一隻鉗子，輕輕鬆鬆就能刮瞎他的雙眼，但是牠顫抖的雙鉗仍然舉在鸚鵡般的鳥嘴兩側，像兩個緊握的拳頭。

槍客伸手拾起先前差點害他跌倒的石塊。石塊很大，半埋在沙中，砂粒與卵石尖銳的邊緣輾進淌著鮮血的傷口時，他殘缺的右手發出痛苦的號叫，但他仍然使勁拉出石塊，高高舉起，他的雙唇用力往兩邊扯開，露出牙齒。

『噠噠……』隨著浪潮退去，潮聲減弱，怪物放下了雙鉗，準備開始行動，槍客立刻使出全身的力氣，將石塊丟向怪物。

怪物長滿體節的背部嘎吱一聲裂了開來。牠在石塊下瘋狂扭動著，下半身拍打著地面，一上一下，一上一下。牠的問句成了唧唧喳喳的痛苦驚嘆句，雙鉗時開時合，鳥嘴裡嚼著沙團與石塊。

但即使如此，等到下一波浪潮襲來，牠又想再度舉起雙鉗。等牠真的舉起雙鉗，槍客就舉起剩下的那隻靴子往牠的頭狠狠踩下去。怪物的身軀傳來一陣像許多小樹枝折斷的聲音。濃稠的液體從槍客的鞋跟下爆裂而出，往兩個方向飛濺而去，看來十分黝黑。怪物瘋狂的蠕動著，槍客把靴子踩得更深……

——【待續・摘自皇冠文化集團新書《黑塔II——三張預言牌》】

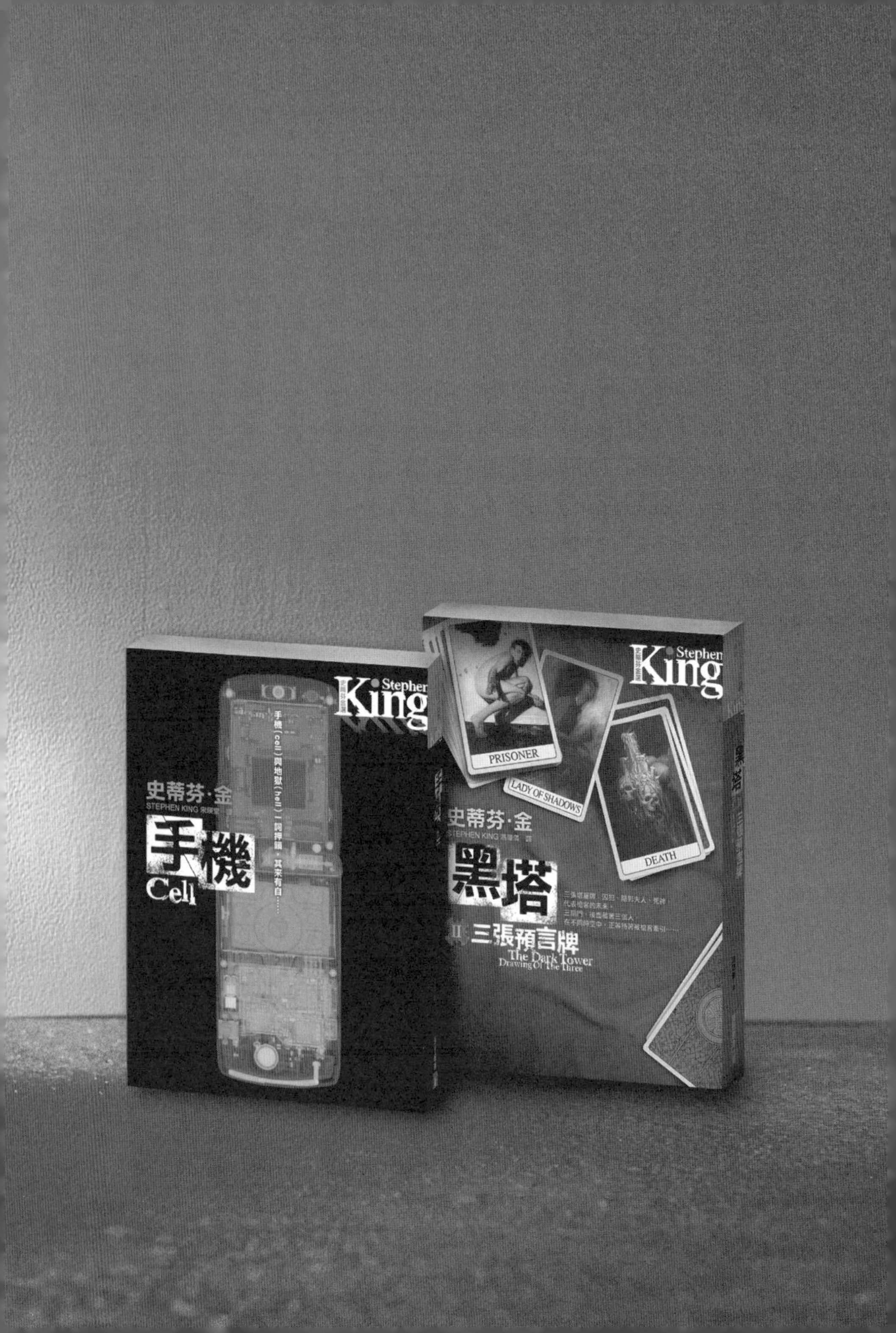
Stephen King
史蒂芬·金
STEPHEN KING
手機
Cell
手機（cell）與地獄（hell）一詞押韻，其來有自……
Stephen King
PRISONER
LADY OF SHADOWS
DEATH
史蒂芬·金
STEPHEN KING
黑塔
II 三張預言牌
The Dark Tower
Drawing Of The Three

國家圖書館出版品預行編目資料

黑塔II三張預言牌/史蒂芬・金 著. 馮瓊儀 譯.
--初版.--臺北市：皇冠文化. 2007〔民96〕
面；公分（皇冠叢書；第3652）（史蒂芬金選；2）
ISBN 978-957-33-2337-2（平裝）

874.57　　96011754

皇冠叢書第3652種

史蒂芬金選 2

黑塔 I 最後的槍客

作　　者—史蒂芬・金　　譯　　者—馮瓊儀
發 行 人—平雲
出版發行—皇冠文化出版有限公司
台北市敦化北路120巷50號　電話◎02-2716-8888
郵撥帳號◎15261516號
香港星馬—皇冠出版社(香港)有限公司
總 代 理　香港灣仔告士打道88號19樓
電話◎2529-1778　傳真◎2527-0904
出版統籌—盧春旭　版權負責—莊靜君
編務統籌—金文蕙　外文編輯—馮瓊儀
美術設計—王瓊瑤　印　　務—林莉莉
行銷企劃—李邠如
校　　對—鮑秀珍・陳秀雲・金文蕙
著作完成日期—2003年
初版一刷日期—2007年8月

讀者服務傳真專線◎02-27150507
皇冠文化集團網址◎www.crown.com.tw
電腦編號◎508002　ISBN◎978-957-33-2337-2
Printed in Taiwan
本書定價◎新台幣280元/港幣93元

陸德倫筆下最受讀者喜愛的英雄——傑森·包恩！

他沒有過去，記憶是一片空白。他只知道自己被人從地中海撈起時，身上遍佈彈孔。證據顯示他動過整容手術，臀部皮下還藏有微縮膠片，裡面的內容是一組數字……這些線索引領他來到蘇黎世銀行，卻發現一個名為『傑森·包恩』的身分，還有一個四百萬美金鉅款的神祕帳戶！

他的出現引來了一連串的追捕與謀殺，在這場致命的謎團中，他只能奮力掙扎求生，並試圖找回他失去的記憶與真正的身分。他曾從黑暗的大海裡被人救起；而此刻，他即將闖進另一個更險惡、更令人驚懼的黑暗中……

陸德倫是稱霸文壇三十年的當代驚悚小說之王，『神鬼』系列三部曲即是他最膾炙人口的代表作，也是《達文西密碼》作者丹·布朗的最愛！在『神鬼』系列中，他不僅寫活了『傑森·包恩』這個英雄人物，更以明快的節奏、曲折的情節、懸疑的佈局，超越了類型小說的侷限，堪稱經典中的經典！

皇冠
CROWN
裙子書

黑澀會美眉＋棒棒堂男孩全員入侵！
本年度最青春爆笑的校園偶像劇完全寫真！

・書封製作中

黑糖瑪奇朵 歡樂趴踢

衛視中文台◎製作

兩大超人氣少年少女團體——『棒棒堂男孩』和『黑澀會美眉』首度合作！想知道男孩與美眉們的拍戲甘苦談與真心悄悄話嗎？想知道哪個男生愛女生，搶先目睹令人臉紅心跳的接吻鏡頭嗎？所有你沒看過的、最爆笑可愛的獨家祕辛，都要在《黑糖瑪奇朵歡樂趴踢》裡一次告訴你！電視劇民視和衛視中文台熱映中！

誤闖演藝圈的憨厚帥哥愛上精靈俏皮的現代俠女！【最強偶像組合】王紹偉＋曾之喬＋陳奕＋卓文萱甜蜜過招！

・書封製作中

惡女阿楚 星情秘笈

仲傑傳播、群和國際文化◎製作

美少女曾之喬變成了兇巴巴的俏黃蓉？萬人迷王紹偉則像極了傻呼呼的郭靖？小精靈陳奕是以動物幸福為己任的灌籃高手？美麗聰慧的卓文萱又為何會鳳凰變烏鴉？在現代的都會『武林』裡，他們將經歷什麼樣的危機，又要使用什麼『奇招異寶』來傳達綿綿的情意？《惡女阿楚星情祕笈》將為你全部一次大公開！